爱尔兰畅销女作家

西西莉亚·艾亨温情小说系列

桑迪的名单

【爱尔兰】西西莉亚·艾亨 著

A Place Called Here

顾 瑶 译

时代出版传媒股份有限公司
安 徽 文 艺 出 版 社

图书在版编目(CIP)数据

桑迪的名单/(爱尔兰)西西莉亚·艾亨(Cecelia Ahern)著;
顾瑶译.—合肥:安徽文艺出版社,2011.8
书名原文: A Place Called Here
ISBN 978-7-5396-3713-6

Ⅰ.①桑… Ⅱ.①西…②顾… Ⅲ.①长篇小说-爱尔兰-现代 Ⅳ.①I562.45

中国版本图书馆CIP数据核字(2011)第074124号

引进图书合同登记号:1210782

总 策 划:王亚非　　执行策划:包云鸠
总 统 筹:朱寒冬　刘冬梅　　责任编辑:姚爱云

出版发行:时代出版传媒股份有限公司　www.press-mart.com
安徽文艺出版社　www.awpub.com
地　　址:合肥市翡翠路1118号　邮政编码:230071
营 销 部:(0551)3533889
印　　制:合肥星光印务有限责任公司　(0551)4235059

开本:700×1000　1/16　印张:16.75　字数:300千字
版次:2011年8月第1版　2011年8月第1次印刷
定价:28.00元

(如发现印装质量问题,影响阅读,请与出版社联系调换)

译　序

在兔年的爆竹声中，我完成了西西莉亚·艾亨这部小说的翻译，如释重负。之后的几天有一首歌一直在我耳边回荡，那就是《草帽歌》："妈妈送我的草帽翻滚着，跌进了雾气重重的峡谷。它会落到哪儿？那失落的童真、忘却的母爱、迷失的自我会魂归一处吗？"

西西莉亚·艾亨在爱尔兰利默里克西郊的神秘丛林中开辟了一个隐秘的世界，这里收纳了全世界丢失和遗忘的一切，从袜子到笑声。把我们带入这个乌有之乡的是一个特立独行的女子——桑迪·肖特。她从事一份特殊的职业——找人。她开办了一家寻人社，刚刚接受了杰克·罗托的委托，去寻找他失踪一年的弟弟豆诺。两人原定在利默里克见面，但却阴差阳错，擦肩而过，迟迟未能见面，这一切仿佛是冥冥之中的安排。但就在见面前几个小时的晨跑中，桑迪自己也迷路了，她怎么也找不到穿越密林的出口。这是上帝的惩罚吗？因为不会有人相信一直追踪别人的人会走失的，更不会有人来找她，包括她的至亲。可就像西谚所云，上帝把你所有的门都关上时，还是会给你留一扇窗。他留给桑迪的是又一个魔幻如《纳尼尔》的世界，一个从文明地平线上消失的世界。也就是说，桑迪·肖特也陷入了这个全人类失踪者聚集的世界。这里的人完全失去了回家的愿望，但桑迪却想找到回家的路。

唯一挂念桑迪的是杰克，弟弟的失踪让他几近崩溃。在弟弟失踪的一年里，杰克陷入了一种近似病态寻找的痴迷，一种对搜寻细节的痴迷。对搜寻桑迪的兴趣，不能不说是他对寻找弟弟的痴迷的延续，以及弥补人伦情谊的内疚。他能找到桑迪吗？能找到弟弟豆诺吗？能找回他生命中那种极其珍贵的兄弟情谊吗？能摆脱命运的捉弄吗？这些都给读者留下了强烈的悬念。

正当桑迪在失踪者的丛林里继续寻找，正当杰克穿梭在爱尔兰的现实世界的大街小巷，各自体验着生命的真谛时，还有一出好戏正在紧锣密鼓地排演着，那便是艾伦娜导演的《绿野仙踪》，一部老掉牙的经典的儿童剧。艾亨似乎要耍这个宝，但她耍得并不好，无非是给文本分析提供一些材料。如果给主题分析师看，可以冠以“童话原型”这一文体名词；如果给结构分析师看，艾亨不过耍了一个类似“老鼠夹子”的小把戏，而且并不高明；如果给意义搜寻师看，他会说这是“回家”这一古老主题的现代寓言。唯独桑迪没有看到，这是一出因她而起的彩排，一出由她穿梭其中的、由整个现实世界和失踪世界共同构成的更大型的悲喜剧的串演，而悬念都是一样的：他们都是失踪者，他们能逃走吗？他们能像多萝西一样回到自己的家吗？

因此，这是一部悬念迭出、戏中有戏、妙趣横生而意蕴丰富的哲理小说。

对于人生体验不同的读者来说，得出的答案肯定也是不同的。因此，它又是一座极富先锋意味的文学迷宫。

西西莉亚·艾亨来自爱尔兰——一个颇以文学自负的民族。苦难和美酒，甚至劣酒，是文学的催化剂，两者不可或缺，而且权重还要放在前面。19世纪的大饥荒和民族性的离散留给爱尔兰人两样财富——酒吧和文学。从叶芝到乔伊斯再到西莫斯·希尼，爱尔兰以散发着酒味的诗歌、小说和戏剧慰藉着英语世界干枯的灵魂。通过酒精蒸馏的文学基因传递到艾亨这一代人时，民族性的创伤早成了陈年旧事，苦难似乎已经消失了。除了廉价的酒、现世的和平、体贴的父母，除了些微的英国式学校暴力，生活平静得让人窒息。

在香港，李欧梵先生表示认同“文学已经死了”的观点，富足的欧洲早已失去体验痛苦的机会，文学不再发生。很遗憾他错了。其实，苦难要么是亲身体验的，要么是代代相传的，要么是想象、虚拟的。人的一生，无论在哪，与其说是追求幸福，毋宁说是对苦难的依存或依恋。人是以痛苦获得身份、确立自我、测量人生的。艾亨对桑迪·肖特的塑造就体现了现代生存日常式的悖论、意义的虚空和填补虚空的努力。

最后还要感谢安徽文艺出版社刘冬梅女士和姚爱云女士，感谢她们对我的信任，让我有比国内读者先睹为快的享受，并将这样一部精致文学文本翻译为中文。

顾　瑶

2011年2月15日于复旦大学旦园寓所

失踪人员是指，无论以何种方式消失，
其行踪不能被确定的人员；
直到发现并确证他或她的安康之前，
此人将被视作“失踪”。

——爱尔兰警察总署

第一章

我是一个女生。

小时候,我家街对面的一个小女孩失踪了,她叫珍妮·媚·芭特勒。

警察局展开了调查,随即是旷日持久的全民搜救。这起事件每晚都会上新闻,每天都登上各家报纸的头版。好几个月,到处都在谈论此事。举国上下,协力相助。当时我十岁,那是我见过的最大规模的搜寻失踪者的活动,它几乎波及每个人。

珍妮·媚·芭特勒是个金发碧眼的美人儿,她留在电视屏幕上的微笑,照亮了每家每户的客厅,让大家泪光盈盈。家长们打发孩子上床时,会不自觉地紧紧搂一下他们,生怕失去心爱的宝贝。她在每个人的梦中、每个人的祷告中。

当时她也是十岁,是我的同班同学。我直愣愣地看着新闻里的漂亮照片,听记者们的谈论,仿佛她是天使。根据这些人的描述,你不可能知道,课间休息时她会乘老师不留意,向菲奥娜·布瑞迪扔石头;要么就当着史蒂芬·斯本瑟的面管我叫"卷卷毛奶牛",为讨他喜欢而捉弄我。那几个月可不是这样,她尽善尽美。我如果戳穿这一点,也不妥当。过了些日子,我差不多忘掉了她干过的所有坏事，她不再是珍妮·媚，而是珍妮·媚·芭特勒——一个失踪的甜美女孩，来自体面的家庭，她的家人会在每晚9点档的新闻里为她哭诉一番。

再也没找到她——包括遗体，一点蛛丝马迹都没有，她似乎从人间蒸发了。四周也没看见潜伏的可疑角色，闭路摄像也没显示她最后的行踪。目击者，没有；嫌疑人，没有。警员们盘问每个可能有联系的人。街道都变得可疑。清晨，居民们走向轿车时，彼此客气地打招呼，却一直揣度、猜测，克制不住对社区产生诧异的扭曲的想象。他们一边洗车，粉刷木桩篱笆，给花坛除草，周六一大早修理草坪，一边又鬼鬼祟祟地打量着社区周围，什么不能见人的想法都有。大家心乱如麻，震惊而且气愤。

大家在紧闭的门窗后指指点点，说三道四。警员们还是没有任何线索，除了手里那张漂亮的照片，几乎没有任何进展。

我一直想，珍妮·媚到底去了哪里，躲到哪儿去了？怎么会无影无踪，不为人知呢？

晚上，我从卧室望着她家。她家门廊的灯永远亮着，像是能将珍妮·媚带回家的灯标。芭特勒太太从此就没怎么睡过，她总蜷曲在卧榻边上，像准备好，等待发令枪响。她坐在客厅里，看着窗外，盼着什么人捎点信来。我有时向她挥手，她也伤心地向我招手。很多时候，她看到的只有自己的眼泪。

珍妮·媚从此杳无音信，我其实同芭特勒太太一样难过。珍妮·媚·芭特勒走失后，不知怎的，我反倒更喜欢她，更想念她。一想到她，就觉得她是不是就在附近，朝别人扔石子，大喊大笑。但没人能找到她，或者听见什么。从那以后，一有什么东西放乱了，我就喜欢来个大搜查。一次我最喜欢的一只袜子不见了，我把家里翻了个底朝天。爸妈在一旁担心地看着，不知该怎么办，只好来帮忙。

让我焦虑的是，东西丢了，常常无处可寻，有时却又奇怪地冒出来。我搞不懂，那双袜子为什么只能找到一只？接着，我仿佛就看到珍妮·媚·芭特勒在那儿，扔着石子，穿着我至爱的袜子，哈哈大笑。

我从来不要新东西。从十岁起，我就确信，东西掉了，是没有替换物的，一定要找到。

芭特勒太太为女儿焦虑，我为不成对的袜子一样伤神。我整夜不眠，在脑子里过滤着一个个无解的问题。每次我困得要合上眼睑时，大脑深处又会抛出一个问题，我只好硬撑着，强打精神。每天早晨，我疲惫不堪，却一无所获。

或许这恰恰是我出事的原因。或许因为长年累月翻来倒去找东西，我忘了寻找自己。什么时候、什么地方，我已经遗忘——我是谁？我在哪里？

珍妮·媚·芭特勒失踪二十四年后，我也失踪了。

下面就是我的故事。

第二章

我的生活由不少啼笑皆非构成，失踪不过是其中的又一则尴尬。

第一条，我身高6.1英尺①。打小我就比旁人高许多，所以我从不会像其他小孩在购物中心走失；藏猫猫时老也藏不好；迪厅里，没人叫我跳舞；也是唯一不想要第一双高跟鞋的少女。珍妮·媚·芭特勒喜欢当着一大群朋友和追求者，管我叫“长腿叔叔”，这是她最常用的十大绰号之一。真的，她的把戏我全知道。一英里外，你就能看到我；我是舞池里蹩脚的舞者；电影院里没人愿意坐在我后面；为了特长号的裤子，我得翻遍商店；还有，照片上我永远站在最后一排。明白吧，这就是我，生得碍手碍脚，同周围格格不入。每个从我身边经过的人，都会留意我、记住我。尽管我很醒目，还是走丢了，而且没人留意，更何况单只的袜子、珍妮·媚·芭特勒呢？再进一层说，一只平常的手上有个手指肿痛抽搐，就没人注意，这是同样的道理。这是我的秘密，秘密中的秘密。

第二条，我的工作是找寻失踪的人。我当了好几年爱尔兰警员。我不愿被发配到具体的某个部门，而只想接办失踪的案子。但要碰到此类案件，

① 1英尺=0.3048米。——译者注

得靠“运气”。要知道，珍妮·媚·芭特勒失踪案真的激发了我的某种潜能。我要答案，我想办法，我决心单枪匹马地把这些人都找到。我几乎到了搜寻狂的地步。面对大千世界，我寻找纷繁的线索，迷惑而怅惘。

有时在警察局，我们找到了失踪的人，他们的状态我一辈子都忘不掉，下辈子也记得，有人并不希望被找到。我们常常只有一点点线索，甚至连这一点点都得不到，这时我就会在职责范围外，迫切地继续搜寻。即使案子终结了，我还会长期跟进，同那些家庭保持长期联系。我清楚，如果不能解决前面的案子，就不能办下一个，结果案宗累积，而实干太少。我一门心思只想找人，于是我决定离开警察局，自己单干。

你大概不相信，居然会有这么多人同我一样要知道为什么。失踪者的家人们总问我为什么要干这一行。对于失踪者，他们总能说出理由，多少有些关联，至少有份亲情，而我的收费连基本开销都不够。那么如果不是为了钱，我的动机何在？内心的平静？可能是。这样我晚上能合上眼，睡个好觉。

所以，以我这样的体质和态度，怎么会走失呢？

对了，还没告诉大家我的名字，我叫桑迪·肖特[1]。对呀，你要笑了。知道你会。换我也会的，他妈的太让人伤心。我出生时一头沙砾色的头发，所以父母叫我桑迪。可惜他们没有预见我的头发会变得乌黑乌黑的，也没料到我胖嘟嘟的可爱的小腿很快就不再乱蹬乱踢，而是长得又快又长。就是这样，桑迪·肖特就是我。我本来应该是个栗色头发的矮个子，父母也是这样给我起名、报出生，结果我头发黑黑的，个子高高的，两样都摊不上。向别人介绍的时候，大家常常会因这样的反差哈哈大笑。如果你没笑，就对不起了。瞧瞧，失踪并不好笑，也没什么不同。每天我做的事跟上班时干的一样——找人。只是这一次，我要找一条被人发现的路。

值得提一下，我还学到一样东西。我的生活从此大不相同。重要的证据就是：这次我想回家了。

可是，直到现在我才醒悟：一切都晚了，错过时机了。

这是——这辈子最大的遗憾。

---

① “我”叫 Sandy Shortt. 按字面意思，Sandy 是沙色、淡茶色和黄褐色；Shortt 基本等同于 Short，指个子矮。可“我”身高一米八，一头黑发，这个名字着实让人忍俊不禁。——译者注

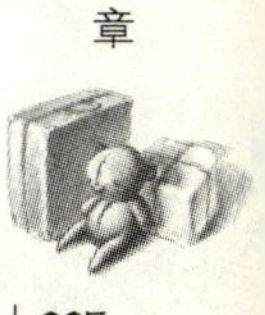

第三章

我在爱尔兰的里特林郡出生、长大。这是全国最小的郡，大约有两万五千人。里特林曾是郡治所在地，现在还留有一座城堡和一些别的古代遗存，可如今衰败得只有一个村庄的规模。连绵的原野上，有灌木丛生的褐色山丘、雄伟的山脉、迷人的山谷，更有无数如诗如画的小湖散落其间。除了一条两英里长的支流经多内加尔湾通向海岸，里特林基本是内陆地形。它西边靠着斯来果和罗斯科门，南边挨着罗斯科门和郎佛德德，东边则是卡和弗马纳，北边是多内加尔郡。地理位置的闭塞有时会让人突然感到幽闭和恐惧，会让人特别想站在一块结实的土地上。

里特林有句老话："走出里特林，通向都柏林。"十七岁时我高中毕业，申请到警察总署工作，终于踏上通向都柏林的路。从那以后我就很少回去。有一阵子，每隔两个月我会回去看望父母。我在一条里弄长大，这儿有十二户人家，我家是一幢三室一厅的住宅。我通常是想回去度周末，但往往只待了一天，就借口有急事，背包都来不及收好，拔腿就走。一路上，我开着车，飞快地离开。

我同父母的关系还行。他们一直很疼我，如果事关我的幸福，上刀山下火海他们都愿意。但他们让我紧张，我看得见他们眼里的那个人，而我不喜欢她。我是怎样的，他们的表情比镜子还要清楚。有些人有这样的能耐，望着你，你的一举一动就写在他的脸上。这大概是因为他们爱我，但由于那样的眼睛、眼中的投影，我不能长期跟他们在一起。

从我十岁时起，父母就会蹑手蹑脚地在我身边晃，担心地看着我。他们会假装说说笑笑，让屋子里发出回响。他们努力营造一种轻松正常的氛围，转移我的注意力。但是我明白他们为什么这样做，我知道出问题了。

他们爱我、支持我。每当我又要满屋找东西，把家里翻得底朝天时，他们不会束手无策，而是会展开一场温柔的战斗：餐桌上摆着牛奶和甜饼，电台播放着背景音乐，洗衣机开始转动，都是为了打破难堪的寂静。

妈妈勉强朝我笑着，但眼睛没笑，后牙紧闭，嘎嘎作响，她以为我没看她。她佯装轻松，强带微笑，歪着头，假装吃惊地说道："宝贝，怎么又要把房子翻一遍？"她一直叫我"宝贝"，好像我不是"矮个子桑迪"，而是天使般的珍妮·媚·芭特勒。

不管厨房里有多少刻意的举动，都不能掩盖尴尬的沉默。这一切都被寂静淹没了。

我说："妈，我找不到。"

"是哪双袜子？"妈妈随意地笑着，假装聊天，其实是试探我、审问我，看我的脑子到底是怎么转的。

"天蓝色带白条纹的那双。"我一般这样回答。我坚持要亮色的袜子，好认，容易找到。

"可能两只都没放在洗衣篮子里，也可能你找的那只在你房间里。"她强忍着，笑了笑，尽量不显得担心。

我摇摇头："我把两只都放到篮子里，看见你都放到洗衣机里，但只有一只出来了。洗衣机里没有，篮子里也没有。"

他们让洗衣机转，好分散我的注意，结果适得其反。厨房里洗衣篮翻倒在地，叠好的衣服被搞得乱七八糟，妈妈强忍着，脸上那丝惨淡的微笑差点就要挂不住了。我直瞪瞪地望着她，直到她垂下眼帘。恐惧。当然不是为了袜子，而是对我的恐惧。她很快又抹上微笑，耸耸肩，表示没什么。

"可能被风刮走了。阳台的门开着。"

我摇摇头。

“或者我把篮子从这儿搬到那儿，把它搞掉了。”

我还是摇摇头。

她吸了口气，笑得紧绷绷的。“可能缠在被单里。被单那么大，袜子那么小，不容易看见。”

“我已经查过了。”

她从桌上拿起一片饼干，使劲咬了一口，像是取下脸上痛苦的微笑。她嚼了嚼，假装什么都没想，装着听广播，哼着自己不会的歌。这些都是在哄我，她装出没什么需要担心的样子。

“宝贝，”她笑笑，“东西有时就会掉。”

“掉了？那都到哪里去了？”

“哪儿都没去，肯定是我们丢在或者落在什么地方，没找对地方，就找不到了呗。”

“可是妈妈，我什么地方都看过了，一直这样。”

我一直在找，不停地找，把所有东西都翻了个遍，这幢小小的房子里没有我没碰过的角落。

“一只袜子又不会长脚自己走掉。”妈妈勉强笑笑。

关键就在这里。大多数人就跟妈妈一样，停在这里，不再想这事。有些东西找不到了，大概在什么地方，即使*到处*都翻过，还是没有。结果你就归结为自己精神错乱，自怨自艾，最后忘掉。我做不到这一点。

我记得爸爸那天晚上回来，看到家里又是一片狼藉。

“又掉了什么，小姐？”

“天蓝色带白条纹的袜子。”我在沙发下嘟哝。

“又是一只吗？”

我点点头。

“左脚还是右脚？”

“左边的。”

“好，我到楼上看看。”他把外套挂在门旁的架子上，把雨伞立好，吻了一下惶恐的妻子，拍拍她的后背，走上楼去。他在房间里看了两个小时，什么动静都听不见。我从锁眼往里看，只见一个人躺在床上，用一块毛巾遮住眼睛。

我每次回家，他们也不干涉我，照旧问些轻松的问题，而我已经武装到眼球。

“有没有什么有意思的案子?”

“在都柏林过得怎样?”

“公寓还行?”

“可有男朋友了?”

我一直没有男朋友,不愿意又有一双像父母一样清楚的眼睛成天缠着我。我有过情人、对手、男性朋友,还有一夜情。我不是没试过,可是任何长久的关系都没成功。我没什么知己,也不怎么在乎,要得少,给得也不多。我不要求这些男人给我什么,他们也不懂我需要什么。父母笑得紧绷绷的,听我说着工作不错,都柏林很繁忙,公寓很棒,不过男朋友呢,还是没有。

每次离开家,即便是提前走,爸爸也会自豪地说我是离开里特林的人中最棒的。

我离开了家乡,这不能怪里特林,也不是父母的错。他们一直支持我,我现在才明白。日子一天天过去,这样的醒悟比什么都没找到还要令人沮丧。

第四章

珍妮·媚·芭特勒的失踪夺走了我生命的一部分。大家看到了，她消失后，内在的我不再完整。我慢慢长大，渐渐长高，可心底的空洞也渐渐撕裂开来。就像冰面上一条睁大眼睛、张大嘴巴的死鱼，直瞪着已经成年的我。可我是怎么走失的？我怎么跑到现在的地方？首要的问题是：我在*哪儿*？

我只知道，我在一个叫*这儿*的地方。

我环顾四周，看有没有眼熟的地方。我漫无目的地走着，想找到一条路，离开这里，但一无所获。*这儿*是哪儿？真想知道。这儿乱七八糟，私人物品散落得到处都是：车钥匙、门钥匙、手机、手袋、外套、贴着航空托运票的皮箱、单只的鞋子、商务文件、照片、开罐器、剪刀，还有散落的耳环在成堆的杂物中间闪烁。哦，还有袜子，成堆的不成对的袜子。我走着走着，不停地被杂物绊倒。或许这些东西，还有人正挠着头在找它们呢。

还有动物。许多的小猫小狗，一张张迷茫的脸，寒碜的胡须。它们不再是小镇电话亭上贴的寻物启事照片上的样子，也没人愿意出重金找回它们。

该怎么形容这个地方？这是一个不伦不类的地方。它像一条气派但没有方向的游廊，像一桌残羹冷炙堆成的夜宴，像一群替补队员组成的赛队，像一个失去孩子的失意母亲，更像一个没有心脏的身体。总之，什么都存在，又什么都不是！这里堆满了个人的玩意儿，但却没人珍爱，没有价值，虽有若无。

怎么到了*这儿*？唉，说来伤心，慢跑时迷了路。有阵子，我把所有 B 级惊悚片都看了。每当镜头上清晨的慢跑者被杀时，我就哀叹一声。我明白，妇女在漆黑的夜里或者凌晨时分，甚至知道连环杀手就在附近出没时，还沿着寂静的小径慢跑的确很傻。不过我得定时晨跑。这的确是可怜、可悲而且幼稚的行为。我通常套着烟灰色毛衫，戴着耳机听着狂躁的音乐，大清早沿着运河慢跑。还好，我没遭到绑架，只是跑错了路。

我沿着入海口的湾道，发愤奔跑，用力蹬着地面，享受着全身的震撼和刺激。我记得，汗珠子顺着前额、前胸和后背不断往下滴，冷风拂面，全身因为寒意而战栗。那天早上，我按捺住自己，没有大声呼喊，提醒自己不要再犯同样的错误。有时回想起来，才觉得如果还是沿着那条小道往下走，那该多么幸福。这是事后诸葛，现在才希望没有改变方向。

那是一个明亮的夏日，清晨 5 点 45 分，四周静悄悄的。我一边跑着步，一边享受着《洛齐》主题曲①的轰炸。我听不见心跳，但呼吸沉重。我一直暗暗使劲，每次想停下来，就强迫自己跑快些。我热衷于调查，跑新的地方，实现不曾达到的目标。我不知道这是自己性格的一部分，还是一种自我体罚。

我穿过一旁黑绿色的排水渠，发现前方的水面上漂浮着一朵紫水堇。小时候，我瘦精精的，头发乌黑，常因为滑稽的名字而觉得不好意思。那时爸爸告诉我，紫水堇的名字也起错了，它压根不是紫色，而是粉紫的花瓣，黄色的花蕊，不也一样好笑、一样美丽吗？当然不是，我摇摇头。我慢慢走近那朵花儿，暗暗说：“*我知道你的感受。*”跑步时，手表好像从手腕滑落，掉到左边的树丛中。我第一次将手表绕在手腕上时，表带就坏了。后来它时不时滑落到地上。我停下来，转过身，发现它落在湿乎乎的海湾堤岸上。我靠着赤杨深褐色的粗糙树皮，喘了口气。就在这时，一条向左拐的小径引起了我的注意。这条路并不适合跑步，连散步的小路都算不上。不过，调查的

① 《洛齐》(1976)是史泰龙主演的一部运动电影，主题曲的名字是 *Eye of The Tiger*. ——译者注

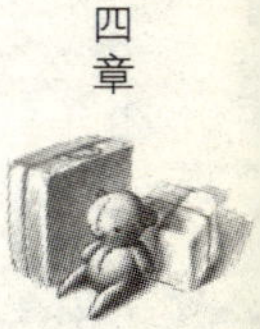

欲望占了上风，好奇的我想探探它到底通向哪里。

这条路把我带到*这儿*。

我跑得很快，跑出了老远。当iPod上的播放曲目结束时，我才停下来，打量着四周，已经认不出这是哪里。我像是在一座高高的松谷之中，大雾弥漫，不知身在何处。松木挺拔笔直，松针精神抖擞，就像面临威胁的刺猬处于防卫的状态。我缓缓拔出耳塞，崇山峻岭中只有我喘气的回响。我马上明白了，我已经离开葛林的小镇，甚至离开了爱尔兰。

我就在*这儿*。一天前我在*这儿*，现在还在*这儿*。

我是做找人这行的，明白这其中的门道。我是这样的女人：打好背包跑出去一个礼拜，不告诉任何人去哪儿。我定期消失，定期失去联系，没人会追查我。而我也喜欢这样，来去自由。我一般跑到失踪者最后出现的地方，向旁人打探，展开调查。目前唯一的问题是，我是当天早上才到该镇，直接开车到了香农湾，接着开始晨跑。我没跟任何人说过话，没有入住"早餐+住宿"的小旅馆，也没到闹市中去。我知道大家会怎么看，这连一个案子都算不上。我是又一个从生活中出走，不愿被找到的人。这档子事时不时发生，假如是上个礼拜的这个时候，他们的猜测也许是对的，但现在呢？

最后我会被归入这样的失踪类型：失踪者本人或公众都不会有明显的危险，十八岁以上的人就能开始新的生活。我三十四了，在别人看来，早就该出去换换空气了。

杂七杂八的因素综合起来，就很清楚：现在压根不会有人来找我。

这会持续多久？

停在海湾旁的，是我的红色福特·菲斯特轿车，1991年款。车身破败不堪，车厢里有只背包，仪表盘旁放着一本失踪人员的文档，座位上还有一杯沾都没沾的咖啡，估计已经冷了，还有一部手机，上面可能有未接电话。当有人发现这些时，会怎样？

接下来，又会发生什么呢？

第五章

慢，咖啡。我刚想起了咖啡。

离开都柏林时，在一家已关门的汽修厂，我从户外售卖机买了一杯咖啡。他看到了我，那个在充气的男子看到了我。

不知身在何处。清晨5点15分，一片旷野之中，小鸟在歌唱，奶牛哞哞叫，吵得我静不下心。晨风中飘来浓烈的牛粪味，夹着忍冬花摇曳的甜香。

我和这个陌生人既远离一切，又似乎同处于某物的中心。我们脱离了日常的轨道，双眼相遇，并感到相互联系。

这个人个子不矮，但没我高。我还真没碰到比我高的男人。5英尺11英寸，圆脸，红扑扑的双颊，头发红里带黄，一双亮蓝的双眼疲劳地望着这个清晨。我像是在哪里见过他。他穿着皱巴巴的蓝色工装裤，皱皱的蓝白色斜格子棉衬衫。他头发蓬乱，胡子拉碴，三十五六岁，压力和欢笑同在脸上留下皱纹。他自内而外散发着年龄赋予的胆识和沧桑，不笑时皱纹亦清晰可见。这个汉子像刚受了什么打击，几根亮闪闪的白发爬上了双鬓。他体格强壮，虽然有点胖，但也孔武有力。从脚上的笨重靴子看，他是那种干重活的人，双手粗大而结实。他走路时，前臂的血管赫然入目。他草草地把袖管捋到肘子下面，从架子上抽出打气筒。他没穿戴成要干活的样子，那样的衬衫不像，在那天穿得已经算是够好的了。

我一边走向汽车，一边琢磨这人。

“喂，你的东西掉了。”他叫住我。

我停下，转身看了一下，见手表落在柏油路面上，亮晶晶的。“该死的手表。”我嘟哝着，看它有没有摔坏。

“谢谢！”我朝他笑笑，戴上手表。

“不客气。今儿天气不错。”

熟悉的眼神配上熟悉的声音。我没急着回答，而是又看了他一会儿。他像我在酒吧里碰到的喝醉酒交欢的家伙，还是老情人？过去的同事、客户、邻居或者校友？……我在大脑里搜了一圈，但还是没有认出来。如果不是醉酒后上床的那个，我倒是想同他试试。

“的确好极了。”我回头笑笑。

他惊讶地皱起眉头，接着又松开，像懂了我恭维的意思，脸上喜滋滋的。我虽想多待会儿，想着以后什么时候能跟他约会，但那时我急着去见杰克·罗托——一个不错的人。我离开都柏林开车去利默里克，就是去见他，我答应帮他忙的。

啊，是的，路过汽修厂时见的那个帅哥，帮帮忙，记得我，念叨我，开始找我，找到我。

没错，又一件尴尬事。

我，盼着男的打电话找我约会吗？

爸爸妈妈如果知道了，还不知怎么得意呢。

第六章

杰克·罗托跟在一辆载重卡车后面，沿着69号公路慢慢地溜着车。这是条海滨公路，一直从北克里郡延伸到他在凡纳斯的住处。凡纳斯是利默里克郡的小镇，距市区半小时的车程。清晨5点，他沿着唯一的公路驶向香农湾·凡纳斯港，这是利默里克唯一的港口。他看着里程表，紧握方向盘，指关节都变白了，一心只想重卡开快点。虽然他头一天刚刚在特雷利看了牙医，但压根忘了医师的建议，他使劲咬着牙根。长期的研磨已经损耗了他的牙床和牙齿，导致口腔痉挛疼痛。他两颊红肿，双眼疲惫。在特雷利时，他在朋友家的沙发床上过了一宿，这是刚动身开夜车回家。这段时间，他很难入睡。

牙医检查杰克的口腔时问他："你的精神压力大吗？"

杰克张着嘴，真想骂人。要不是他强忍着，他真能咬碎嘴里外科大夫洁白的手指。"压力"？不是那档子事。

他的弟弟豆诺在二十四岁生日的晚上失踪了。那天夜里，他跟朋友在利默里克市区的快餐咖啡酒吧，吃了汉堡薯条的宵夜后，就自个儿踉踉跄跄地离开了。薯条店里挤满了人，什么人离开，也不大会有人注意。他的四个哥们喝得酩酊大醉,还盘算着带女人回去过夜,怎么会去理他?

根据闭路电视显示的,礼拜五凌晨3点8分,他从欧康内(O'Connell)街的自动取款机上取了三十欧元,接着还有个摄像头拍到他一颠一簸地往亚瑟码头的方向走去。之后,他的行踪就完全消失了,双脚像是离开地面,飘到空中一样。如果弟弟果真这样消失,哪怕有些微实证,杰克还能有心理准备,最后也能接受。

可是,未知却折磨着他,使他担忧恐惧,难以入眠。警察局的搜查没有结果,他更迫不及待地寻找结论。这次他趁到特雷利看牙的当儿,也捎带看了豆诺的一个哥们。豆诺走失的晚上,这人也在场。对于这人,杰克既想拥抱他,也想狠狠揍他一顿;本想朝他怒吼,但见他为失去朋友而痛苦,也只能好言相劝。他本不想再见这人,但也不能将他撇在一边,万一他突然想起了什么,或许就是线索。

他常常通宵达旦地熬着,翻地图,查报告,反复核对时间和口供。格罗娅就躺在他的身边,静静的,前胸一起一伏,甜美的呼吸吹起文件的一角,像梦悄悄钻了进来。

格罗娅做了杰克八年的女友,睡眠一直很好。杰克一年到头噩梦不断,却不会搅乱她平静的梦乡。她还能做梦,可能对明天还心存希望。

同豆诺失去联系四天后,他们开始担心。头一天他们在警务总署等了好几个小时,格罗娅很快睡着了。接下来警员在河里搜寻豆诺的遗体,那天她睡得很好。然后他俩花了几个小时把豆诺的相片贴在商店橱窗、超市布告栏和路灯柱上,那天她还是睡着了。再后来他们以为警员在镇上的小巷找到的是豆诺的遗体,这并没影响她的睡眠。可是第二天发现不是豆诺,她照睡不误。警务总署在连续搜寻了几个月后,宣布无能为力,当晚她没有丝毫的忐忑。最后是杰克母亲的葬礼。失去儿子的母亲悲恸地离开人世,去了二十多年前已故丈夫去的地方。棺椁徐徐入土,做了最后的送别后,她仍然睡得很好。

杰克有些无奈,但格罗娅爱打瞌睡,并非出于漠然。是她握着他的手,在警务总署接受第一次问询。是她陪着他,风雨交加中站在河岸边,望着潜水员从灰褐色的水里冒出来,神色更加暗淡。也是她帮他张贴豆诺的寻人启事。在警务总署停止搜查当天,也是她紧紧抱着痛哭的他。当他陪护母亲的灵柩至圣坛时,是她伫立在教堂的前排守候。

她关心他，但一年过去了，她还是能在他最受煎熬时安然入睡。就在这些时候，他对一切都很关心，可是酣睡的格罗娅压根不关心。每晚他都觉得两人的距离越来越遥远了。

他没告诉格罗娅从电话黄页上找到了开寻人社的桑迪·肖特，也没告诉她他已经跟桑迪通了话，也没有跟她讲上周的深夜电话以及这个女人的果敢和信念在他心头点燃的希望。

哦，还有，他还没跟她说，他们已经计划当天在邻近的小镇碰面，因为……

嗯，她还在睡觉。

杰克终于把长长的重卡甩在后面，快要到家时，他才觉察到是独自一人行驶在安静的乡村公路上。这台尼桑开了十二年，已经锈迹斑斑。车内的广播音响都没开。过去一年里，他对噪音变得忍无可忍。电视或电台的背景音乐只能干扰他寻找答案，因为他内心本已狂躁不堪。怒吼、尖叫、对话的回放、对谈话的设想，一切都在他脑袋里蹦来跳去，就像绿头苍蝇困在果酱坛子里上下乱撞。

车外引擎轰隆隆地响，金属零件咔嚓嚓的像要散架，路面只要有些许凹凸，四个轮子就上蹦下跳，在寂静的乡野上哐啷作响。车里的杰克思绪同样烦乱。这是7月一个阳光明媚的周日清晨，大概5点15分，他需要停下车，透透气，也给瘪了的前胎充充气。

他把车开进一个空无一人的加油站，停在充气泵旁边，这里可能是早上才打烊。他捋起袖子，伸展四肢，鸟儿的啼鸣暂时赶跑了无头的思绪，让他从长途旅行中缓过气来，使脑子里的绿头苍蝇有片刻的停歇。

一辆车在杰克身旁停下。当地人烟稀少，外来车辆一英里以外就可以看到，何况还是都柏林的车牌。从破旧不堪的小车子里先迈出两条长腿，穿着灰色的运动长裤，接着是长长的身体。杰克没再傻愣愣地看着，而是从眼角瞄去，只见这个黑色卷发的女子正大步迈向车库百叶窗门边的咖啡售卖机。他有点惊讶：“什么人这么高，居然能塞进这么小的车？”他注意到什么东西从她手上掉下来，接着是金属撞击地面的声音。

“喂，你的东西掉了。”他大声叫道。

女子茫然回过头，往金属发光的地方走去。

“谢谢!”她朝他笑笑,把像手镯或手表的东西戴到手腕上。

“不客气。今儿天气不错。”他也笑笑,由于表情的拉伸,肿胀的双颊更疼了。

她雪肤冰肌,黛色的双眼闪烁着绿宝石的光芒,在林间散落的阳光的掩映下,熠熠生辉。乌黑的头发有趣地打着卷,笼在脸庞上,面上的五官,似隐若现。她上下打量着杰克,一点点琢磨着,最后才扬起眉毛笑笑,答道:“的确好极了。”这个女子,乌黑的卷发,长长的双腿,高挑的个子,连同装咖啡的发泡塑胶杯一起钻进很小的汽车,像是一只被捕蝇草吞噬的蝴蝶,倏地就不见了。

杰克目送着福特·菲斯特汽车向远处驶去,心想她能留下该多好,又想了想他和格罗娅,两人的感情慢慢变了吗?不过他可没工夫想这个,他走回车子,翻翻文件,准备这些是为了稍后同桑迪·肖特见面。

杰克并不笃信宗教,他有二十多年没去教堂了。在之前的十二个月,他祈祷过三次。第一次,众人在河里排查时,他祈祷不要找到豆诺;第二次,是祈祷巷子里发现的尸体不是豆诺;第三次,是祈祷母亲能挺过六年里的第二次中风。前两次都灵验了。

今天他第四次祈祷,祈祷桑迪·肖特帮他脱离现在的境遇,祈祷她是那个带来答案的人。

第七章

杰克到家时，门廊的灯还亮着。这是他坚持给豆诺留的，这盏灯或许能带回弟弟。天已大亮，他熄了灯，蹑手蹑脚地在门外绕了一圈，生怕吵醒还在酣睡的格罗娅。他翻遍装脏衣服的亚麻篮，拽出一件没那么皱的外套，迅速脱下斜格子衬衣换上。他没洗澡，懒得打开电热水器和排气扇，甚至连马桶都没冲，怕吵醒格罗娅。他这样做，并非出于仁慈厚道，而是出于内心的愧疚。他特意没告诉格罗娅和家人要去见桑迪·肖特，这是个秘密。

这不单为他自己考虑，也是为家里人好，他们已经开始盘算往后的生活。一年之中失去两个至亲，经历一番伤心动荡后，大家正竭尽全力重新步入生活的正轨。杰克体谅他们，事已至此，不可能再继续请假，同情的微笑换成日常的招呼，同邻居的寒暄也渐渐复如往日。想想吧，大家开始聊其他话题，不再给你提建议，问这问那，门垫上慢慢没了安慰卡。大家重新打理自己的生活，老板又要排班轮岗，所有相关人员都要各就各位。但杰克觉得，豆诺没了，他却要拾起停顿的生活，这不仅别扭而且错误。

打心眼里说，杰克并非由于豆诺的失踪，而难以和家人一道勇敢承担今后的生活。他想弟弟，但随着母亲的离世，他最终摆脱了悲痛。相反，是缠绕弟弟失踪的谜团，那些无法回答的问题，像拍照的闪光后的视觉黑点，留下一个个的问号。

他拉上房门。他和格罗娅在这幢只有一个卧室的杂乱的小平房里住了五年。

跟父亲一样，他一直在香农湾・凡纳斯港做集装箱控制员的工作。

他选了葛林村作为同桑迪・肖特见面的地点。这里距离凡纳斯以西13公里，家里没人住这儿。早上9点，他提前半个小时，坐在小咖啡店里等。因为桑迪早就在电话里说她一向早起。而他坐立不安，急切地要分享新的想法，盼着跟桑迪在一起的时间越长越好。他叫了一杯咖啡，看着面前豆诺的近照。这张照片几乎上了爱尔兰所有的报纸，在布告栏和橱窗里摆了一年。照片的背景是妈妈每年立在客厅里的仿白色圣诞树。相机的闪光拍下各色小玩意，还有亮晶晶的饰物。豆诺咧着嘴，朝杰克一脸诡笑，像在奚落他，激他来找他。这小子小的时候就爱捉迷藏，为了赢，躲上几个小时都可以。大伙不耐烦的时候，只好大声宣布豆诺赢了，这样他才会扬扬自得、笑眯眯地走出来。杰克正在经历一次最漫长的搜寻，他希望弟弟能从藏的地方走出来，面带得意的微笑，结束这场游戏。

豆诺唯一像杰克的地方是蓝眼睛。他望着杰克，两眼炯炯有神。可无论杰克怎样看着相片，都不能为其注入活力；也不能进入照片，把弟弟拽出来；再也闻不到他用来泡澡的剃须爽肤水的味道；再也不能把他褐色的头发弄得一团糟；再也听不见他的声音。一年过去了，豆诺的触摸、豆诺的味道，他还记忆犹新，但是杰克和家里其他人不一样，光有回忆是不够的。

照片是前年圣诞节拍的，距离豆诺走失六个月。当时杰克一周回一趟家，豆诺是六个兄妹中唯一还跟妈妈住在一起的。豆诺和杰克之间的闲聊每次不超过两分钟，除此之外，那个圣诞是他们最后一次交谈。豆诺按老规矩送他袜子，杰克则把大姐前一年送的手帕送给豆诺，两人就无聊地打趣这些礼物。

豆诺9月份从利默里克大学毕业后，找到了电脑技师的工作，干得很开心。妈妈很为最小的儿子骄傲，在毕业礼上，她激动得差点把椅子弄翻了。那天，豆诺兴高采烈，说他多么喜欢这份工作。杰克可以看出，在告别学生生活后，豆诺成熟自信，工作游刃有余。

他俩从没特别亲。在家里的六个孩子中，豆诺的诞生颇有些意外。最惊喜的是他们的妈妈弗朗西斯，她怀上豆诺时已经四十七岁了。杰克比豆诺大十二岁，他离家时豆诺才六岁。杰克在外单过，对弟弟的秘密一点也不了解，做了十八年的兄弟，却不是朋友。

杰克不止一次问自己，假如他多了解豆诺一点，是不是能揭开一些谜团？如果他稍微认真一点待弟弟，实实在在谈点什么，那么弟弟生日的晚上他应该就在弟弟身边，而不会让弟弟独自离开速食店，他们也许会搭同一辆计程车离开。

或许杰克和豆诺还正在一起呢，不管这个地方在哪儿。

第八章

杰克喝到第三杯咖啡,看了看表。

10 点 15 分。

桑迪·肖特迟到了。他的两条腿在桌下紧张抖动,左手敲着桌面,右手示意再来一杯咖啡。他心里没乱,她会来的,他知道她会来的。

11 点,他第五次拨她的手机。响了好一阵,最后回音:“你好,我是桑迪·肖特。不好意思,我现在不能接听电话,请留言,我会尽快给你回电。”嘟……嘟……

杰克挂断电话。

11 点半,她迟到两小时,杰克又听了一遍她前晚留下的声讯录音。“嗨,杰克,我是桑迪·肖特。我是确认一下明早 9 点半的会面,在葛林村的基狄咖啡馆。我今晚开车过来。”接着是舒缓的语气,“你知道,我不睡觉,”轻微地笑,“所以我明天一大早就会到。除了电话上的交谈,我最后期待和你本人谈谈。还有,杰克,”她顿了一下,“我发誓会全力帮你,不会放弃豆诺的。”

12点，杰克又听了一遍。

下午1点钟，不知喝了多少杯咖啡后，杰克不再敲击桌面，而是十指握成拳，下巴靠在上面。他等了好几个小时，焦急地看着时间。背后咖啡店老板冷眼看着他，谁让他没把桌子让给愿意多掏钱的那伙人呢？四周桌子旁，人来人往好几拨，每次门上的挂铃响起，他都会猛地抬头。他不知道桑迪·肖特长什么样，她只说他会认出她。杰克不知该盼谁到来，但每次门铃一响，他就抬起头，内心充满希望，但当进来的人目光一扫而过，落在别人身上时，一切又坠下去。

2点半，门铃再次响起。等了五个半小时后，杰克拉开门，走了出去。

第九章

差不多两天了，我还待在原处。我来回跑着，努力重构路线，看能不能找到回去的路。我在山间跑上跑下，尝试各种速度，看究竟跑出多远。还有我觉察位置不对时，就思考在听什么歌，在想什么，在什么地方，似乎所有这一切都是线索。我由上到下，从下到上，找寻入口，更重要的是出口。我不敢停下，担心会像挂在草丛中兀自发光的裸背耳环，沦落成*这儿*四处散落的私人物品。

“你迷路了”，这是个奇怪的结论，但不是突然冒出来的，真的。最初的几个小时，我不知所措，垂头丧气。绝不仅是拐错方向，还有更离奇的事。从地质上而言，高山不可能瞬间耸起，非爱尔兰的土生树木不可能瞬间冒出地面，香农湾也不可能干涸得无影无踪。

我是在做梦，还是我摔倒后撞了头，可能正在昏迷，抑或是已经死了？这荒诞异常的乡间象征了地球的末日，还是我对利默里克以西的地形并不了解？我可能真疯了，这是头一种可能。

但那些天我只能干坐着，理性思考这一切。四周的景致是我见过最美的。我肯定还活着，世界没有完蛋，也没发生大规模的恐慌，我也不是垃圾场的住客。我渐渐明白，我忘了身在何处，只是糊涂地要找通往外界的路。我以为沿着山路，上下来回奔跑，就能找到出去的路，这是自欺欺人。内心理性的声音并未被干扰、驱散。一切的确不可思议，但最合逻辑的可能是，我安然无恙，只是迷路了。事情就是这样，不管多么奇怪。

迷路的第二天，夜幕降临时，我决定往松林纵深方向走，探探这个古里古怪的地方。助跑器踩过的地方，树枝噼啪作响。地面覆盖着厚厚的腐质层，坠落的树叶、树皮、松果，还有绒毛一样的青苔层层累积，柔软而有弹性。雾气像棉絮一样在头顶飘绕，延伸到树尖。高处细小的树干像木质铅笔一样伸向天空，为天空抹上些许颜色。白天，天空亮蓝，映衬着絮状的白云、橙黄的色带。黄昏时分，天边的火烧云衬着炭色的树丫，暗淡下来。而当黑夜来临，唯有群星闪耀，同我分享未知世界的秘密。

黑夜中，我独自绕着山麓走着，并未害怕、恐惧。四周鸟雀的啼鸣，青苔、雪松散发的香气，还有雾气制造的一点神秘，环绕着我，令我怡然自得。我经历过不少非常规的局面，有危险的，还有荒诞不经的。我的工作方式是，所有的线索都要跟进，所有的路径都要跑一跑，如果沿着某个方向能找到人，就不会因害怕而放弃。我不怕翻遍路上的石头，或者把石头连同疑问抛向同温室一样脆弱的大气层中。人员的失踪通常发生在大多数人不愿了解的黑暗状况下。同前一番深入地下的经历相比，这个新项目差不多是在公园里散步。没错，这是一个新项目——找到重回现实生活的路。

前方传来窸窸窣窣的声音，我停下脚步。好几天没跟人群打交道了，这些人友好吗？一堆摇曳的营火在林间投下重重阴影，我悄悄靠近，看到林中有块空地，五个人坐在那里，打闹、嬉笑，伴着音乐唱着歌。我躲在一棵巨大针叶松的阴影后面，像一只飞蛾被火焰吸引，却踌躇不前。他们的爱尔兰口音清晰可辨，先前我还以为自己身处家国之外，真荒唐。“那我在哪里？”几秒间，我怀疑一切。

脚下的树枝突然啪地折断了，在林间发出很大的回响。乐曲戛然而止，说话声瞬间静了下来。

“有人在那边！”传来一个女子的耳语声。

所有人都把头转向了我。

“喂，这儿！”一个乐呵呵的男子兴奋地喊起来，“快来，到我们这里来，我们就要唱《我的这缕光》。”同伴中传来叹息的声音。

只见他从一个倒伏的树干上跳起来，走近我，张开欢迎的双臂。他谢顶了，只有四缕头发，梳向一边，像空心粉一样挂在脑门上。他很和善，圆形的脸。我走进有光亮的地方，立刻就感到火焰的温暖。

“是个女的。”又传来那位女子大声的独语。

我不知道说什么好，起身迎接我的男子也犹疑地望着同伴。

“她可能不说英语。”那个女子大声说。

“是呀，”走近我的男子转向我，“你、会、说、英、格、利、西、吗？”

人群中又传来喃喃的咕哝：“伯纳德，《牛津英文字典》可听不懂你的爱尔兰口音。”①

我笑了笑，点点头。大伙安静下来，打量着我。我知道他们在想什么：她个子真高。

“啊，太好了！”他双手鼓掌，紧扣胸前，露出更亲切的微笑，“你从哪里来？”

我不知道该说地球、爱尔兰还是里特林。顺着本能，“爱尔兰”几个字冒了出来，这张嘴有好几天没说话了。

“好极了！”这个开朗的家伙笑得更灿烂了，我不禁也笑了，“太巧了，请到我们这里来。”他蹦蹦跳跳地把我带进人群中。

“我叫伯纳德。”他像柴郡猫一样笑呵呵的②，“热烈欢迎你加入爱尔兰分队！”他挤挤眉，“虽然我们这儿人数好像在增加，但眼看着就要被超过，真不敢想。不好意思，瞧我把礼节丢到哪里去了？”他一时双颊绯红。

“丢到那边的袜子下面去了。”

我转身去看是谁抛出这样的妙语。只见一位五十来岁的女性，一头紧致的银发，肩部搭着淡紫的围巾，妩媚动人。她远远地望着火堆，黑眼睛折射出舞动的火焰，齿间妙语连连，像在操作自动导航仪。

“这位小姐，很高兴认识你，该怎样称呼你？”伯纳德激动地笑着，伸长脖子望着我。

“我叫桑迪，桑迪·肖特。”我答道。

---

① 突显爱尔兰相对独立的语言意识和文化身份。——译者注

② A Cheshire cat，为英国名著《爱丽丝梦游奇遇记》中的一只猫，它会玩失踪，最后消失的是它的笑容。Grin/Beam like a Cheshire cat，意为笑口常开。——译者注

“太棒了。”他的脸又红了，他握了握我伸出的手，“很高兴认识你。请允许我向你介绍我们丐帮的其他成员。大伙喜欢这样说。”

“谁这样说？”那个女人生气地嘟哝道。

“这是艾伦娜，爱聊天，总是有话说。没错吧，艾伦娜？”伯纳德试探地看着她。

她嘟起嘴唇，嘴边的皱纹加深了。

“啊，还有——”他抹了一下额头，接着介绍一个叫琼的女子。接下来是德瑞克，留着长发、弹着吉他的嬉皮士。静静地坐在远处的是马尔柯斯。我扫了一眼，他们年龄相仿，相处得似乎也很融洽，即使艾伦娜冷嘲热讽也没引发任何不快。

“你为什么不坐下来？我会给你弄点喝的……”

“我们在哪？”我打断他的话，不想再接受他装模作样的打趣。

营火边的交谈戛然而止，艾伦娜甚至抬起头盯着我。她审视着我，匆匆扫一下，我感觉灵魂被吸走了。德瑞克停下吉他的弹奏，马尔柯斯微微一笑，向远处望去，琼和伯纳德惊恐地睁大眼睛，望着我。只有营火噼里啪啦地燃烧，火花跳来跳去，盘旋着消失在夜空中。猫头鹰嘟嘟呼呼地叫着，远处传来流浪者踩踏树枝的声音。

营火边一片死寂。

“有人回答这姑娘吗？”艾伦娜环顾四周，一副玩味的表情。没人说话。

“好吧，如果没人敢说，我就说说自己的看法。”她把披肩紧了紧，掖到胸前。

人群中传来阻挠声，我更想知道艾伦娜会说些什么。她的目光扫过人群，似乎很受用一片反对之声。

“艾伦娜，快告诉我。”我单刀直入。

“不，相信我，你不是真要这样。”伯纳德微微晃动，说话时双下巴颤颤的。

艾伦娜轻蔑地抬起银白的头，乌黑的双眼熠熠生辉。她直视着我，嘴角抖动了一下：“我们死了。”冷淡、平静、干脆。

“好了，好了，千万不要睬她。”伯纳德说道，我想这是他最生气时用的语气。

琼告诫说：“艾伦娜，这样的事我们经历过，你不能这样吓唬桑迪。”

“我看她并不害怕。”艾伦娜说，还是一副好玩的神情，目不转睛。

“好了，她或许有道理。我们可能是死了。”我来之后，马尔柯斯一直沉默，这会儿终于开口说话了。

伯纳德和琼叹了口气。德瑞克开始拨弄吉他，轻轻哼着：“我们死了，我们可能已经死了。”

伯纳德哼唧了一下，把茶从瓷壶倒进杯子里，用托盘递过来。在树林中看到这个，我不禁笑了。

“如果我们都死了，艾伦娜，那我们的父母在哪？”琼斥责道，打开一包饼干，照旧用瓷盘递到我的面前，“还有其他死的人都在哪儿？”

“见鬼去了。”艾伦娜一副无所谓的样子。

马尔柯斯笑了笑，向别处看去，我看不到他的表情。

“那好，什么可以让你觉得在天堂？什么能让你觉得可以进天堂？”琼气冲冲地把饼干浸入茶中，软的那边要掉时，她连忙拖上来。

德瑞克拨着弦，沙哑地唱着：“这里是天堂还是地狱？我看了看，也不知道。”

“难道其他人没有注意到金色大门吗，还有天使合唱团，还是只有我看到了？”艾伦娜装出鬼笑。

“你根本没走过金色大门。”伯纳德直摇头，晃着脖子，他看着我，还是摇着头，“她压根没从金色大门走。”

德瑞克乱弹一气，唱着：“我没走金色大门，也没感到仇恨的火焰。”

“够了，别唱了。”琼怒冲冲地说。

“别——唱——了。”德瑞克唱着。

“我受不了了。”

“我受不了了，有人能带我走吗？……”

“我是要让你走！”艾伦娜提醒他，但并不坚决。

德瑞克继续弹着，众人静了下来，揣摩着刚才那几句歌词。

伯纳德还在说：“艾伦娜，宝林娜·欧寇的女儿——小六六死时才十岁。像她那样的小天使肯定在天堂，而不在这儿，所以你说得有道理。”他昂起头。琼点头同意：“我们没死。”

“对不起，只有十八岁以上的能去，”艾伦娜有些厌烦，“圣彼得抱着两臂站在门口，耳朵里塞着耳机，接听着上帝的指令。”

“住嘴，艾伦娜。”琼打断她。

“进——不——来，出——不——去，圣——彼——得，怎——么——了？”德瑞克嘶哑地唱着，猛地停下来，终于说话了，“肯定不是天堂，埃尔维斯不在这儿。”

“啊，是呀！”艾伦娜眼珠转了转。

“我们这儿有自己的埃尔维，不是吗？”伯纳德咯咯地笑了笑，转了话题，“桑迪，你知道德瑞克在乐队干过吗？”

“她怎么会知道这些？”艾伦娜愤愤地说。伯纳德又没理她，大声说：“德瑞克·卡明斯是60年代圣可文学校最炙手可热的资产。”

他们大笑起来。

我浑身发冷。

“德瑞克，当时你的乐队叫什么？我都忘了。”琼笑着说。

“神奇男孩组合，琼，叫神奇男孩。”德瑞克深情地回忆着。

伯纳德来了兴致，说道：“还记得星期五晚上的舞会吗？德瑞克就在台上，扭着臀部，唱着摇滚。如果让马汀神父看到，他非心脏病突发不可。”大家又笑起来。

“哎，那个舞厅叫什么来着？”琼若有所思。

“哦，老天……”伯纳德闭上眼，努力回忆着。

德瑞克停下来，思索着。

艾伦娜一直注视着我，观察我的反应。“你冷吗，桑迪？”声音像是从远处飘来。

芬芭之家①，这个名字跳进我的脑海。他们每个礼拜五晚上都爱去芬芭之家。

“芬芭之家！”马尔柯斯终于想起来。

“没错，是这个名字。”他们都松了一口气，德瑞克继续弹着。

鸡皮疙瘩爬满全身，我不寒而栗。

我一张张脸看过去，注视着他们的眼睛、有些似曾相识的五官。年幼时

① 芬芭（Finbar）是爱尔兰人的常用名，有“公平的”含义。作者在此处显然借用1996年的电影《消失的芬芭》（*The Disappearance of Finbar*）来营造宿命般的氛围。——译者注

知道的一切犹如洪水般袭来,一切历历在目。当时为了完成学校的功课,我在电脑档案中偶然知道这个故事,立刻被吸引,还了解后续发展,可以说对这起事件不仅仅是熟悉。一张张洋溢着青春和微笑的脸庞,曾上过报纸头版。这一刻再次环绕着我。

德瑞克·卡明斯、琼·汉特察、伯纳德·林其、马尔柯斯·富林和艾伦娜·迪更斯,五位圣可文寄宿学校的学生。60 年代,在学校的一次野营中他们失踪了,再也没找到。可现在他们出现了,就在*这儿*,老了,更加睿智,但纯真不再。

我找到了他们。

第十章

十四岁时，父母劝我周一放学后去看心理咨询师。他们说，我可以问任何问题。这个人科班出身，能回答所有问题。他们用不着费大力气说服我，他们一说完，我差不多就冲到了学校。

“对我的教育失败了”，这一点从他们脸上就能看出。他们通常让我坐在餐桌边，中间摆着牛奶和甜饼，洗衣机在后面转着，这是缓解气氛的惯用方式。可现在妈妈紧捏着纸巾，像刚擦过眼泪。爸妈就是这样：不愿在我面前暴露弱点，但总留个尾巴。我没看到妈妈的眼泪，却看到纸巾；爸爸因为帮不上忙，生气，我没听到，却看到了。

“还好吧？”我看着他俩。他们貌似坚强，可我知道，人往往是有事时才会硬撑着，摆出有信心面对一切的样子。“出什么事了？”

爸爸笑笑：“没有，亲爱的，别担心，什么都没发生。”

爸爸说话时，妈妈皱了皱眉头，我知道她怎么想的。爸爸其实也不愿这样说，但还是说了。他们其实想帮我，想帮我解决问题。我偷听过他们没完没了地讨论该如何正确对待我的举止。他们曾竭尽全力帮助我，我能感到他们的失望，也不愿自己造成这样的局面。打发我去见咨询师，没关系，压根没关系。

“亲爱的，你爱问那么多的问题，那个样子，知道吗?”爸爸想说明什么。

我点点头。

“嗯，我和你妈妈……”他看看她，求助一般，妈妈瞥了他一眼，他的目光立刻柔和下来，“是这样，我跟你妈妈物色了一个能和你谈不同问题的人。”

“这个人能回答我的问题吗?”我睁大眼睛，心跳加速，仿佛生命中所有的秘密很快就有答案了。

“亲爱的，希望如此。”妈妈说，“同他交谈后，但愿你不再受那么多问题的困扰。你担心的事，他知道得比我们多。”

接着轮到我来发飙了，十指放到抢答器上，一二三开始:

“他是谁?”

“伯顿先生。”

“他叫什么?”

“格里高利。”妈妈说。

“在哪工作?”

“在学校。”

“什么时候去见他?”

“周一放学后，谈一小时。”妈妈在这方面比爸爸行。爸爸外出工作时，她也习惯这样的交谈。

“是心理诊疗师吗?”他们没骗过我。

“是的，亲爱的。”爸爸说。

从那刻起，我开始讨厌他们眼中的我。更遗憾的是，我开始不愿再和他们在一起了。

伯顿先生的办公室只有衣帽间大小，能放下两把扶手椅。我挑了一把脏兮兮的坐下。这是把橄榄色的椅子，天鹅绒面，黑漆漆的木质把手。对面一把也是天鹅绒面，褐色，污渍斑斑。看上去都是40年代的货色，但像一直在小屋里，从没洗过，也没动过。后墙上开了个高高的小窗，我坐在那儿，只能望天。第一次见伯顿先生时，天还蓝蓝的，白云飘过时，窗子就白茫茫一片。

房间空荡荡的，墙上贴着学生们的宣传照，一个个摆出很开心的样子，像在宣传他们如何对毒品说不，如何声讨校园暴力，如何应付考试压力，如何抗击饮食失控，如何克制性冲动。但万一出现意外，就会出现另一张招贴画，同样讲这个男孩和这个女孩如何使用了避孕套。圣人啊，这些人。屋内的氛围积极向上，充满阳离子，我觉得自己要从凳子上像火箭一样发射上天。这些人都接受过高贵的伯顿先生的帮助。

我猜想中的伯顿先生是位睿智的长者，满头银发，戴着单孔眼镜，身穿马甲，胸佩怀表。他对人脑进行过多年广泛的研究，胸藏各种知识。我把他想象成西方世界的尤达①，披着智慧的斗篷，用谜语似的表达，让我相信自己有强健的内功。

真实版的伯顿先生进来了，我有种说不出的感觉。我的好奇心有些失望，可十四岁的个性却使自己仍然非常开心。与其称他为伯顿先生，不如叫他格里高利。他年轻、帅气、性感，棒极了。他像当天刚从大学毕业，穿着T恤牛仔，理着新潮的发型。我像往常那样盘算一番：如果只比我大十四岁就还有戏，再过几年等我读完书，也是合法的。所以他甚至还没关上门，我就规划好这辈子了。

“你好，桑迪。”他的声音洪亮、愉快。他握握我的手，我发誓回家后要舔舔这手，而且再也不洗。他坐在我对面褐色的绒布扶椅上。我打赌，招贴画上的这些女生，肯定费尽心思想到他的办公室来。

“你坐我们这款顶级设计的椅子，还算舒服吧？”他坐下时厌恶地皱皱鼻子，椅垫边破了口子，里面的海绵翻了出来。

我笑笑，嗯，真酷。“还好，谢谢。我在猜，我对座椅的选择能让你想到什么。”

“呣，说明两点。”他笑笑。

我专心听着。

“第一，你不喜欢褐色；第二，你喜欢绿色。”

“都不是，我就是想面对窗户。”我笑了笑。

“啊哈，你属于我们实验室所称的‘对着窗户的人’。”他咧着嘴笑了。

“没错，我是那样的。”

---

① 尤达是《星球大战》系列电影中的角色，扮演谋士和将军的主要角色。——译者注

他有些兴致地看了我一下，放了支笔和本子在腿上，然后把录音机放在扶手上。“你介意我录音吗？”

“干吗？”

“这样我就能记得你说的每句话。有时候，除非回过头来听，否则我是整理不出什么来的。”

“这样，那笔和本子又做什么用？”

“随便画画写写，万一我听你说听烦了。”他按下键，说了日期和时间。

“我觉得像在警察局，就要受审。”

“出过这样的事吗？”

我点点头。“珍妮·媚·芭特勒失踪时，我们都被叫去提供有关学校的信息。”话题很快就转到她身上。这样受关注她应该开心才是。

“哦，珍妮·媚是你的朋友，对吧？”

我想了想，看着墙上挂的反学校暴力的海报，不知该说什么。面对这么棒的男人，我如果说“不是”，会显得迟钝，可她的确不算我的朋友。珍妮·媚讨厌我，但她失踪了，或许我不该指责她，毕竟大家都说她是个天使。我没做声，伯顿先生误以为是伤心，这挺尴尬，所以他再问时，声音轻得让我差点笑起来。

“你想她吗？”

我又想了想。“你会怀念每天被扇一记耳光吗？”我倒想问问他，又觉得如果说“不是”，他会觉得我迟钝。如果那样，他就不会爱上我，也不会带我离开里特林。

他坐着，往前靠着。天哪，眼睛真蓝。

“你的爸爸妈妈告诉我，你想找到珍妮·媚，是真的吗？”

哇哦。还在说我的估计错了。我眼珠一转，扔错骰子了。“伯顿先生，我不愿在这儿显得迟钝粗鲁。珍妮·媚走失了，大家都伤心，可是我……”我没再继续下去。

“说下去。”他催着我说。我真想跳过去，亲他一下。

“是这样，我跟珍妮·媚不是朋友，她讨厌我。我只是因为她不见了而想她，而不是要她回来。而且我不愿她回来，或者找到她。能知道她在什么地方就够了。”

他皱皱眉头。

“还有，我知道你可能想，珍妮·媚是我的朋友，她失踪了，所以每次我掉了像袜子之类的东西，就会跑去找，就像我失去了珍妮·媚，要带她回来。”

他的嘴角微微下垂。

“嗯，伯顿先生，这样猜测有些道理，可我不是这样。我没那么多心思，东西不见了，不知去了哪儿，我会非常烦。比如说，透明胶带。昨晚妈妈要给迪尔萃阿姨包生日礼物，可找不到透明胶带了。它一直是在刀具抽屉下面的抽屉里。一直在那儿，不会在其他地方。爸妈知道我希望东西这样摆，所以每样东西都摆得整整齐齐。不骗你，我家可干净了，所以不会乱七八糟，老是掉东西。不管怎样，礼拜六做手工作业时，我用过胶带。顺便说一下，作业今天只得了个糟糕的C，而翠西·汀斯顿却得了A，她的画像挡风玻璃上一只被拍扁的苍蝇，这就是所谓的‘真正的艺术’。说远了，我保证把胶带放回了抽屉。爸爸没用过，妈妈没用过，而且肯定不会有人为了偷点透明胶带闯到我家，于是我找了一晚上，也没找到。在哪儿呢？”

伯顿先生没有说话，慢慢往后挪，坐回凳子里去。

“让我理理清楚，你并不想珍妮·媚·芭特勒。”他慢慢地说。

我俩大笑起来，第一次，我对这件事感觉没那么糟了。

“那你为什么要来这儿？”笑过之后，伯顿先生严肃起来。

“因为我需要答案。”

“想要怎样的答案？”

我又想了想。“昨晚我们都找不到的透明胶带到哪儿去了？珍妮·媚·芭特勒在哪儿？为什么我的袜子会在洗衣机里掉一只？”

“你觉得我能告诉你这些东西在哪儿？”

“伯顿先生，不用具体的细节，大概的指引就可以。”

他冲我笑笑。“那先让我问你一些问题，或许通过你的回答，我们能找到你要的答案。”

“行啊，如果你觉得这管用。”什么怪人。

“为什么一定要知道这些东西在哪儿？”

“我必须知道。”

“为什么必须知道？”

“你为什么必须要问我这些问题？”

伯顿先生眨巴眨巴眼，好一会儿没说话，看得出他也没想到。“这是我的工作，我靠这个拿薪水。”

“拿薪水？”我眼珠一转，说，“伯顿先生，你可以干我周六垒卷纸的工作，照样拿薪水。但是你决定苦读，不知熬了几千上万年，拿到墙上挂的这些卷轴。”我环视一番镶在镜框里的资质证明，“我想说，你完成这些学业，通过所有考试，问出这些问题，不仅仅就是为了拿薪水。”

他微微笑了笑，看着我，不知道再说些什么。两分钟过去了，他什么都没说，在想着什么。他终于放下纸笔，向前凑了凑，把胳膊肘搁在膝盖上。

“我喜欢和人交谈，永远喜欢。我发现，通过谈论自己，大家可以了解过去不知道的东西。这是一种自我疗救。我问问题，因为我爱帮人。”

“我也是这样。”

“你问有关珍妮·媚的问题，你觉得是在帮她还是她的父母？”他想掩饰眼中的困惑。

“没有，我是帮我自己。”

“怎样能帮到你？找不到答案不会让你更灰心吗？”

“伯顿先生，有时我能找到，能找到放错地方的东西。”

“掉了的东西，不就是放错地方了吗？”

“放错地方是指忘了放在什么地方而暂时找不到。我一直记得放在哪儿，这些东西不会放错，也能找到。我烦的是有些东西长了腿，自己跑掉了。”

“你不觉得，可能是什么人，不是你，动了这些东西？”

“像谁呢？”

“我问你呢。”

“嗯，如果是透明胶带，答案肯定是‘不’。如果是短袜，除非有人把手伸到洗衣机里，拿走袜子，那么答案还是‘不’。伯顿先生，父母是愿意帮我的。他们不会动那些东西，也不会每次忘记。他们更清楚东西究竟放在哪儿了。”

“那你有什么假设呢？你觉得这些东西在哪儿？”

“伯顿先生，如果我有什么假设，那我也不会在这儿。”

“那你什么都不知道？凌晨时，你找得起劲，却什么都没找到。在这样最心灰意懒的时候，在你最抓狂的梦中，你真的一点不知道失踪的东西去哪儿了?”

我知道了,父母告诉他的比我想的要多。如果一五一十回答这个可怕的问题,那他绝不会爱上我。不管了,我深吸一口气,说了实话:“那样的时候,我确信它们去了失踪物品都去的地方。”

他紧接着问:“你觉得珍妮·媚也在那儿吗?觉得她在那儿,会不会让你感觉好些?”

我转眼一想,说:“天啊,伯顿先生,如果她死了,是他们杀了她。我可不会为了好受些而虚拟一个世界。”

他尽量不动声色。

“可不管她是不是活着,警察局为什么没能找到她?”

“有时存在神秘,接受这一点,你会好受些吗?”

“你都不接受,为什么我要接受?”

“你怎么觉得我不接受?”

“你是个心理咨询师。你相信‘每个行动都会产生反应’之类的理论。我来之前读了些这样的东西。我现在的一举一动,是因为先前发生的、某人说了什么或者做了什么。你相信一切都有答案,都有解决的办法。”

“这不一定是真的。桑迪,我不是什么都能搞定。”

“你能把我修好吗?”

“你明明好好的。”

“这是你的诊断意见吗?”

“我不是医生。”

“难道你不是‘心灵的医生’?”我拨弄手指,疑惑地转了转眼睛。

一阵沉默。

“好吧,不管什么东西,你不断翻不断找,还是没找着,你有什么感受?”

我觉察到,这是他经历过的最怪异的谈话。

“伯顿先生,你有女朋友吗?”

他皱了皱眉头。“桑迪,这好像不相干。”我没做声,他叹了口气,“没有,还没有。”

“你想要吗?”

他若有所思。“你想说,找袜子就像寻找爱情?”他想问一个让我不显得太蠢的问题,可效果不佳。

我眼珠子又转了转，不止一次了。“不是，感觉就是，你遗失了什么东西，无论怎么下劲找，却总找不到。”

他难堪地清了清嗓子，拿起纸笔，假装要写点什么。

涂鸦时间。“烦了吗？”

他笑了笑，打破了僵局。

我想再解释：“或许这样说简单点，找不到东西就像突然忘了一首你熟记在心的歌的歌词，突然忘了一个你每天都见的熟人的名字，或者一个知名乐队的名字。这会很沮丧，脑子会想个不停，答案是有的，可没人告诉你。这些小事不胜其烦，除非知道答案，不然我没法休息。”

“我明白了。”他轻声说。

“没错，再把这种感受放大一百倍。”

他思索了一会。“桑迪，你成熟了。”

“好笑，我还指望你。你这个年纪应该知道不少。”

他笑笑，时间到了。

那天晚饭时，爸爸问我谈得怎样。

“他不能回答我的问题。”我答道，嘟嘟地喝着汤。

爸爸看上去像心脏要崩裂一样。“所以你大概不会再去了。”

“不是！”我马上说。妈妈喝了一小口汤，偷偷地笑。

爸爸扫视着我和妈妈，一副不解的样子。

“他的眼睛真好看。”我说出理由，接着又嘟嘟地喝汤。

他皱皱眉，往妈妈那边看。妈妈笑得连嘴都合不上，脸也红红的。

“是真的，哈罗德。他的眼睛的确好看。”

“啊，*这样*啊，”爸爸把手一摊，“这个人眼睛好看，看在基督的分上，我还能说什么？”

那天夜里，我躺在床上，想着同伯顿先生的交谈。他或许没有我要的答案，但他肯定能治好我的寻找症。

第十一章

后来在圣玛丽中学的日子,我每周都去见伯顿先生。就是放暑假,学校对镇上开放,我们也会见面。最后一次去看他时,我刚满十八岁。之前一年我拿到毕业证书,而那天早上我被爱尔兰国民警务总署录取了。再过几个月我要搬到科克去,在坦普尔莫尔接受训练。

"你好,伯顿先生。"我说。他刚进办公室。自打我们第一次在这儿相识,这个小屋一点也没变。他还是那么年轻帅气,从头到脚我都喜欢。

"桑迪,说了一百次了,不要再叫我伯顿先生,像个老头。"

"你是老了。"我打趣道。

"你也长大了,"他说道,我俩沉默了一下,他摆出谈事情的样子说,"好吧,这个礼拜想什么呢?"

"今天我被爱尔兰国民警务总署录取了。"

他睁大双眼。开心?伤心?"真的吗,桑迪?可喜可贺。你成功了!"他走过来,抱抱我,似乎比平时多抱了一会儿。

"爸爸妈妈怎么想?"

"他们还不知道呢。"

“你要走了，他们会伤心的。”

“其实这样最好。”我看着别处。

“你不可能把所有问题丢在里特林的，明白吗？”

“是的，但可以丢下知道这些问题的人。”

“你会回来看看吗？”

我望着他，是问爸爸妈妈吗？“尽量吧。”

“那会是多久？”

我耸耸肩。

“桑迪，他们一直那么支持你。”

“伯顿先生，我不能成为他们想要的样子。我让他们难过。”

他翻翻眼。我还是称他先生，像故意要垒起一堵墙。“你知道，他们就是让你做好自己，不要因为那些问题而感到羞愧。他们爱你，爱你的一切。”

他看着我，又是说我的父母吗？我环视着小屋。他了解我的一切，绝对是一切，而我能感受他的一切。他还是单身，一个人住，虽然里特林的每个女生都在追他。每个礼拜他都跟我讲，接纳现实，同生活共进退。可假如有人给生活按了暂停键，等待着什么事、什么人，那就是他。

他清清嗓子：“我听说你周末跟安迪·麦卡锡出去。”

“还有呢？”

他疲倦地搓了一下脸，没再说什么。一种默契。四年的诊疗，剥开我的灵魂，没完没了地吞噬着我的思想。但不管我们再说什么，话语却离它越来越远。

“来吧，跟我谈谈。”他轻声说道。

最后的疗程，我什么都没想。他还是没有答案。

“你会去礼拜五的化装舞会吗？”他想活跃气氛。

“会去，”我笑笑，“说再见的最好方式，就是扮成别的样子，大步离开那个地方。”

“你会装成什么样子？”

“一只袜子。”

他笑了起来。“安迪不跟你去吗？”

“我的袜子有成对的吗？”

他蹙蹙眉，还想知道些什么。

“他不明白，为什么我找不到邀请帖时，会把他的公寓翻个底朝天。”

“你想它会在哪儿？”

“跟其他掉的东西在一起。谁知道呢？”我疲倦地揉揉眼。

“桑迪，你没疯，所以你才能当警察。”微笑僵硬地挂在他的脸上。

“是担心祖国的未来吗？”

“不是，”他笑笑，“至少我们是安全的。你的问讯会把罪犯逼死。”

“那是，我可是跟最好的老师学的。”我勉强笑笑。

周五晚上，伯顿先生也来化装舞会了。他扮成袜子的样子，我笑得不行。晚上，他开车送我回家，两人默默地坐着。聊了这么多年，可当时都不知道说什么。就在我家屋外，他靠过来，饥渴地吻着我，长久没有分开。这既像第一次见面，又像是道别。

“真可惜，格里高利，我们不是同一类型的人，我俩本可以是很好的一对。”我伤心地说。我希望他对我说，我们可以是这一带奇怪的但最美满的一对儿。他可能同意。我看着他开车走了。

后来我又有不少伴侣，也愈加意识到格里高利是我所碰到的人中最完美的。可在我人生各种难题的求解中，我却同最明显的答案擦肩而过。

第十二章

透过琥珀色的火焰，艾伦娜好奇地打量着我。火苗的阴影跳跃着，像在舔着众人的脸。其他人还在回忆德瑞克的摇滚岁月，他们摆脱了我“在哪儿”的质问，轻松而愉快，兴致勃勃，喋喋不休。虽然不再掉单，我还是被排除在外。终于，我抬起头来，直视艾伦娜的双眼。

她沉默了一会，然后问：“桑迪，你是做什么的？”

“是呀，”琼兴奋起来，抱着茶杯暖着手，“快告诉我们。”

每个人都看着我，我在想该怎么说。何必撒谎呢？

“我开了一家事务所。”

“什么样的事务所？”伯纳德问道。

“是不是模特会社？”琼压低声音问，“你的腿那么长，我打赌肯定是的。”她抱着茶杯，靠近嘴唇，竖起小拇指，像条出猎的小狗。

“琼，她*开*事务所，但不是其中的*一员*。”伯纳德摇摇头，下巴晃了晃。

“其实我开的是寻人社。”

沉默了一会。他们扫了我一眼，互相看看，突然大笑起来。艾伦娜除外。

“哦，桑迪，真不赖。”伯纳德用手帕擦了擦眼角，“到底是什么事务所？”

“演出社。”我还没来得及说，艾伦娜抢先说。

“你怎么知道？”伯纳德问，像是因为她先知道而有点恼火，“可是你先问的。”

“你们刚才笑的时候，她告诉我的。”她不屑地甩了甩手。

“演出社。”琼张大眼睛望着我，“太棒了。我们在芬芭之家演过好几场不错的戏。”琼解释道，“大家还记得吗？”她看看周围的伙伴，“比如莎士比亚名作中的几出，《裘力斯·恺撒》、《罗密欧与朱丽叶》，伯纳德还是……”

伯纳德大声咳了一下。

“不好意思，”琼脸红了，说，“伯纳德真是个不可思议的演员，他在《仲夏夜之梦》中扮的织工波顿还蛮像回事的。你的演出社可不能少了他。”

然后他们又你一言我一语，交流着昔日的故事。艾伦娜绕过火堆，走过来，在我身边坐下。

“我想说，你干你这行干得很出色。”艾伦娜笑着说。

“你为什么要那样做？”我是指她插进话，引开话题。

“你可不能把实情跟他们说，特别是琼。她声音低，为了让别人听见，不管什么事她都要所有人知道。”她打趣道，却又心疼地看着伙伴，“如果有人发现你开家寻人社，你会被各种问题缠死。大家都会觉得，你能来，就可以把我们带回家。”我搞不清楚，她是在开玩笑还是在问问题。不管怎样，她没笑，我也没回答。

“*这儿*还有什么其他人能告诉？”我望着黑糊糊的森林，那里静悄悄的。两天了，也没碰到其他人。

艾伦娜又好奇地看着我：“桑迪，你要知道，还有其他人。”

除了依沃克族①，我不相信，还有什么人能居住在黑暗、寂静的环境中。

“你知道我们的故事，对吧？”艾伦娜压低声音，以免其他人听见。

我点点头，深吸一口气，像背书一样：“五名学生在威克洛的圆木地区失踪。他们是在学校组织的野营活动中消失的。他们来自黑石镇的圣可文男女寄宿学校，分别是十六岁的德瑞克·卡明斯、艾伦娜·迪更斯、马尔柯

---

① 依沃克族是《星球大战》系列电影中的角色，貌似泰迪熊，在恩多丛林中采摘、打猎。——译者注

斯·富林、琼·汉特察和伯纳德·林其。按原计划,这些孩子应游览格冷达,不过,清晨时,帐篷里已不见他们的踪影。”

艾伦娜像孩子一样注视着我,泪光盈盈。我觉得有责任一字不差地把报刊文章有板有眼地背出来。我想代表国家表达所有国民在第一周的情感经历,还想把陌生人对五位失踪学生的关爱准确地传达出来。我觉得这样做,才对得起所有祈祷孩子归来的人。我觉得艾伦娜应该听一下。

“今天国民警务总署声称,他们仍在跟踪各种线索,但不排除暴力行径。他们号召有任何线索的人同圆木或者黑石警方联系。圣可文的学生也集合起来,为同学祈祷;本地居民在事发现场附近献花哀悼。”

我停下来。

“艾伦娜,眼睛怎么了?”伯纳德担心地问。

“嗨,没事。有个火星跳到眼里了,仅此而已。”她掀起围巾的一角,擦了擦眼睛。

“噢,亲爱的,”琼跑过来,细看看她的眼睛,“我看还好,没什么事,有点红,淌了点眼泪。可能是微微烫了一下。”

“我挺好,谢谢。”艾伦娜这样打发他们。他们的关心让她有些难堪,可其他人还在聊着天。

“你演得不错,可以加入我的演出社。”我笑着说。

艾伦娜笑笑,又不说话了。我觉得该说点什么。

“你要知道,他们从未放弃。”

她克制不住,小声叫了一下,发自内心地。

“你的父亲向每位就职的警署总长和司法部长请愿,让他们在整个地区进行彻头彻尾的搜查。为了找你,他叩开每户人家的大门,连每片草叶都要翻查。还有你的母亲,更是了不得。”

提到母亲,艾伦娜笑了。

“她成立了一个帮扶失去亲人家庭的心理咨询组织,取名为‘门廊之光’。因为很多这样的人家会把前门的灯留着,希望在灯标的引导下,亲人终将回来。她对慈善工作可真是乐此不疲,在全国设了很多基地。你的父母从未也不会放弃。你的母亲仍在坚守。”

“她还活着?”她又睁大眼睛,噙着眼泪。

“很抱歉,你的父亲几年前去世了。”我停了一下,让她有片刻的咀嚼过滤，“你的母亲还在为‘门廊之光’奔忙。去年我参加了他们的年度午餐会，真有意思。我见到你母亲，还跟她说，她真是太棒了。”我低头看着双手，清清喉咙，传话人的活儿可真不容易干，“她鼓励我继续努力，还指望我能找到她最爱的女儿。”

艾伦娜低声说：“跟我讲讲她。”

我终于甩掉了忧愁，坐在温暖的营火边，跟艾伦娜交谈起来。

“我其实不愿参加后面的野营。”我说完她母亲的情况后，艾伦娜既高兴又激动，“我当时求他们不要让我去。”

这些我都知道，但还是专心听着。听着自己熟悉的故事由主人公说出，我非常着迷，仿佛自己最喜欢的书被搬上舞台。

“那个周末其实我要回家的。是有个男生……”她笑笑，看着我，“是不是故事里永远都会有个男生？”

我不知道原委，但还是笑笑。

“有个男生刚搬进我家隔壁的宅子里，叫塞缪尔·詹姆斯，那真是世间最美的生灵。”她两眼闪着光，像是真有火花跳了进去，照亮了瞳孔，“那年夏天，我认识了他，然后相爱，一起度过最美妙的时光。*真是罪过*。”她耸耸肩，我笑笑，“然后我回到学校，两个月啊，想他想疯了。我央求父母让我回家，但是没用。他们在惩罚我，”她露出伤心的微笑，“在一周内，我因为在历史课考试作弊，又在体育馆里抽烟被逮住了。不能接受，即使以我的标准。”她左右张望了一下，“所以我就破罐子破摔，坚持离开。还以为同好友分开，可以突然让我像天使一样。尽管如此，我也不该受这样的惩罚。”

“当然不该，”我加重语气，“你们怎么到这儿的？”

艾伦娜叹了口气：“那天晚上，我和马尔柯斯计划趁大家睡觉时，我俩先碰头。只有他有一包香烟，所以其他两个男生跟他走，当然还有琼。”艾伦娜亲切地看看火堆另一边的朋友，说，“她害怕独自待在帐篷里，所以也来了。我们离营地很远，这样老师不会看到烟火儿，也闻不到烟味。我们其实没走多远，几分钟样子，就跑到这儿了。”她耸耸肩，“我真的只能这样解释。”

“你们肯定吓坏了。”

“跟你差不多。”她瞧了我一眼，“不过，至少我们还有个伴。简直很难想象，你单独经历这一切。”

她想让我说点什么,但我没有。我天生不愿主动开口,除非跟格里高利在一起,那是另外一回事。

“我们失踪时,你甚至还没出生。你怎么知道这么多?”

“这么说吧,我是个很好奇的小孩。”

“你确实很好奇。”她又打量着我,目光咄咄逼人,我转开头去,“你了解这儿每个人家里的情况吗?”她朝其他人转转头。

“是的。”我左右扫了一眼,甄别着每个人脸上遗传自父母的面孔,“了解这些是我的工作需要。每年我会把你们的情况做个跟进,看看有没有人回来。”

“好的,谢谢你帮我感觉离家近了一步。”

我俩沉默不语。艾伦娜肯定陷入对家的回忆之中了。

终于她又开口了:“桑迪,我祖母是个高傲的女人。她十八岁时嫁给了祖父,生了六个孩子。她的妹妹好像从未出嫁,却跟一个不知名的人,展开了一段神秘的爱恋。让众人震惊的是,她还生了个儿子。”她暗自笑笑,“祖父满脸写的是——这孩子不是他的,也没甩给祖母。可当他们少了几个先令时,那孩子恰好穿上新衣服。当然这完全是一种巧合。”她伸长双腿,放平语调,“乡村里黄头发蓝眼睛的男子可不少,我祖父爱喝酒,就能解释存的钱为什么减少了。”

我疑惑地看着艾伦娜:“不好意思,艾伦娜,你为什么要告诉我这些?”

她笑笑:“你最后掉到*这儿*,跟我们在一起,可能是一大巧合。”

我点点头。

“但是我祖母不相信巧合,我也不相信。桑迪,你到这儿,是有原因的。”

第十三章

火要灭了,艾伦娜添了根柴火,柴火上的嫩灰顺着一边滑下去。余炭上的火星子像被叫醒了,懒懒地趴在木棍上,散发出的热量向我和艾伦娜袭来。

我们聊了好几个小时,我把她家的情况详细告诉了她。当我意识到身旁是谁时,内心涌上一种非同寻常的感觉,仿佛浪花冲刷着我,让我松弛下来,眼睛沉沉的,大脑放慢了节拍,肌肉的紧张也释放出来,只有一点点,却实实在在。

在我的生命中,所有人都说:“你的问题和你毫不相干,你不必对失踪人员的案子过度关注。”可是就在这林子里,我曾提出的每个愚蠢、难堪、不相干和没必要的问题,对于艾伦娜·迪更斯而言,就是她的全部。我无休止地寻查,对自己和他人没有边际地质询,毕竟是有缘由的。最重要的是,这样的缘由其实不止一个——同我坐在篝火边的还有其他四个人。

唉,我舒了一口气。就是现在的感觉。十岁以后,这是大脑第一次感到轻松。

天慢慢亮了。被白天太阳灼烧、被黑夜冷却的树丫,给天空抹了一缕凉凉的蓝。沉默了一个晚上的鸟儿，扯起了嗓门，就像交响乐团演出前的调音，奏出稀奇古怪的曲子。伯纳德、德瑞克、马尔柯斯还有琼睡着了，睡袋上压着毯子，他们在学校时大概就是这样野营的。假设那个夜里，他们没有闯进林子，而是安安稳稳地睡觉，那么他们是很多年前就能回到家人的怀抱呢，还是这个世界的秘密之门照样会接纳他们？

我们都在*这儿*，是偶然，还是我们撞上了一个地球造物的光点、一个地表的黑洞？这是生命从来不可言说的那部分吗？还是我们迷路了，没有理由，或者这就是我们真正的归宿，还是原初之错的“正常”生活？这是那些生活的局外人得到抚慰和归宿的地方吗？我得以释怀，但我还是不断地问这些问题。我四周的世界变了，但有些东西依然如故。

“你们快乐吗？”我看着熟睡的人，“大家都幸福吗？”

艾伦娜微微一笑。“我们都在问为什么，但没有答案。是的，我们开心，生活非常幸福。”她停下来，像听笑话一样，好笑地看着我，接着又说，“桑迪，不管你信还是不信，我们在*这儿*也很愉快，这里是我们住得最久的地方。过往的记忆，遥远但快乐。”

我环顾火堆四周：他们没什么东西，只有过夜用的袋子，塞满了茶包、可有可无的瓷器、饼干、毛毯、睡袋、保暖用的披毯和套头衫。他们肯定是从四处丢撒的废物堆里淘出这些东西的。这五个人裹着毯子，烤着火，睡在星星下面，太阳是唯一的光源和热源。就这样，四十年了。他们怎么可能幸福？他们怎么不爬回现实世界，回到对物质的拥有中，渴望别人的陪伴？

我环顾四周，摇摇头。

艾伦娜笑着说：“你摇头干吗？”

“对不起，”我有些难堪，不该怜悯他们满意的生活，“嗯，在这里待上四十年，真够漫长。”我看着这块空地说。

艾伦娜显得有些惊讶。

“哦，对不起，”我往后退，“我不是要让你生气……”

“桑迪，桑迪，”她打断我，“这不是我们世界的全部。”

“知道，知道，”我还是向后退，“你们相互之间……”

“不是，”艾伦娜笑了，糊涂地皱着眉头，“对不起，我以为你知道，并不总是这样。每年的失踪纪念日，我们都约好去野营。我以为你能记得日期。

这块空地是四十年前我们最初到的地方。是的，就是在这个地方，我们明白再不能回家了。我们一年内会保持联系，但都是分开，过着各自的生活。”

“什么？”我听不明白。

“你知道，总会有人失踪。无论人们在哪里聚集，就开始了生命，就存在文明。桑迪，从*这儿*步行十五分钟，就到了林子的尽头，就会开始一种完全崭新的生活。”

我惊呆了，嘴巴张开又合上，但什么都没说出来。

“有意思的是，你偏偏今天来。”艾伦娜若有所思地说着。

我仓促地站起来：“那快点，我们现在就走。带我去看看你说的那个地方，不会打扰别人的。”

“不行。”艾伦娜收起微笑，坚定地说。她猛地抓住我的胳膊。我退了一步，想拔出手来，我讨厌这样的接触，但她并没生气。我不能动，她的手抓得很牢，脸上冷冷的。“我们不能就那样离开，不能各自消失。我们要一直坐着，直到他们醒来。”

她松开手，紧紧地用围巾裹住身体，又恢复之前警觉的样子。她聚精会神地看着伙伴，像是在值班。我才明白，她整夜未眠，不仅仅是由于我的缘故。轮她值岗了。

“我们得待到他们醒来。”她又坚定地说。

杰克坐在床头，看着格罗娅。她还没醒，浅浅地笑着。这是礼拜一的清晨，他刚回到家。他没等到桑迪·肖特，之后花了一整天，把邻近地区的旅馆和酒店查遍了，看她到底在哪儿。她没到咖啡店，有很多可能。他确信，那天早上她没出现，并不意味着寻找就结束了。她可能睡过头，误了会面时间；或者那天晚上因为什么事在都柏林耽搁了，不能来利默里克；可能是家人的亡故，或者是另一宗案子的突发线索，让她离开了利默里克；她也可能正往他这边赶，晚上开车直达葛林。他想到无数的可能，但她绝不会故意让他失望。

肯定出了什么差错，没别的。他打算午餐休息时再到葛林，看看她来了没有。那个礼拜，他都是为这次会面活着，现在可不能放弃。一周内几次电话的交谈，桑迪给他的希望超过了其他人一整年所能给的。他从交谈中相信，她不会让他失望。

他打算告诉格罗娅,真的打算。他伸出手,拍拍她的肩膀,轻轻地晃了晃,但手停在半空。或许在跟桑迪重新联系上之前,先不要跟她讲。格罗娅没醒,只是叹了口气,伸一下四肢,翻了过去。

她背对着杰克和他伸出的手,终于靠那边睡踏实了。

第十四章

桑迪没现身。就在一周前，杰克悄悄拉上连着客厅的卧室的门，免得吵醒熟睡的格罗娅。他沿着客厅的长边走来踱去。沙发上敞开放着的一本电话簿，像瞪着他。他停下来，看了一眼卧室的门，又看了一眼电话簿，一页页翻过，一直看到"门廊之光"做的宣传。这是一家为失踪人员的亲戚朋友提供心理咨询的组织。杰克和姐姐茱蒂在豆诺失踪后，试图说服母亲跟"门廊之光"交交心，可她没去——爱尔兰人"家丑不可外扬"的老套做派。广告下面是桑迪·肖特寻人社的号码。他拿起手机，打开电视。电视的声音能盖住他的声音，万一格罗娅醒来也不用担心她会听到。他拨通了第一次看到广告就记住的号码。电话响了两下，然后是一位女子接的。

"喂？"

杰克突然忘了该说什么。

"喂？"这次声音温柔些，"格里高利，是你吗？"

"不是，"杰克总算接住话，"我叫杰克，杰克·罗托。我从黄页上找到你的号码。"

"哦，对不起，"她道了歉，又回到原先事务性的语气，"我在等别人。我是桑迪·肖特。”她说。

“嗨，你好，桑迪。”杰克在杂乱的小客厅里来回走着，老旧的木地板是用一块块地毯装饰，配得并不好，卷得也不平整，杰克差点绊倒。“对不起，这么晚打电话。”就要说到点上，他一边留心着卧室的门，一边走得更急了。

“没事儿。晚上这个时候打电话，是失眠症患者在做梦。开个玩笑，对不起。我怎样才能帮到您？”

他停下脚步，挠着头。他要干什么？

桑迪轻轻说：“是你认识的人失踪了吗？”

“是的。”是杰克全部的回答。

“多久以前？”听得出，她在找纸片。

“一年。”他在沙发的扶手上坐下来。

“叫什么名字？”

“豆诺·罗托。”他咽了咽口水。

她停顿了一下，说：“嗯，豆诺。”听声音这人像是认识豆诺似的，“你是亲戚吗？”

“是哥哥……”杰克说不下去了。他坚持不住，他需要现在停下，需要像其他家人那样生活下去。他以为一个从电话簿上找到的失眠者，有大把空闲时间，竟会完成整个警察局都没办到的事，这很蠢。“对不起，非常对不起。我打这个电话是个错误。”他尴尬地说，“对不起，浪费你的时间了。”他迅速挂断电话，陷到沙发里，难堪而疲倦。他摔掉文件，豆诺微笑的照片飘落到地板上。

过了一会儿，他的手机响了。他立刻去接，不愿铃声吵醒格罗娅。

“是你吗，豆诺？”他吸了一口气，忽地站起来。

“杰克，我是桑迪·肖特。”

沉默。

“你通常都这样接电话吗？”她的声音更轻了。

他无语。

“如果你还盼着弟弟的电话，你给我的电话就不是错误，是不是？”

他的心脏在胸腔里怦怦直跳。“你怎么知道我的电话？”

“通过身份查寻的。”

“我的号码不会显示。”

“杰克，我是找人的。这是我的工作，我或许能帮你找到豆诺。”

他看着散了一地的照片。弟弟嬉皮笑脸地望着他，不说话，像是看他敢不敢来找他，就像小时候那样。

“你还继续吗？”她问道。

“是的。”他答道，朝厨房走去。他要冲杯咖啡，好对付漫漫长夜。

第二天夜里 2 点，格罗娅睡在床上，杰克躺在沙发上，跟桑迪通着电话。几百页的警察局的调查报告散落一地。

“我知道，你跟豆诺的朋友已经谈过。”桑迪说。早些时他发了传真过去，现在能听到她一页页翻文件的声音。

“反复了很多遍，”他有些疲倦，“实际上，我礼拜六在特雷利，打算再去见他的一个朋友。当时也约了牙医。”他不经意地补充道，也不知道为什么。

“牙医，哦，老天。我宁愿把眼睛挖出来。”她嘟囔道。

杰克笑了。

“凡纳斯难道没有牙科医生？”

“我得瞧专门的医生。”

他能听到笑声。“利默里克有专门的医师门诊吗？”

“好了，好了，”他笑笑，“我就是想找豆诺的朋友多问几个问题。”

“特雷利，特雷利，”她重复道，刷刷地翻着纸页，突然停了，“啊，是的。特雷利的安德鲁，大学时的哥们，现在是网络设计师。”

“是他。”

“杰克，我觉得安德鲁差不多把他知道的都说了。”

“你怎么知道？”

“看看质询时他的回答就知道了。”

“那份文件我没给你。”杰克坐了起来。

“我当过警员。这对我很方便，这是我唯一能交到朋友的地方。”

“我要看看这些文件。”杰克的心脏跳得很快。有了新线索，晚上失眠时又有可以分析的材料了。

“我们很快会见面，”她委婉地推辞，“我想再跟安德鲁谈谈，该没什么坏处。”又是翻文件的声音，她沉默了好一阵子。

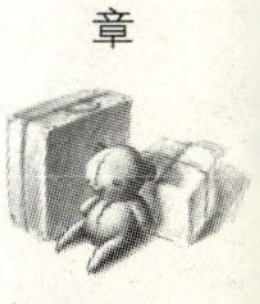

“你在看什么?”

“豆诺的照片。”

杰克把照片捡起来,也看着。太熟了,虽说只是张照片,但那感觉就像见到他本人。

“漂亮的小伙,”桑迪赞美了一下,“眼睛好看。你俩长得像吗?”

杰克笑笑。“我可能会说,是的。”

他们接着一张张研究。

“你不睡觉吗?”桑迪问道。

“不,自从豆诺失踪后我就睡得很少。你呢?”

“我向来就睡得少。”

他笑笑。

“怎么了?”她警觉地问。

“没什么。答得好,你睡得少。”他玩笑着说,把材料丢到腿上。在寂静的屋内,他聆听着桑迪的呼吸和声音,猜想她长什么样子,在哪儿,在想什么。

沉默好一会儿后,她的声音更轻了:“我脑子里有许多失踪人员的名字,要思考太多东西,要调查太多地方,根本睡不着。在梦里什么都找不到。”

杰克望着卧室的门,门是关的。他也一样。

“我怎么会跟你说这个? 不知道。”她咕哝着,又翻了一些文件。

“桑迪,说实话,你的成功几率有多少?”

她停下来:“这要看失踪案件的级别。老实说,像豆诺的案子比较难办。已经有过大规模的搜查,在这种情况下,我很少能找到人。但是对于一般的失踪案,成功率是百分之四十。不是所有被找到的人都愿意回到家里,你得做好准备。”

“我是有准备的。如果豆诺躺在什么地方的阴沟里,我也要找到他,给他办一个像样的葬礼,好好把他埋了。”

“我不是这个意思。有时人会故意失踪的。”

“豆诺不会的。”杰克不屑地说。

“可能是不会,但的确有过这样的状况,我了解。有像豆诺这样的人,跟你家的情况相似,自愿抛下生活,连亲近的人都不说一声。”

杰克咀嚼着她的话。他从没想过,豆诺可能会自愿离开,这样的情节完全不可能。“如果你找到他，会告诉我吗？”

“如果他不愿被找到呢？不行，我不能跟你讲。”

“*假如*你找到他，跟我说好吗？”

“这取决于你在多大程度上能接受不知道他在哪儿。”

“我只想知道，不论他在哪儿，他是否安全快乐。”

“好的，那我会告诉你。”

又沉默了很长时间，杰克说：“你的活多吗？即使有人偶然失踪，他们的家人难道不都是去找警察局吗？”

“没错。像豆诺这样严重的案子并不多，但总有要找的人或者东西。有些类型的失踪案警察局无力也不可能调查。”

“比如说……”

“你真的想知道吗？”

“我全都想知道。”杰克看看钟，凌晨2点半，“再说，这个时候我也不想做其他事。”

“是这样，有时我会帮人找长久断了联系的人员，比如失散多年的亲人、学校的老友，或者被收养的孩子想找亲生父母，诸如此类。为了寻找失踪人员，我跟‘救世军’有很多合作。还有一种情况是比较严重的，有些人失踪，是自己隐藏起来了，他们的家人要知道他们在哪儿。”

“但是警察局怎么知道他们是自己隐藏起来了？”

“有些人留下纸条，说他们不愿回来。”他听到她在拆开什么，“有时他们带着个人用品走了，有时说不满意自己的状况。”

“你在吃什么？”

“巧克力松饼，”她说道，嘴里像是塞满了，然后咽了下去，“对不起，你听清楚了吗？”

“还行，你在吃巧克力松饼。”

“嗨，不是说这个。”她笑笑。

杰克也笑了：“就是说，人家找你，是让你处理警察局不能对付的案子。”

“一点没错。说具体些，我跟踪的案子并不特别危险，这还要靠爱尔兰其他的寻人社。有人自己出走，不算失踪，但亲戚朋友不可能不悬心。”

“那如果大家把他们忘掉了呢？”

“不会，局里会有存档，但调查的程度取决于主管警员的判断。”

“如果有人被生活伤透了心，打好包，准备单独待一阵子，结果失踪了，那怎么办？因为他说过厌世的话，也不会有人找他。我们不都有过这样的经历吗？”

桑迪沉默了。

“我这样想错了吗？你难道不希望别人找你吗？”

“杰克，我只设想说，有一件事应该比找不到人*还要*沮丧，就是没人来找你。不管别的，我肯定要人来找我。”桑迪坚决地说。

两人都想了好一会儿。

“我要走了。”杰克打个哈欠，“再过几个小时我就要上班了。你现在睡吗？”

“先把这些文件再过一遍。”

他吃惊地摇摇头：“你知道吗？即使你说没找到过人，我也还会听电话的。”

桑迪沉默了一会儿：“如果我从没找到什么人，我也会的。”

第十五章

同往常一样，杰克比格罗娅醒得早。她的头枕在他的胸口上，褐色的长发撒在他身上，到处都是，挠得他的肋骨痒痒的。他一声不吭，缓慢地从她身子下面挪出来，溜下床去。格罗娅没醒，咕噜了一下，又躺好了，一副平和的神情。他冲好澡，穿好衣服，离开小平房时，格罗娅动都没动。

每天早晨他都先离开家，8 点准时上班。格罗娅在凡纳斯“飞行之舟”博物馆当解说员，10 点才上班。这家博物馆是凡纳斯的头号旅游景点，纪念的是 1939 年至 1945 年之间的飞行时代。当时凡纳斯是连接美国和欧洲之间的交通枢纽，是飞行转换中心。格罗娅总是热心帮助别人，同人交谈。她在 3 月到 10 月间做博物馆的多语种向导。

除了博物馆，凡纳斯还因研制出爱尔兰咖啡而闻名。在湿冷的天气下，在机场等候的人们需要喝比咖啡还浓的东西取暖，就这样爱尔兰咖啡应运而生了。

再过几天，就是爱尔兰夏日咖啡节，凡纳斯就会挤满乐队。人们会在节日舞台和博物馆街的农夫市场上演奏音乐，小镇也被孩子们的街道艺术装饰一番。同往年一样，庆祝用的烟花是由香农 · 凡纳斯码头公司赞助的，这也正是杰克当天早上要去的地方。

跟同事打过招呼，聊了聊之后，杰克坐进巨大的起重机，开始装货。他喜欢这份工作。一想起什么人在海外，像他一样，卸下他装的货，他就有种满足感。他喜欢让东西各安其所。他知道所有的东西和人都有各自的位置：码头上垒的每一件货物都有可以安置的空间，和他一块工作的男男女女都有各自扮演的角色。每天他的目标都是一样的：搬运货物，将其放到该放的位置。

桑迪的声音在他脑海中萦绕，一遍遍地重复着：*"我设想，有一件事应该比找不到人还要沮丧，就是没人来找你。不管别的，我肯定要人来找我。"*

他小心地把货物装到船上，自己下到地面上来。让同事们惊讶的是，他取下工作头盔，扔到地上，跑开了。有些人不解地看着，有些人很生气，但他最亲近的人同情地看着他离开。他们能猜到，一年过去了，杰克终于离开了高高的操控座。他离地面那么远、那么高，能看到整个郡和郡里的一切，唯独见不到自己的弟弟。

杰克跑向汽车，他只想着找到桑迪，这样她就能把豆诺带回来，带回他所属的地方。

杰克在葛林的宾馆、酒店和食宿旅馆，不断追问桑迪·肖特的情况，慢慢地开始遭人白眼。一度还挺客气的员工有些不耐烦，杰克打给值班经理的电话也频繁被转移。这样，杰克还没有桑迪的线索，却不知怎么到了香农湾边，呼吸着新鲜的空气。香农湾是杰克生命中重要的部分。他从小时候起就想在香农·凡纳斯码头工作。他喜欢喧嚣的码头，喜欢那股兴奋劲儿。那些庞大的机械，像金属的苍鹰一样，伸着长长的钢腿铁喙，在河边闲逛着。

他一直觉得自己同这条河流命运相连，因此希望借搬运货物，融入其中。有一年，他们全家到里特林过暑假，那个暑假在他的记忆中是最深刻的。当时还没豆诺，杰克也不到十岁。也是在那个假期，他知道大江大河是从哪儿起源：先是不急不躁地从卡范郡流出，接着乘势而下，行进到每个郡县，萃取山川灵秀，浸润大地。每条支流犹如乡村心脏的血管，潺潺的流水，时而沉稳，时而激动，仿佛诉说着什么秘密，最后统统涌进大西洋，同世间其他不可言传的希望和悔恨融会在一起。就像是传话游戏[1],刚开始声音很小,但越来越大,规模不可控制。在香农湾的卡里克渡口,刚喷漆的小木船还在晃悠,可是到了凡纳斯码头则能看到,一边是金架钢构的大轮船,一边则矗立着起重机和货运仓库,一派令人激动的壮观场景。

杰克沿着香农湾一条安静的小路,漫无目的地闲逛着,还好这里阒静无声。他沿着小路走下去,葛林城堡渐渐退到树林后面,看不见了。绿叶丛中猛地闪过一片亮红,这块场子很久以前做过停车场,但现在荒芜了,只有散步和观鸟的人会过来走走。沙石路面坑坑洼洼,白色的分割线模糊了,裂缝间长满了野草。那边停了一辆老款的红色菲斯特,破败不堪,车身多处凹陷下去,它的光芒早被磨灭了。杰克停下脚步,马上认出了什么。这辆车,还有那个像被捕蝇草捕获的长腿美人,就是前一个清晨他在汽修厂遇到的。

他心跳加速,四处张望,想找到她,可什么动静都没有。仪器板上摆了一只装满咖啡的塑胶杯,坐椅上有一沓报纸,旁边放着一块毛巾。杰克的想象力活跃起来,他想她是不是在附近慢跑。他同汽车拉开距离,担心她如果突然回来,会发现他往车窗里窥探。他俩在空无一人的地方碰巧又见面了,他觉得很蹊跷,不想走开。在没什么结果的日子里,跟她打个招呼也算是开心的欢迎吧。

遛了四十五分钟后,杰克开始觉得愚蠢无聊。看上去,这辆车很多年前就被丢在这地方,但他昨天早上肯定还见过它。他慢慢靠近,把脸贴在车窗玻璃上。

他的心跳差不多停止了,不寒而栗,起了一身的鸡皮疙瘩。

在仪表盘上,有咖啡和手机,上面满是未接电话。旁边是一份厚厚的褐色文档,前端干练地标着"豆诺·罗托"。

① 原文为Chinese whispers,直译为"中国式悄悄话",一种常见的集体游戏,第一个人把某句话悄悄告诉第二个人,依次传递下去,到最后一个人时,这句话同最初有极大不同。这个词组本身体现了早期欧洲人对汉语文化的刻板印象。——译者注

第十六章

我用鞋碰了碰装巧克力消化饼干的盘子，叮叮当当的声音回荡在林地上空。在我四周，四个人躺在林子里，伸胳膊伸腿，慵懒地睡着。伯纳德打着鼾，一声响过一声。我大声喘了口气，像一个荷尔蒙过剩却不能为所欲为的问题少年。我有一个小时没跟艾伦娜说话了。她朝我皱皱眉，像没什么兴致，但看到我受罪的样子，又很开心。刚才一个小时内，我“碰巧”撞翻了瓷器，“碰巧”掉了一包饼干在琼身上，还故意大咳了一阵子，但没吵醒他们。艾伦娜不愿把我带出去，哪怕是告诉我怎么走出林子，去见识一下她说的另一种生活。

听到笑声后，我打算自己出去，但是几千棵一模一样的松树斜觑着我，挡住了去路。我想失踪一次就够了，在这样离奇的环境里再迷路就太蠢了。

“他们通常睡多久？”我烦躁地大声问，想吵醒他们。

“他们要睡足八小时。”

“他们吃饭吗？”

“一天三次，通常是固态食品。我陪他们一天走两次。伯纳德尤其喜欢有东西拴着。”她望着远处，像是在回忆，“然后，他们偶尔会洗漱修饰一番。”

“我是说，他们是在这儿吃吗？”我恶心地望着四周，也不管是不是冒犯年度野营会。我克制不住焦躁不安的情绪，但又不能说清楚。我的生活，别人的也好，我总是由着自己，想来的时候就来，想走的时候就走。即使在父母家，我也不会待很长时间，经常是抓了包就跑。但是在*这儿*，我无处可去。

远处又回荡起笑声。

“那边在吵什么？”

“这该叫做‘笑声’，我想。”艾伦娜钻进睡袋，很得意也很舒服。

“你是不是一直有‘态度’问题？”我问道。

“你有吗？”

“我有。”我镇定地说道，她笑了笑，我皱皱眉，也笑了，“就像这样，我在树林里坐了整整两天。”

“这算是开脱吗？”

“我不会开脱，除非我真的需要。”

“你让我想起年轻时，那时我还小。我当然也还算年轻。你这么小，为什么这样容易生气呢？”

“我不愿意同人搅和在一起。”又传来一阵笑声，我看看四周。

艾伦娜仿佛什么都没听见，继续说下去：“你当然不是那样。你全力以赴去寻找他们。”

她的话我留心听了，但我没有回答。“你听到什么声音了吗？”

“我是在火车站边长大的。朋友留下过夜时，整晚就是噪音和震动波。我完全习惯了，什么都听不见。倒是父母上床睡觉，每次楼梯吱吱呀呀地响，会把我吵醒。你结婚了吗？”

我转转眼珠。

“那就是没有啰。有男朋友吗？”

“有时候有。”

“有孩子吗？”

“我对小孩没兴趣。”我嗅了一下空气，“什么味道？谁在笑？附近有人吗？”

我的头不停地转，像条狗要拍死一只苍蝇。我辨不出声音是从哪儿传过来的，像在我背后，当我转过身去，它又跑到其他方向，而且更响。

“到处都有。”艾伦娜懒懒地说，“新来的人会把这儿比作环声系统。你应该比我更了解。”

“是谁发出这样的声音？有人在吸雪茄吗？”我嗅嗅空气。

“你的问题真多。”

“你刚到这儿时没有问过吗？我不知道在哪儿，周围怎么了。艾伦娜，你也不愿多帮忙。”

艾伦娜多少有些爱面子，有点尴尬的样子。“对不起，我忘了当时的情形。”她停下，听着这些声音，“这些笑声和味道恰好刚进入四周的空间。到现在，你觉得这儿的人是什么人？”

“他们失踪了。”

“的确如此。所以这儿的笑声、叫声还有各种味道也迷失了方向。”

“怎么会这样？”我问，完全糊涂了。

“桑迪，有时掉的不止是袜子，你肯定是先忘了放在哪儿了。忘记东西其实是丢失记忆的一部分，就是这样。”

“但你能再记起来。”

“没错，但你不会*什么*都记起来，*什么*都找得到。那些东西最后落到*这儿*，比如某个人的触觉和气味，还有对他们的音容笑貌的回忆。”

“真是太怪了。”我摇摇头，不能理解。

“如果你记住这点，其实就很简单。生活中每件东西都有各自的位置，不在这儿，肯定就去了其他地方。*这儿*是所有那些东西集合的地方。”

我突然冒出个问题：“你听到过自己的笑声或者叫声吗？”

艾伦娜伤心地点点头：“很多次了。”

“*很多次*？”我吃惊地问。

她笑了一下：“是啊，我很荣幸，有那么多人爱过我。爱你的人越多，外面失去记忆的人也就越多。桑迪，不要做鬼脸，其实没那么伤心绝望。何况有些事情倒还不如忘了。”她眨眨眼睛，“有可能，我真正的笑声被新的记忆取代。还有，我失踪后几个月，我的气味已经离开了房间和衣服，家人努力要记住的味道改变了。我心中母亲的形象肯定同她实际的样子很不一样，何况四十年过去了，没什么提醒，我还清楚她什么样子吗？一切的东西，无论你怎么拼命抓住，也是不可能永远占有的。”

有一天，我也会听到自己的笑声从头顶飘过。我知道，只有一次，因为只有一个人真正听过我的笑声和叫声。

“尽管这样，”艾伦娜含着泪，抬头望着渐渐亮了的天，“有的时候，你真想把它们逮住，从哪儿来，再抛回哪儿去。回忆是我们唯一的纽带。我们在脑海中，一遍遍同这些记忆拥抱、亲吻、欢笑还有哭泣，这是多么珍贵的拥有。”

暗笑声、窸窣声、鼾声和傻笑声，经过空气的过滤，借助风力，飘到我们的耳朵里。清风捎来各种残存的气息，有的像是模糊记忆中童年的家的味道，有的像是烘焙了一天蛋糕后厨房的余味。还有孩子长大了，母亲已经忘了的婴儿的味道——爽身粉、屁屁爽和肌肤的奶香味；亲爱的祖父母们那种陈芝麻烂谷子的味道：奶奶的薰衣草，爷爷的雪茄、香烟和烟斗的烟味；失散的恋人们的香水味、剃须爽肤水味、早晨赖床不起的味道，以及房间里难以名状的气味。个体的味道同人一样珍贵。众人生活中的味道全部飘散集中到这儿。我不禁闭上眼睛，呼吸这些味道，和着那些声音。

琼在睡袋里动了动，我啪一下惊醒过来。终于要往林子外面走了，我心跳加速。

“早啊，琼。”艾伦娜放声歌唱，伯纳德也惊醒了。他抬起头，头上几缕空心粉似的头发搭错了边。他迷迷糊糊地望着四周，伸手摸着眼镜。

“早啊，伯纳德。”艾伦娜大声说着，把马尔柯斯和德瑞克也叫醒了。

我想笑，不过克制住了。

“接住了，热咖啡，一点点，大家都快醒过来。”艾伦娜把冒着热气的杯子递到他们面前。

众人睡意未消，稀里糊涂地望着她。他们刚刚抿了一口咖啡，艾伦娜立马扔下身上的毯子，站起身来。

“好吧，现在逛得也差不多了，我们走吧。”她把毯子叠整齐，收拾好用具。

“你为什么这么大声说话？干吗那么赶？”琼声音不大，头发乱蓬蓬的，像是得了酒后头痛症。

“新的一天开始了，快喝完。你们一收拾好，咱们就往回赶。”

“为什么？”琼问道，赶快喝了几口。

“那早饭呢？”伯纳德像小孩一样嘟哝。

“我们回去后再吃吧。”艾伦娜把他的杯子夺过来，把剩下的咖啡倒在身后，放进袋子里。我只好看着别处，生怕自己大笑起来。

“急什么呀?”马尔柯斯问道,“出什么事了?”他紧张地看着,没注意我也在场。

“马尔柯斯,一切都好。”她关切地拍拍他的肩膀,“桑迪有工作要做。”她朝我笑笑。

我吗?

“啊,太好了。你要排演新剧吗?我们很久没有演戏了。”琼激动地说。

“我真的希望你能提前通知我们排演,因为大家要准备。的确有好一阵子了。”伯纳德一副担心的样子。

“不要紧,”艾伦娜插进话来,“她会的。”

我张着嘴,艾伦娜抬起手,不让我有任何辩驳的机会。

“你有没有想过搞一台音乐剧呢?”德瑞克一边问,一边收拾吉他,“我对参演音乐剧可是超级有兴趣。”

“极有可能。”艾伦娜说道,像是打发一个孩子。

“会有集体排演吗?”伯纳德问,有些恐慌的样子。

“没有,没有了。”艾伦娜笑笑,我终于明白她要搞什么了,“我想,桑迪需要跟每个人单独相处一段时间。”她把毯子从伯纳德的肩膀上拖下来叠好,而他张着嘴望着,“嗯,大家准备好了吧?这样才能让桑迪四处看看,也需要找个不错的演出地点。”

伯纳德和琼很快就准备好了。

“随便问一句,我是要问你,”艾伦娜小声说,“你到这儿时是在上班吗?”

“你到底是什么意思?”

“你到这儿是在追踪某人的路径吗?是在工作吗?这个问题很重要,我却忘记问了。”

“是,也不是。”我回答,“我正沿着香农湾慢跑,突然就到*这儿*了。不过我来利默里克,倒是为了工作的缘故。五天前,我刚接手一个新案子。”我想到了杰克·罗托有天夜里打来的电话。

“我之所以问,是因为我在想,在你要找的所有失踪人员中,单单*那个*人把你带到这儿。你跟他关系密切吗?”

我摇摇头,不过没完全说实话。同杰克的深夜通话同其他案子极不相同,这是我喜欢接的电话。除公务之外,同杰克还可以聊点其他事。杰克很可爱,我同他说得越多,也会更努力找他的弟弟。他是我遇到过的唯一有相似感受的人。

“那个失踪者叫什么?”

“豆诺·罗托。”我说,同时想起了照片上调皮的蓝眼睛。

艾伦娜想了一下。“好吧,我们马上开始吧。有没有人知道一个叫豆诺·罗托的?”她环视四周。

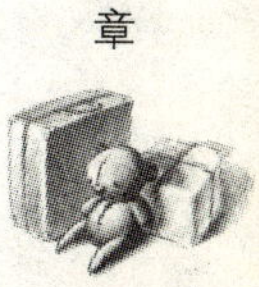

第十七章

杰克在红色福特·菲斯特汽车旁来回走着，倍感急躁、沮丧而且焦虑。他偶尔停下，看着窗户，念叨着门能打开就好了，这样他会一把抓过文件，把内容一口气吞下去。他平静下来，继续散步。他看看四周，不敢离车太远，生怕桑迪·肖特回来开车跑了。

他不相信桑迪·肖特就是他在加油站碰到的那个女人。他俩像陌生人一样擦肩而过，但是他看到她时有一种感觉，跟打电话时一样，似乎有一根联系两人的纽带。大概一大清早只有他们两人在场，不过这种联系加强了。此时此地，他又一次在一个隐秘的地方碰到她，有某种力量让他靠近她。他要怎样才能回到那个时刻，才能同她谈豆诺？所以她到底还是到葛林来了。他知道，她不会让他失望，她没有食言，是夜里开车过来的。不过，在荒郊发现她的车，又徒增不少问题。她如果在葛林，那么礼拜天她到哪儿去了？

他看看手表。从碰到这车开始，三个小时过去了，她还是没有现身。一个更重要的问题露出可怕的脸：她在哪？

他坐在车旁，在一块塌掉的路边石上面，做他过去一年里习以为常的事——等人。他会寸步不离地等，直到桑迪·肖特回来。

我随着小队穿过树林，心脏怦怦直跳，几乎听不见伯纳德在说什么。他还在唠叨自己过去的演艺生涯。我不时点点头，这才觉察落到我身上的眼神。没有人知道豆诺的名字，大家耸耸肩，咕哝着“不知道”，真令人失望。可就在艾伦娜把名字告诉他们时，听到这个名字那样真切，我内心萌生一念：我就要见到多年寻找的人了。

这一刻仿佛命中注定。无眠的夜，和可以结交的朋友日渐生疏，逃离父母的疼爱，我已经习惯孑然一身，但那些从未谋面之人的故友关系却伴随我左右。我知道他们的一切：最喜欢的色彩、至交的名字、最喜欢的乐队。我觉得，每走一步，就越靠近他们——失散多年的朋友、父母、叔叔、阿姨和亲属。我百感交集，突然发觉自己如一座孤岛。虽然我如此热切地想念这些失踪的人，但他们没有一个人认识我。在他们眼中我只是一个陌生人，而我却对一切了然于胸。虽然从未碰面，但是他们家中往年圣诞节的照片，生日、婚礼的照片，入学第一天、第一次社交舞会的照片，都深深印刻在我的记忆中。我坐在哭泣的父母们身旁，翻着一本本相集，却不记得自己可曾这样同爸妈一块坐在沙发上，哪怕只有一天。我为之而生的人甚至不知道我的存在，为我而活的人却没有得到我的致敬。

我能看到前方树林的尽头了。树林的静谧渐渐散去，浮出各色的动态、声响和色彩。这么多人。我没跟小队继续走，而是颤颤地伸出手，抓住一棵松树的树干。

“桑迪，你还好吗？”伯纳德停下来问道。

大家停了下来，转过头看着我。我一笑不笑，装不出一副若无其事的样子。我作茧自缚，即使是撒谎高手也抽不开身。艾伦娜拨开人群，向我奔了过来。

“你们继续向前走，我们等会跟上。”她这样打发道，但他们没动，“快走呀！”他们这才转身，不情愿地离开林荫，走向敞亮的地方。

“桑迪，”她轻轻把手搭在我的肩膀上，“你在发抖。”她扶住我的双肩，让我靠着她，“没事的，不用害怕的，绝对安全。”

我不是为安全而发抖，而是因为从来没有归属感。我总是甩开亲近我的人，疏远朋友和恋人。他们从不回答我的问题，不能容忍或者理解我的搜寻。他们或许不知道，他们让我觉得自己错了，甚至疯了。可我的激情就是去*寻找*。发现这个地方，让我得以回答一个纠结我那么多年的问题。为它，我牺牲了一切。为了这些见不到的人，我伤害了多少爱我的人。现在我就要见到他们了，但又害怕他们闯进我的生活。我曾觉得自己是个圣人，就像9点档新闻上的珍妮·媚·芭特勒，还觉得自己是拿着失踪人员文件的特雷莎嬷嬷，牺牲自己，帮助他人。但其实我没有任何牺牲。我的行为适合我，只有我。

这个地方的这些人维系着我的生命。在里特林的家中，我抓起包夺门而逃，是为了这些人；我断绝各种关系，拒绝夜出的邀约，也是为了这些人。

可现在我找到他们了，竟不知如何是好。

第十八章

我和艾伦娜走出黑糊糊的林荫地，进入一片斑斓的世界。看到眼前的一切，我的呼吸凝固了。这就像红色大幕慢慢开启，即将上演一台气势恢弘的大剧，几乎什么都能让人看上一会儿。迎接我的是一个繁忙的村落，集中了不同国家的居民。有些人独自走路，有些则三三两两地聚在一起。能看到各式各样的传统服饰，听到语言交错的声响，嗅到世界各地美食的香味，五光十色，生机盎然。这儿仿佛是林地的心脏，人们沿着脉搏到达此地，并随着脉搏四处涌动。

街道两旁排列着机巧复杂的木质房屋，门窗上嵌有华丽的雕刻。每幢楼房均采用不同的木料，在不同色调纹理的掩映下，村庄和森林融为一体。屋顶上是一排排的太阳能光板，有好几百个这样的屋顶，一直伸向远方。到处是风力涡轮机，有一百多英尺高，叶轮片在蓝天下滑动，在屋顶和人行道上投下转动的阴影。村庄依偎在树林、山脉和风力机的怀抱中。在我面前，几百号人身穿各个时代的传统服装，住 在一块失落的地方。这里看着像真的，闻着像真的，当我伸手去摸，摸到什么人一奔而过的衣物，摸上去也是真的。我努力让自己相信。

这样的一幕场景，我既熟悉，又不熟悉。一切都由可以识别的家居元素构成，但使用方式不尽相同。我们既没向后退也没往前走，像进入了一个全新的时代。一个由不同民族、文化、装饰和声响构成的巨大熔炉，铸成了这个新的世界。嬉戏的孩童、沿街的集市、周围一群群的顾客，这么多的色彩、新的声音，同我到过的任何国家都不一样。我俩身旁的标牌上写着“*这儿*”。

艾伦娜搀着我的手臂。其实我想甩开，摆脱她的搀扶，但身体不行。我目瞪口呆，像阿里巴巴闯进财宝山洞，像伽利略透过望远镜发现了什么。更重要的是，我像回到了十岁，找到所有掉的袜子。

“每天都有市集。”艾伦娜轻轻解释道，“有些人不管找到了什么物件，都会拿来交换。有时这些一钱不值，但这已然是一种消遣。金钱失去价值，我们需要的一切都能在大街上找到，所以没有为了养活自己而工作的需要。不过，如果年龄、健康和其他个人因素允许，个人要为村子工作。我们的职业更多是为社区工作，而不是为自我而索取。”

我环顾四周，充满敬畏。艾伦娜继续在我耳边轻轻嘀咕，我发抖时她会拉住我的手。

“涡叶轮在这个地方随处可见。我们有很多风力发电厂，大部分建在山涧中，因为那里会形成风漏斗。一家风力发电厂可以为四百户人家提供一年的用电，楼房上的太阳板也是用来发电的。”

我听着，却又几乎什么都没听进去。我努力听着身边的谈话，还有庞大的风力涡轮叶片穿透大气层的声响。鼻子渐渐适应了清新干爽的空气，只吸了那么一小口，肺就满满的。我被邻近的一个摊位吸引住了。

“这是个移动电话。”一位英国绅士向年长的摊主解释道。

“我拿移动电话干什么？”这个加勒比海人笑着推掉，“我听说这些东西在这儿没用。”

“是没用，但是……”

“没什么。我在*这儿*住了四十五年三个月十天了，”他的头抬得高高的，“用这个音乐盒来换一个没用的手机，我不知道这是否公平。”

顾客没再吐烟圈，很敬重地看着他。“好吧，我在*这儿*只有四年，”他客气地说道，“让我给你演示一下，手机现在能干什么。”他把手机举向空中，对着摊主，咔嚓一声，接着把屏幕给他看。

“啊，”他笑了起来，“是个相机！怎么不说呢？”

“可以吧？这是个拍照*手机*。还有更好的，瞧这儿，它的主人拍了一堆照片，像是每到一个国家就拍一些。”他把屏幕转下来。

摊主轻轻接了过来。

“这儿可能有人认识他们。”顾客轻轻说道。

“啊，是呀，先生。”摊主点着头，客气地回答，“这的确非常珍贵。”

“快点，我们走吧。”艾伦娜轻声说，抓着我的手。

我像是被牵引着自动往前走，张着嘴望着身边的人。路过那对摊主和顾客时，两人都点点头，笑笑说：“欢迎你。”

我只是望着他们。

两个在跳房子的孩子，听到大人的招呼，也停下来，咧开没牙的嘴，笑着说：“欢迎你。”

艾伦娜带我穿过人群，面对好心人的招呼、点头和微笑，艾伦娜代我客气地答谢。我们穿过街区，走向一幢高大的两层木质建筑，前面的门廊上刻有精细的羊皮书卷和颇富戏剧效果的羽毛笔。艾伦娜推开门，转轴和羽毛一分两半，像给我们鞠躬行礼，又像是张开双臂，让出道路。

“这里是登记处。每个刚到的人都要到这儿来。”艾伦娜耐心解释，“每人的姓名和细节都要记录在案，这样我们才能追踪谁是谁，有多少人在这儿。”

“以防有人失踪。”我机敏地说道。

“桑迪，我想你会发现这儿没有东西失踪。”艾伦娜神情严肃，“这些东西没有地方去，只能在这儿。”

我没理会冷冰冰的弦外之音，想加点料，幽默一下，但没成。“如果没什么要找的，我该怎么办？”

“你可以做一直要做的，找到你在找的人，完成你开始的工作。”

“然后呢？”

她没说话。

“然后你帮我回家，是不是？”我提高声音。

她没回答。

“艾伦娜！”有个人坐在桌子后面，大声招呼道。桌子上排了一长串号码。大门旁立了块板子，上面列着世界各个国家、相关语言，有些我从来没

听说过，还有相关号码。我拿起桌上的一个号码和板子上的相比照，“国家：爱尔兰；语言：盖尔克语，英语”。

“你好，泰伦。”有人打断我和她的交谈，艾伦娜像是很高兴。

我这才第一次环顾房间。房间很大，摆了很多桌子。每张桌子都有一串号码，桌子后面坐着一个不同国家的人，桌前排着长长的队。房间里静悄悄的，紧张而压抑。几百号刚到的人不知道这是哪儿，惊慌地张大眼睛，紧张地望着，紧紧搂着自己，好像这样好受些。

艾伦娜和泰伦都在桌子后面。

我走近时，他抬起头。“欢迎你。”他微微笑着。我能听出他的爱尔兰口音以及同情。

“桑迪，这是泰伦·奥马里。泰伦，这是桑迪。泰伦在*这儿*有……天了，记不得了。泰伦，你在这儿有多久了？”艾伦娜问道。

十一年了，我想。

“差不多有十一年了。”他笑着回答。

“泰伦做过……”

“巴利纳的图书管理员。”我想都没想就插进话来。再过十年，我也还能认出这个未婚的五十五岁的图书管理员。十一年前，他下班回家，在路上消失了。

艾伦娜呆若木鸡，泰伦一头雾水。

“哦，对了，进门时我告诉你的。”艾伦娜插话，“我老了，爱犯糊涂，总要不断重复。”她笑着说。

“我能懂。”泰伦笑道，把滑下来的眼镜推了上去。

我一直觉得他的鼻子和他妹妹的非常像，所以又多看了一会。

“嗯，”在我的注视下，泰伦有些局促不安，转向艾伦娜求助，“我们坐下来办手续，好吗？桑迪，如果你不介意坐下来，我来帮你填这张表格。其实很简单。”

我在桌前坐下，望着四周的队伍。在右边，一位女士在帮一个男孩坐在桌前。*“让我帮你坐好，你可以告诉我怎么到这里的。你想喝杯牛奶，吃些饼干吗？”*

他望着她，瞪着一双褐色的大眼睛，像迷途的小狗一样点点头。她向身后的人点点头，只见那人径直走到门后，端来一杯牛奶和一碟饼干。

在我右边，一位有些困惑的先生走到队伍前头。办公桌旁，佩戴着“马汀”名字牌的男子微笑地鼓励着他：“请您先坐下，然后我帮您填一张表格。”

“桑迪。”泰伦和艾伦娜提醒我注意。

“啊，是，对不起，什么？”我猛地回过神来。

“泰伦问你从哪儿来。”

“里特林。”

“你住那儿吗？”

“不，我住都柏林。”我四处打量，又有不少人被带进房间，惶恐不安的样子。

“你是在都柏林走失的吗？”艾伦娜确认道。

“不是，是在利默里克。”我声音平静，各种念头却闹腾起来。

“你认识吉姆·加隆吗？里特林镇上的……”

“认识。”我说道。一个非洲姑娘用黄褐色的毯子紧紧裹住身体，惶恐地看着陌生的环境。她戴着铜质的手环、草编品还有各式圆珠。我们互看了一会儿，她连忙看着别处。我继续同泰伦说话，像不是真在那儿一样。“吉姆开了一家五金店，他儿子教我地理。”

泰伦哈哈笑起来，意思是这世界可真小。

“比我想的要大不少。”我说着，声音像是从其他地方传来。

泰伦的问题在我脑海里萦绕，我环顾四周，打量着每个人。这些人，就在刚才，可能还在上班的路上，或者正往商店走去，可突然就来到这儿。

“靠……为生呢？”

“泰伦，她从事演艺行业，开了一家演出公司。”

我又咕哝了些话。

“是……这样吗，桑迪？你有自己的公司？”

“是呀。”我漫不经心地说道，身边的那个男孩被带进了意大利登记处后面的门。

他那双大大的眼睛焦虑地望着我。我朝他笑笑，他才松开眉头。门关上了。

“那扇门通向哪儿？”我在回答泰伦的一堆问题时突然问。

他也停了下来：“哪扇门？”

我扫视了一下房间，这才注意到每个台案后都有一扇门。

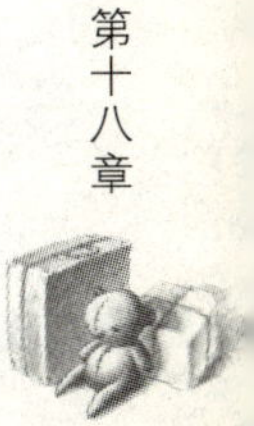

“所有这些门,它们通向哪儿?”我很小声地问。

“我们在那儿简单告知大家我们知道的情况、我们在哪儿、这儿发生的一切。那里还有心理咨询服务、工作机会,还安排工作人员做导引,陪刚来的人四处逛逛,需要陪多久都可以。”

我看着结实的橡木大门,没再说什么。

“你既然遇到了艾伦娜,她就是你的向导。”泰伦轻轻说道,“好吧,我们来结束最后一些问题,你就可以走了。你肯定早想这样了。”

大门开了,阳光洒满房间。大家抬起头,看到一个大概十岁的女孩,有着大大的蓝眼睛、金黄色松软的发卷,走了进来。

她抽泣着,抹着眼睛,跟着向导进了房间。

“珍妮·媚。”我小声嘀咕,头又眩晕起来。

“你哥哥的名字?”泰伦按表格一项项问着。

“不是的,等等。她没有姐妹,”艾伦娜插进话来,“她刚才说,她是独生女。”

“不对,不对,”泰伦有些不安,“我问她有没有姐妹,她说是珍妮·媚。”

“泰伦,她肯定没听清楚。”艾伦娜平静地说,余下的话就在我的耳朵里打转了。

我的目光随着那个小女孩穿过房间。珍妮·媚·芭特勒离我只要有几英尺远,我就会心跳加速,一直这样。

“你能说清楚些吗?”泰伦看着我,他的脸孔出现在我的视野内,但慢慢模糊了。

“泰伦,她可能不舒服。看,她的脸多白。”艾伦娜贴到我的耳边,“桑迪,能不能……”

这时我晕了过去。

第十九章

“桑迪……”

有人叫我，我的脸上飘过温暖的气息，飘来熟悉的咖啡的香浓味道。我的心脏突突直跳，全身兴奋，仿佛有接着去追赶什么人的快感。

格里高利轻柔地把我脸上的头发顺到一边，像在考古发掘现场找到比我还要珍贵的东西。他的确是发掘我的人，挖出我隐藏的一切，发现我隐秘的想法。他一只手扶着我的脖子，仿佛捧着世间最脆弱的生命，另一只手轻抚着我的下巴，时而掠过双颊和发梢。

“桑迪，亲爱的，睁开眼睛。”耳边响起轻轻的呼唤。

“请大家往后退。”不远处有人厉声喝道，“她还好吗？”声音大了，近了。

这只抚慰的手，先摸了我的头发，又抓紧我的手，大拇指舒缓地擦过我的皮肤。他声音不大：“她没有反应，快叫救护车。”他的声音走样了，在我脑中回荡。好痛啊！

“天啊，圣母。”有人咕哝着。

“邵恩，快带孩子们回学校，别让他们看。”我的恩人平静地说道。

邵恩，邵恩，邵恩。我知道这名字，听过这个声音。

“血是从哪儿淌出来的?”他有些惊慌。

“她的头。快带孩子们走开。”他把我的手握得更紧了。

“撞得真够重的,这杂种。”

“我知道。我从窗户那儿看到她。快叫救护车。”

邵恩催孩子们进去。叫喊声慢慢远了,四周一片寂静,留下我和守护天使在一起,他的双唇贴护着我的手。

“桑迪,睁开眼睛,”他小声说,“求你了。”

我想睁开,但眼皮像粘在一起,又像陷在泥塘里的荷花迫不及待地要张开花瓣。头昏沉沉的,思绪像是僵住了。一只手把我的头使劲护在怀里,我的头部不断抽搐,身下是粗糙冰冷的地面。水泥地。我怎么会躺在地上?不行,我要起来,但全身不听使唤,眼睛还是睁不开。

远处传来救护车的声音,我努力睁开一条细缝。啊,伯顿先生,我的恩人。他抱着我,低头看我,像是在里特林的柏油路上发现了金子。他的衬衫上怎么有血渍?受伤了吗?他打量着我的脸,一副伤心的样子。我突然想起自己下巴上有颗偌大的痣,每天早晨我都想除掉它。我想抬手遮掩,但手像是钻进了土里,血要放干了。

“哦,谢天谢地。”他轻声说,把我抱得更紧了,“别动,救护车马上就来。”

我还要盖住那个斑点,四年了,第一次离伯顿先生这么近,却这样狼狈不堪。十七岁的荷尔蒙毁了那个梦想时刻。等等,他刚才说救护车。出什么事了?我想张口,却传出沙哑的声音。

“会好的。”他嘘了一下,让我别说话,脸挨得更近了。

我信他,暂时忘了疼,但还是不由自主地要去摸那块斑点。

“桑迪,别动,我知道你要干吗。”格里高利轻轻一笑,小心地把手从我脸上挪开。

我“哎哟”一下,但没吐出字来。

“它没那么坏,你知道吗?它叫亨利,你晕倒后,它一直陪着我。亨利,虽然这儿没人待见你,过来见桑迪;桑迪,这就是亨利。”他转着手指,触摸着我下巴上的痣,仿佛那是我身上最美的地方。

我瘫在那儿,头上淌着血,下巴上有个叫“亨利”的痣,脸烫得像着了火,大概可以给整个镇子供电。我又想闭上眼,天蓝得直刺着我的瞳孔,眼眶痛得像被梭子打过,头更痛了。

“桑迪，睁开眼。”格里高利提高声音。

我睁开眼，看到他没来得及掩饰的担心神情。

“我好累。”我终于说了点什么。

“我知道，”他把我抱得更紧了，“坚持一会儿，救护车马上就来。”他恳求着，“答应我。”

“我答应。”我小声说着，眼睛又合上了。

现场再次响起鸣笛声，救护车就停在附近。混凝土地面震荡着，我担心轮胎会碾过我的头。门开了，啪地又合上了。

“他在那儿，警官。”邵恩在后面喊道，“他开车撞过来的，看都没看。”声音很是惊慌，“这位先生看到了。”

邵恩安静下来，我听到有个男生在哭，还听到警官在安慰他，无线设备嘟嘟直叫。邵恩被带走了，脚步声走近了，头上响起叽叽咕咕的关切的声音。格里高利一直在我耳边，念叨着好听的单词，还有轻松的元音。他的发音阻挡了鸣笛声、恐惧的哭泣声、慌乱愤怒的叫声，还有冷冰冰的地面，以及耳边滴下的黏糊糊的东西。

救护车的鸣笛越来越响，格里高利有些急了，我像在他怀里晕了过去。

“欢迎回来。”

我睁开眼，艾伦娜挥着扇子，担心的样子。

我哼唧一声，把手挥到头上。

“你头撞了个大包，我奉劝你别碰。”她轻轻说。

我还在动胳膊。

“我叫你不要……”

“哎哟！好痛。”

“活该。”她高傲地说道，走开了。

我乜斜了一眼这个陌生的房间，摸了摸太阳穴旁隆起的包，它有鸡蛋那般大小。我躺在沙发上，艾伦娜站在窗边的水池旁。明亮的阳光洒在她身上，她同四周的界限模糊了，犹如神圣的幻象。

“我们在哪？”

“在我家。”她没有转身，继续拧着一块布。

我看看四周。“你为什么会在厨房里摆沙发？”

艾伦娜轻声一笑:"这就是你的第一个问题？你其实可以问很多问题的。"

我无语。

"这不是厨房,这是家里的房间。"她这样回答,"我不在这儿做饭。"

"我猜你们没有电。"

她无所谓地哼了一声。"如果你到外面溜达一下,就知道太——阳——光——板系统长什么样。"她拖长声音说出这几个字,怕我跟不上,"它们同袖珍计算器用的*太阳能电池*类似。每户人家都有电源电压保护系统。"她兴奋地说。

我靠在沙发上,昏沉沉的,合上眼睛。"我知道太阳光板如何运转。"

"你们那儿也有吗?"她有些吃惊。

我没回答,问:"我怎么到这儿的?"

"是我丈夫把你背回来的。"

我马上睁开眼,但又痛得合上。艾伦娜还没转过身来,水哗哗直淌。

"你丈夫？你在这儿结婚了吗?"

"哪儿都能结婚呀。"

"技术上,不是真的。"我委婉地辩驳道,"上帝啊,这是什么地方？有风力发电,*还有*婚姻？我真受不了。"我咕哝着,看着天花板像是转了起来。

艾伦娜坐在一边,用毛巾冷敷我的额头和眼部,我滚烫抽搐的头顿时舒缓了不少。

"我做了个可怕的梦。我梦到到了一个奇怪的地方,世界上消失的东西全都集中到这儿。"我抱怨着,"跟我说,这只是梦,或者神经错乱。我不怕神经错乱。"

"好吧,如果你能对付*这个*,你就能面对真相。"

"真相是什么?"我睁开眼。

她凝视着我,没有说话,叹了口气:"你知道真相。"

艾伦娜抓住我的胳膊,紧紧地捏着,靠近我说:"桑迪,不要泄气。过阵子你就明白怎么回事了。"

不可能。

"你跟我说的话,我谁都没告诉,一个都没有。这能让你好受些吗?"

我的确好受些。我在想,在我自己的时间里能做什么。

"谁是珍妮·媚?"艾伦娜好奇地问道。

我闭上眼睛,想起了在登记处发生的那一幕,叹了口气:"不是谁。也不是,是有这个人。我还以为在登记处见到她了,就这样。"

"不是她吗?"

"不是,除非她到这儿后就没再长大。我不知道自己在想什么。"我皱皱眉,摸了摸震痛的脑袋。

门外响起轻轻的叩门声,门被悄悄推开了,进来一个高大健硕的男子。他魁梧的体格几乎占满整个门框,阳光不耐烦地挤过剩余的细小空间,太阳的火力直刷刷地向我逼来。他同艾伦娜年龄相仿,光亮的黑檀色肌肤,一双炽热的黑眼睛。他恰好在我六点一英尺个头之上,单就这一点,我立刻对他有了好感。他的体格占据了房间,却让人有安全感。他微微一笑,露出雪白的牙齿,乳糖般的眼球嵌着黑咖啡似的瞳孔,仿佛要融化了。他的脸部轮廓分明,边缘处却是柔和的。高高的颧骨骄傲地嵌在脸上,下巴棱角分明,托着双唇,要说的话好像会从这里蹦出去,冲向世界。

"我们的齐沛欧女孩怎么样了?"从说话的韵律听得出他的非洲血统。

我不解地望着艾伦娜,她也有些吃惊,不是由于他的突然出现,而是由于他的话。我想,她认识他,也明白他的话,虽然不知道什么意思,但他应该是她丈夫。目光像是锁定了一样,他的注视吸引着我,有块磁铁把我们吸到一起,两人像是陷了进去。他的大手里拿了块厚厚的木板,麻质的外衣上沾满锯末。

"'齐沛欧'是什么意思?"我问,房间里没人回答,但有人知道。

"桑迪,这是我丈夫约瑟夫。"艾伦娜介绍道,又补充说,"他是个木匠。"说着指了指他手里的木板。

就这样怪怪地,我认识了木匠约瑟夫。这时有个小女孩闯了进来,她从约瑟夫的腿下钻进厨房,乌黑的卷发一蹦一跳的。她朝艾伦娜跑过去,抓着她的腿。

"这是谁,纯洁之胎[1]?"我问。小女孩的尖叫像哀号,震痛了我的头。

"差不多,"艾伦娜笑着,"她是我们女儿的纯洁之胎。快叫人,婉达。"她

---

① Immaculate conception,指耶稣基督。处女玛丽亚在上帝的旨意下,诞下耶稣。而玛丽亚在世俗世界的丈夫就是木匠约瑟夫。桑迪这样说,表示一点幽默,似乎也在暗示,"这儿"是人类的原初之境。类似的《圣经》典故在下文还会不断出现。——译者注

拂过小女孩的头发。

她朝我笑笑，还没长牙，害羞地又从外祖父的腿下钻了出去。我从她跑掉的地方，抬头望着约瑟夫，他也在看我。艾伦娜先看看他，回过来看我，没有猜疑，但是……我说不上来。

“你必须睡觉。”他只点了一下头。

艾伦娜和约瑟夫看着我用毛巾盖住眼睛。我撑不住了，从来没这么累，我什么也没问。

“好了，她醒了。”是爸爸的声音，我突然像从水里给拖了上来，模糊的声响渐渐清楚，我慢慢认出一张张脸。我在医院的床上，又看到亲人，像重获新生。

“宝贝，还好吗？”妈妈冲了过来，握着我的手。她的脸贴得很近，太近了，我都不知看哪，只觉得有四只眼睛，有熏衣草香味，然后是一团模糊。

“感觉怎么样？”

我还没来得及想，她就问了。

我只能凝神静气一会，并不好受。

“还好。”我答道。

“哦，可怜的孩子。”她俯下身，乳房压着我。她亲吻我的前额，闪亮的嘴唇黏糊糊的、痒痒的。她走开后，我环视着房间，看到爸爸手里捏着帽子，老了许多。我是不是落到水里很长时间了？我眨眨眼，他笑了，脸上轻松了许多。我像在舞台上，轮到我逗大家开心。真好玩，病人居然要让访客好受些。在医院的房间内，大家尴尬无语，像是第一次见面。

“出什么事了？”我问道。一个护士递过来一杯水，我吸了一口。

他们紧张地相互看看，妈妈决定来尽一下主人的义务。

“宝贝，你从学校出来过马路时被车撞了。那人从街角拐过来，是个小伙子，只有临时驾驶证。他妈妈都不知道他有车，她该有多伤心。幸亏伯顿先生看到整个过程，可以给警察局完整的目击报告。伯顿先生真是好人，”她笑了笑，“格里高利。”她轻轻地补充。

我也笑了。

“他一直陪你进医院。”

“我的头……”我小声说，身上突然疼起来。这个故事像提醒我要做些什么。

“左臂受伤了，”妈妈的嘴唇一张一合，被灯光照得亮晶晶的，“还有你的左腿，”她的声音微微打战，“除此之外，你很幸运。”

这时我才注意到自己的一只胳膊被吊起来，左腿打了石膏模子。我被车撞了，他们还觉得幸运，真有意思。我想笑，但痛得笑不出来。

“哦，还断了一根肋骨。”爸爸匆匆补充，一副歉疚的样子。

他们离开后，格里高利轻轻敲开门。他有些累，头发乱蓬蓬的，比任何时候都要帅，很关切的样子，我能想到他一边走一边撩头发的样子，他总是这样。

“嗨！”他笑着走了进来，在我的前额上亲了一下。

“嗨！”我小声说。

“你感觉如何？”

“像是被巴士撞了。”

“不是，就是辆微型车，没停下多看一眼。”他的嘴角露出一丝微笑，“你听到坏消息了？我猜。”

“是要口头参加毕业证书考试吗？”我抬起左臂的石膏模子，“我想警察局还是会要我的。”

“都不是，”他表情严肃地在床边坐下，“我们在救护车上丢了亨利，可能被氧气罩拔掉了。”

我想笑，但没笑起来。

“见鬼，对不起。”看到我疼的样子，他立刻不再开玩笑了。

“谢谢你陪我。”

“多谢你陪我。”他答道。

“好的，我保证。”我笑笑，“我不会随时随地玩失踪了。”

第二十章

杰克坐在沙石路面上,旁边那辆车估计是被扔了。他的思维超级活跃,寻思着桑迪·肖特可能的行动路线,她在哪儿,为什么她的车被扔在旧停车场的荒树丛中,为什么前一天的面谈她没来,为什么她一整天都没回到车旁。他搞不清楚。他在车旁守了一整天。他匆匆把四周搜了一遍,没见到她的人影,也没见到其他人。天色渐晚,树林黑糊糊的,只有远处的海船,以及高高的松林后面的葛林城堡投来的灯光。杰克连鼻子尖都快要看不见了。夜幕沉沉,笼罩一切,他不愿离开,万一错过桑迪,万一有人把车拖走,那样豆诺和所有的线索就会丢得一干二净。

文件夹放在仪表盘上,旁边的手机是最近的唯一光源,每隔几秒就闪一下,快没电了。桑迪如果还不马上回来,杰克就要拿起电话查最近的通话记录了,看能不能幸运地查到什么人能帮上忙,找到她。如果手机没电了,没有密码,他可能就打不开。

他自己的手机又响了,肯定是格罗娅在找他。11 点了,他不知道该怎样回答,不知道对她说什么。他不想撒谎,但他最近几乎是躲着她——在她醒之前离开,她睡着后才回来。他知道这样的举动肯定让她很难过。温柔耐心的格罗娅，从来不像他哥们的老婆那样唠叨个不停。她总是给他需要的空间，很安心地相信他不会背叛她。但是他，他在背叛她的耐力，甚至会让她愤然离去。这或许是他要的，或许不是。他知道，豆诺失踪后，他们就不再谈论家庭婚姻，这些一度对他很重要，对他俩也如此。现在他撇开这份维系，一门心思找弟弟。他多少觉得，找到桑迪，就能进一步找豆诺。这或许又是一个借口，又是一种依存症，拖延开始新的生活，拖延面对和格罗娅的缘分，他也拿不准的缘分。

他想到唯一能做的事情。他拿起手机，给格莱姆·特纳打电话。这人是在找豆诺时同杰克一家打交道的警官。

“喂？”是格莱姆的声音。背后很吵，叫喊声、吵闹声、嬉笑声，酒吧就这样。

“格莱姆，我是杰克。”杰克在寂静的林间大声吼道。

“喂？”格莱姆又吼道。

“是杰克。”他提高声音，肯定会惊动在附近栖息的动物。

“等会儿，我到外面去。”格莱姆喊道，穿过酒吧时，越来越吵，最后终于静下来，“喂？”格莱姆稍微平静了点。

“格莱姆，我是杰克。”他现在可以放低声音了，“不好意思，这么晚还给你打电话。”

“没事。还好吗？”格莱姆关心地问。过去一年杰克总在夜里打电话给他，他大概习惯了。

“哎，还行。”杰克没说实话。

“豆诺有什么消息吗？”

“没有，没什么消息。我给你打电话，其实是为了别的事。”

“说呀，出什么事了？”

究竟怎么才能说清楚呢？“我就是担心一个人。我本该昨天早上跟那人见面，但她没来。”

沉默。

“我明白了。”

“离开都柏林之前，我收到一条短信，告诉我她在赶来的路上，但没有出现。她的车却停在湾口这边。”

沉默。

“知道了。”

“我开始担心了,你知道吗?”

“是的,是的,我知道。在这种状况下,你能不担心吗?”

听了这句话,杰克感觉自己疯疯癫癫、胡言乱语,像得了妄想症,或许他就是这样。

“我知道,听上去没什么,但我觉得出事了,知道吗?”

“是的,是的,当然。”格莱姆匆匆说道,“对不起,等一分钟。”电话给捂住了,听不清楚,“好的,再来一品脱。干了,达米安。马上就进去。”他说完,回到线上,“不好意思。”

“没事。就是这样,天这么晚了,你又在外面。对不住啊。”杰克托着脸,觉得自己像个傻瓜。他刚把故事说出口,就觉得很蠢,的确没必要替桑迪担心,可是他心底明白这样不对。

“不要担心了。你要我做什么?那个家伙叫什么?要我打听吗?”

“桑迪·肖特。”

“桑——迪·肖特。噗,是个女的。”

“没错。”

“好吧。”

“你是去见她,在……”

“昨天在葛林。我们在利落得加油站碰了个面。你知道在……”

“是的,我知道。”

“好吧,就是这样,早晨5点半我们碰到了,但后来她没来。”

“你遇到她时,她没说要去哪儿?”

“没有,我们几乎没说话。”

“她什么样子?”

“很高,黑色的卷发……”他渐渐停了下来,这才意识到,他不清楚桑迪·肖特长什么样,甚至他在加油站遇到的不见得就是桑迪·肖特,唯一的证明是仪表盘上的文件上有豆诺的名字。开车人可以是任何人。他尽量把零碎的细节拼在一起,也没怀疑这样做的意义,根本不是他想的那回事。

“杰克?”格莱姆在叫他。

“在。”

“她高个子,黑卷发。还有什么?比如,年纪、从哪儿来之类的。”

“不，我不知道，格莱姆。我不敢肯定她长什么样。我们只通过话，我甚至不知道在加油站碰到的是不是她。”他突然想到，“她做过警员，在都柏林，但四年前辞职了。我就知道这些。”他停下来。

“好吧，好的，我要打几个电话再回你。”

“谢谢！”杰克像受了羞辱，他的话满是漏洞，“你会保密，对吧？”他低声问。

“会的。你跟格罗娅还好吗？”指责的语气。或许不是，这阵子杰克总是判断失误。

“挺好的，真的。”

“那就好，代我问她好。杰克，你有个圣女。”

“是的，我知道。”他谨慎地答道。

沉默。酒吧的气氛。

“杰克，我会给你回话的。”格莱姆大声说。线断了。

杰克捶着脑袋，像个白痴。

午夜时分，他一边踱着步，一边上下敲打着汽车冰冷的金属外壳。这时电话响了。他已经给格罗娅发了短信，告诉她他回家晚，不会是她的电话。

“杰克，我是格莱姆。”语气客气点了，“听着，我给几个哥们打了电话，问他们有没有知道桑迪·肖特的。”

“说下去。”他的心怦怦直跳。

“杰克，该你告诉我的。”格莱姆轻轻说道。

杰克在黑暗中点点头，尽管格莱姆也看不见。

格莱姆继续说：“好像你不用担心她。有不少人知道她，”他笑了起来，又打住，“他们说她总是失踪，不告诉任何人。她是个隐者，独来独往，想来就来，想走就走。不过她总是会在一周左右回来。杰克，我不担心。这像是她一贯的做法。”

“但是车子呢？”

“1991年产的红色福特·菲斯特？”

“是呀。”

“就是她的。不用担心。她可能就在附近，在查验什么。大伙说她喜欢慢跑，所以她可能把车停在那儿，早上跑出去了。车也有可能打不着，就那么简单。不管怎样，就比你们见面的时间过了二十四小时而已，不用紧张。”

“我想，最初的二十四小时是最重要的。”杰克咬紧牙说。

“对于失踪的案子，是这样，杰克。但这个桑迪·肖特没有失踪。她一直喜欢消失。从她同事说的样子来看，她会在几天内联系你。显然这是她工作的风格。我还听说，甚至她家里人也从来不知道她在哪儿。几年前，他们给警察局打过三次电话，后来再也不烦了。她会回来。”

杰克没话说。

“我帮不上什么。没什么延续性的事情发生，没什么说明她处在危险之中。”

“我知道，知道。”杰克疲倦地抹了抹眼睛。

“奉劝你一句，提防这些家伙。像桑迪·肖特开事务所，不就是为赚钱吗？她要是溜掉了，我毫不吃惊。我们做不到的，他们也做不到。我们没找过的地方，还能找的就不多了。”

桑迪还没要过一分钱，她知道他一个子儿也没有。

他只是回答：“我得做点什么。”他不喜欢格莱姆这样说桑迪。他不相信她是骗子，不相信她四处调查怎么会不带上手机、文件、日记和汽车，或者半夜还在慢跑。格莱姆没说什么有用的，不过杰克大声说的也没什么用。他只能靠本能了——豆诺的失踪和一个礼拜里给陌生女人打的夜间电话赋予他的本能。

“我懂，”格莱姆说，“换成我，我大概也一样。”

“那么锁在她车里的我的东西怎么办？”杰克想蒙他。

“什么东西？”

“我把豆诺的文件和其他一些东西发给她了，在车里，能看见。如果她拿了我的钱跑了，我至少要把这些东西拿回来。”

“杰克，在那个地区，我帮不上你。不过到早晨时，你拿回这些东西，我不会质询你。”

“谢谢，格莱姆。”

“能帮就帮了。”

几个小时后，太阳升了起来，给深色的涟漪染上一抹橘黄。杰克坐在桑迪的车里，一页页翻着有关豆诺的文件，还有警察局的报告，这些只有靠桑迪的人脉才能够得到。根据日记记载，她计划当天去利默里克，去见豆诺的朋友——阿伦·欧扣诺。豆诺消失的晚上，他跟豆诺在一起。有希望了，或许能去那儿见到她。狭窄的车内弥漫着有些恶心的香味，还夹杂着咖啡变质的味道。香草味空气清新剂挂在仪表盘的镜子上，发泡塑胶杯压在下面起平衡的作用。车里再没其他线索说明桑迪是什么类型的人。没留下包装袋，没有碟片或磁带说明她的音乐喜好。只有一部工作的旧汽车和剩下的咖啡。

没有什么核心内容，她把那部分随身带走了。

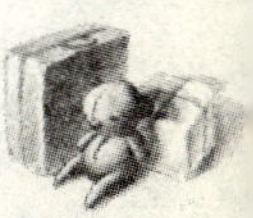

第二十一章

不知过了多久，我醒了。一个小女孩，黑卷发，黑眼睛，趴在沙发扶手上，殷切地望着我，眼神同她外祖父的一样。

我猛地起身。

她笑了，黄黄的皮肤，浅浅的酒窝，两弯黄褐色的眼睛。

“嗨！”声音脆脆的。

我环顾四周，屋里黑漆漆的，只有厨房门口探出一点橘黄色的灯光照亮地面。借着灯光，能辨认四周的样子，还有面前的小姑娘。洗手间窗外的天空已经黑了。星星，同样的星星，我在家从未留意过的星星，像圣诞节彩灯一样装点着这个袖珍村庄。

“嗯，你不打招呼吗？”小嘴开心地叫着。

我叹了口气，我从来没跟孩子在一起，甚至对自己曾是小孩不屑一顾。

“嗨！”我无精打采地说。

“就是这样了。不难，对吧？”

“哎哟，好痛！”我叫了一声，伸了伸腿。

她从沙发扶手上跳下来，蹦到一头，抱着我，把我的腿压痛了。

“哎哟。”我叫了一声，缩紧了腿。

“不会伤着你的。”她低下头，半信半疑地看着我。

“你多大，一百九十岁吗？”我问，拉紧毯子，好像这样做能保护自己。

“如果我一百九十岁，那就死了。”她眼睛一转。

“那该有多遗憾。”

“你不喜欢我吗？”

我想了想。“是的。”

“为啥？”

“因为你坐到我腿上了。”

“我坐之前，你就不喜欢我。”

“是的。”

“大多数人觉得我很可爱。”她叹了一声。

“真的吗？”我假装惊讶的样子，“我没那种印象。”

“为什么呢？”她没生气，反倒来了兴致。

“因为你才三英尺高，还没长门牙。”我合上眼，希望她走开。我把头靠在沙发的后背上，头部的痉挛减轻了，但床那头的嘁嘁喳喳声又把它卷了回来。

“不会一直这样。”她说，像要讨好我。

“为了你，但愿如此。”

“我也是。”她叹了一声，学我也把头枕在沙发靠背上。

我默默地看着她，希望她知趣地走开。她朝我笑笑。

“大多数人的印象是，我不愿跟他们说话。”我暗示道。

“是吗？我没这个印象。”她学我，张着没牙的嘴，装着吃力的样子说。

我笑了笑。“你多大？”

她抬起手，伸出四个指头和一个大拇指。

“四个指头和一个大拇指吗？”我问。

她皱皱眉，看看手，动嘴数着。

“你们小孩子没有学校专门教你们学数数？”我问，“你不能说五吗？”

“我会说五。”

“然后呢？你觉得把手举起来，要可爱一些？”

她耸耸肩。

“其他人呢?”

“睡了。你看过电视吗?我们有电视机,但用不起来。”

“那真够糟的。”

“是挺糟的。”她夸张地叹了口气,但也无所谓的样子,“我外婆说,我有太多问题问,但你的问题怎么比我还多呢?”

“你爱问问题?”我突然来了兴致,“什么样的问题呢?”

她耸耸肩:“一般的问题。”

“关于什么的?”

“什么都有。”

“婉达,你要一直问下去,或许才能离开这里。”

“好的。为什么我要离开这里?”

这好像不是一般问题。

“你喜欢这儿吗?”

她看看四周:“我喜欢自己的房间。”

“不是,*村子*这一带。”我指着窗外,“你住的地方。”

她点点头。

“你整天做什么?”

“玩啊。”

“那该有多烦!”

她点点头:“有时是这样。不过我马上就上学了。”

“这儿有学校吗?”

“不在这里。”

她还没走。“你父母整天做什么?”

“妈妈和外公一块工作。”

“她也是木匠吗?”

她摇摇头:“我们没有车。”

“你爸爸做什么呢?”

她又耸耸肩:“妈妈已经不爱爸爸了。你有男朋友吗?”

“没有。”

“有过一个吗?”

“有过不止一个。”

“同时吗？”

我没回答。

“为啥不跟他们在一起了？”

“我不喜欢他们。”

“*所有*的人吗？”

“差不多所有的。”

“哦，这可不怎么好。”

“不会呀，”我走神了，“我觉得没什么不好。”

“你伤心吗？妈妈挺伤心的。”

“不会啊，没什么可难过的。”我难堪地笑笑，她伸着舌头，看得我怪难受的。

她又耸耸肩。这就是为什么我不喜欢小孩，也讨厌自己做过小孩。小孩的大脑空空的，什么都答不上来，对很多事的来龙去脉都不了解，可我也没碰上一个让我开窍的大人。

“婉达，对于一个有许多问题的人而言，你的答案太少。”

“我的问题和你的不一样。”她皱皱眉毛，“我知道许多。”

“比如说？”

“像……”她琢磨了一下，“嗯，隔壁蓝堡先生不到田里干活，是因为他后背疼。”

“地在哪里？”

她指着窗外：“那边。我们的庄稼种在那里，大家才能一天三顿在食堂吃到东西。”

“整个村子在一起吃吗？”

她点点头：“佩达的妈妈在那儿上班，但是我长大了不想在那儿工作。我想和鲍比一块干，”她做梦一样，“我朋友蕾西的爸爸在图书馆上班。”

我想从她的话中找到点有用的信息，但一无所获。“从来没有人动点脑子，比如离开这鬼地方。”我更像是对自己说。

“有人想走，”她说，“但没成功，没有出去的路。不过我喜欢这儿，无所谓。”她打个哈欠，“我累了，要去睡觉了。晚安。”她从沙发上下来，拽着一张皱巴巴的毯子，朝门口走去，“这是你的吗？”她停住，弯下身从地上捡起什么

东西，举了起来。我看到灯光从门底钻进来，打在上面，亮晶晶的。

“是我的。”我喘了口气，从她手里接过表。

门开了，橘黄的灯光洒满房间，刺得赶紧我闭上眼睛。门又关上了，我被单独留在漆黑的房间里，这个五岁小姑娘的话在我耳边回响：*“有人想走，但没成功，没有出去的路……”*

我还因为这个，不喜欢小孩。他们总把你所深知的、不愿承认的、肯定不愿听到的话一清二楚地说出来。

第二十二章

“我知道约瑟夫是木匠，那你干什么？”我这样问艾伦娜。我们沿着村子中一条灰扑扑的路走着。

艾伦娜笑笑。

我们穿过村子，往远处走去，一路上是金黄碧绿的田野，不同国籍的人镶嵌其间。他们在田间时而弯腰，时而起身。耕种的东西有的我听说过，有的没听说过。旷野上有星星点点的温室，无论想种什么，村民都可以在那儿试一试。这里的人从四面八方来，林林总总；这里的天气也形态各异，狂躁，富含生命。就在短短几天内，我已经领略了炙热、暴雨、春风和冬寒。突变的天气特征，或许能解释这儿奇特的植被分布，草丛、树木、鲜花和庄稼居然能在同一环境下同存共荣。我不知道该如何解释人是怎么适应的。这里的自然似乎没有规律，一天有四季，大家欣然接受，并努力适应环境。现在又暖和了，我和艾伦娜并肩散着步。我神清气爽，自从珍妮·媚消失后，我睡觉的时间加在一起还没这一晚上多。

“自从珍妮·媚，*什么* 来着？”格里高利一直这样问，“自从她消失后吗？”

“不是，就是*自从珍妮·媚* 。是句号。”我这样回答。

就在当天早晨，我见到一个自己找了十二年的人。我张大嘴巴，惊呆了。见我这样，艾伦娜猛地催我往前，又在我眼前打个响指。那个人的存在，让我震住了。我从没这样被震住过，从没这样目瞪口呆，也从没这样孤独寂寞。最近，我有太多从未有过的体验。找了这么多年，梦中的脸从一旁路过，我再也不能保持艾伦娜式的宁静与矜持。

“镇静。”艾伦娜小声说，不是第一次了。

洛冰·葛若缇是第一个从我身边飘过的魂灵。当时大家都坐在食堂里吃饭。食堂是一幢两层高的木质建筑，四周带阳台，很气派，可以俯瞰森林、山脉和田野，景色浑然天成。这儿也没我想象的那样拥挤。这栋体面的建筑可以容纳当地村民共进一日三餐。他们有一个总规划，分配他们采摘和种出的食物。我知道，金钱在这儿没有价值，即使一个鼓鼓的钱夹子掉在门口也没什么用。“为什么要把钱花在每天供应丰富的东西上呢？”艾伦娜解释着。

我从自助餐台取了食物，往回走时，看到了洛冰，差点失手弄翻放油炸圈饼和法布奇诺咖啡的餐盘。（那天早上，“香飘飘奶油”递送车遗失了一个食品盒。好玩的是，这个盒子竟然落到了隐秘村子的外围。我能想象那个投递员，手里拿着夹板，挠着头，重新点着餐车上的物品，懒得理会店长筋疲力尽的责骂。这辆车说不定就停在纽约市区一家店外面，一处繁忙的上货区。可就在这个迷失的地方，我和背后饥饿的人却涌向那个篮子。）看到洛冰，我差点烫到自己，法布奇诺咖啡也像受惊一样，微微晃了晃。

洛冰·葛若缇六岁时失踪了。她住在都柏林北区的郊区，早上 11 点还在前门花园玩，可是她妈妈 11 点 5 分去看时，她就不见了。所有人——我是说每个人——家人、当地人还有警察局的工作人员，当时也包括我，都觉得她被隔壁的邻居绑架了。丹尼斯·菲尔曼，一个怪人，孤零零的，不跟任何人说话，只有洛冰经过时跟她说话。这让洛冰父母悬着心。

他说自己什么都没干。他向我发誓，他没干。他反复说，她是他的忘年交，他不会也不愿伤害她。没人相信他，我也不信他，但大家拿不到他的罪证。他不堪忍受邻居和媒体的折磨，还有警察局持续的质询，最终了结了自己。可在洛冰父母还有旁人的眼中，这就是确凿的罪证。但就当十八岁的洛冰从我身边走向餐台时，我心如刀绞。

洛冰六岁就失踪了，但就在我抬眼的一刹那，我就认出了她。每隔几年电脑会自动生成她长大的照片，并公之于众，我牢记在心，遇到熟悉的面孔就会暗中比较，算是日常的脑部锻炼。而现在，这张脸突然向我走来，她的模样同电脑画像的差距并不大，不过她的脸更饱满，头发更黑，臀部更丰满。她的眼神像在说，曾经看到的和做过的改变了一切，除了它们的颜色。这些是一张图片所不能传达的。但是没错，就是她。

我和艾伦娜一家同坐在一张餐桌旁，可我惶恐迷离，什么都吃不下。婉达盯着我，学我的一举一动。我没睬她，小家伙不停地唠叨着一个叫鲍比的家伙。我忍不住看着洛冰，十二年她就这样过来了，我能想什么？我悲喜交加，一直想找的人就在身边，这才明白我将大部分的生命放错了地方。就像遇到偶像，就像在梦想成真的时刻却不由得暗自失望。

这是早餐时发生的一切。

我和艾伦娜没再往前走。路边是一块无人耕种的田地，里面五彩缤纷：黄湛湛的金凤花，远志花、雏菊、蒲公英，还有长长的蒿草，紫蓝蓝的一片。馨香的味道让我想起在葛林的最后几口呼吸。

“前面是什么？”前面的树林中有更多的房子探出头来。这是一片白桦林，在落叶的衬托下，橡树树皮显得黑白分明。

“那是另一个村子。”艾伦娜解释说，“每天有很多新来的人，一个袖珍小镇装不下。况且来自不同文化的人，不愿意也不可能居住在同样的环境中，这些人就住那边。”她望着遥远的树林、山脉点点头。

这个我没想到。“所以那边会有更多我要找的人吗？”

“有可能。”她表示同意，“跟我们这儿一样，那边也会有登记处，会把所有人的名字登记在案。但他们不一定会公开私密信息，除非在紧急情况下。但愿我们不用去找他们，他们会来找你。”

这算什么话？我笑了笑。“你酝酿的方案是什么？”

“这个嘛，”她笑笑，淘气地眨眨眼，“多谢你提供的名单，琼在忙着预订场地，筹划私人排练。我们准备上演一出爱尔兰新戏。”她抬起我的手，看了看我的表，“还要等两个小时。”

我急切地想见像洛冰一样的人，但是艾伦娜的计划让我想笑。“肯定有办法比这简单。”

“当然。”艾伦娜把柠檬色的围巾甩到右肩上，“但这个办法更好玩。”

“你怎么会认为我列出的人员就会来参加排演？”

“你开玩笑吗？”她惊讶地说，“难道你没见伯纳德和琼的反应？这儿的大多数人其实很想参加活动，特别是老乡组织的活动。”

“难道非爱尔兰族群不会嫉妒吗？”我半开玩笑地说，“我不愿他们觉得自己被排除在外。”

“不会，”艾伦娜笑笑，“每个想笑的人都可以在演出时间来，我们承担费用。”

“演出时间？你是说我们真要演台戏吗？”我睁大眼睛。

“那当然。”艾伦娜笑了，“我们把二十个人拽去排练，总不能说没有演出，而是说我们还没决定该演什么。”

我的头又痛了。“今天我跟他们说话，他们就会明白，这不过是让伯纳德演主角。”

艾伦娜又笑了。“不要担心，他们什么都不会怀疑，即使有，他们也无所谓。大家会在这儿重新塑造自己，会把这次体验当成人生的第二次机会。即使你并不从事演艺，你在这儿也不是不能做。你在这儿待得越长，越会觉得这儿的气氛很不错。”

我早就注意到了，这儿的氛围是轻松的。大家一团和气，工作效率很高，但又不慌不忙。这里有喘息的空间，有思考的空间，有妥善支配的时间，有进修的课程。一度迷失的人们停下来思考、恋爱、怀念并且回忆。归属是重要的，即便是参加一场无望的演出。

“约瑟夫不参加，他好受吗？”

“没事，他压根不会难过。”

“约瑟夫从肯尼亚来吗？”

“是的。”我们往回走，“是从瓦塔姆海岸一带来。”

“他昨天叫我什么？”

艾伦娜脸色变了，一看就在装糊涂：“你指什么？”

“好了，艾伦娜，昨天他那样叫时，你像是吃惊。那个词叫什么来着？卡拉……卡帕，什么意思？”

艾伦娜假装糊涂，皱着前额：“对不起，桑迪，我不知道，真不记得了。”

我不相信。“你告诉他我做什么了吗?”

她换上昨天诡秘的神情。“当然,他现在知道,但当时没有。”

“他什么时候知道的?”

“他遇到你的时候。”

“那时没有。我可没想到他会读心术,我就是想知道他说了什么。”我沮丧地停下脚步,“艾伦娜,直截了当,不要再打哑谜了。”

她的脸红了。“桑迪,你得问他,我不知道。不管是什么,肯定是他的基斯瓦里方言,我可不懂。”

她肯定没说实话,我没再说什么,沉默地向前走。我又看看表,有些焦急,因为很快我就要同这儿的人分享家人的信息,转达他们每晚的祷告。“我能准确传递他们的情感吗?”前一天跟艾伦娜说的是真的:我不喜欢和人搅和在一起,找到他们并不意味着想跟他们在一起。我想知道珍妮·媚在哪儿,并不意味着我要去那儿,或者希望她回来。

和往常一样,艾伦娜本能地触摸到我的感受。“终于能跟约瑟夫谈谈我的家人,真好。”她轻声说,“我们一直谈,谈到眼皮合上。我不停地做梦,一直到太阳升起来。我梦到妈妈和她的社团,还梦到爸爸,他在找我。”她闭上眼,“早上睁开眼,我差点忘了这是哪儿。在梦里,我在长大的地方待了好几个小时。”

“对不起,让你难过了。”我向她道歉,“我也不知道该怎么把家人的话告诉大家。”我们一边走,我一边玩着手腕上的表,要是滴答走的时间能给转回来该多好。

艾伦娜睁大眼睛,下面的睫毛上蒙着一层泪花,像个无形的水库。“桑迪,不用那样想。你的话对我是一种安抚。我怎么能不那样呢?”她脸上的表情由阴转晴,“我醒了,*知道*外面还有个惦念我的妈妈,就像被无形的毯子裹着一样,有人保护我。知道吗?你不是唯一一个找到人生答案的人,现在我的脑海中出现了从未有过的照片。就在一个晚上,整个记忆的目录重新编排就绪。”

我点点头,没说什么。

“你跟这些人会相处好的。我想*不止*于此。你名单上的人还要过多久来?”

我看看时间。“一个半小时。”

"很好,再过九十分钟,那些人就回到这儿,一门心思投入一小段生命,在阳台上呼唤罗密欧,或者借哑剧艺术上演大逃亡。"

我大笑一声。

"不管你怎么措辞,你的话都是给我的额外奖赏。"

"谢谢你,艾伦娜。"

"好了。"她安慰地拍拍我的手臂,我愣了一下。

我低头看看衣服。"还有一个问题。这套跑步装穿了好几天,实在要换一套。你可以借给我些吗?"

"哦,这个不用担心。"艾伦娜说着,朝树林的方向走去,"你在这儿等着,我马上就回来。"

"你到哪儿去?"

"就一会儿……"她的声音远了,她的椒盐短发①、飞舞的柠檬色围巾也消失在夜色当中。

我不耐烦地跺跺脚,不知她究竟去哪儿了,现在可不能没有艾伦娜。我一抬头,发现前方约瑟夫高大的身影。他一手拎着木棍,一手拿着斧子,正要离开树林。

"约瑟夫!"我大喊一声。

他抬起头,朝我挥挥斧子,不是很热心的样子,走了过来。他的秃头像抛平的大理石一样闪着光,无可挑剔的皮肤使他看上去比实际年龄要年轻很多。

"都还好吗?"他关切地问道。

"我想是的。可,我不知道,"我稀里糊涂地补充道,"艾伦娜刚刚在树林里消失了。"

"什么?"他的眼睛一暗。

"我不是说'*消失*'。"我知道错了,"她走了,几分钟前*走进*树林里。"不可能从"*这儿*"失踪,难怪约瑟夫猛地一惊,"她叫我在这儿等她。"

他放下斧子,看着树林。"她会回来的,齐沛欧女孩。"他的声音很温柔。

"那是什么意思?"

"意思是她会回来。"他笑笑。

---

① 原文为 salt - and - pepper,意思是黑白相间的。——译者注

"不是*那个*,那个肯尼亚单词是什么意思?"

"那就是你。"他一边漫不经心地说着,一边看着林子。

"是指?"

他还没来得及回答,艾伦娜回来了,后面像拖了一只行李箱。"给你找到了这个。嗨,亲爱的,刚才听到你轻轻打树的声音。这个箱子上的签名是芭芭拉·郎利,俄亥俄州的。但愿看在你的分上,俄亥俄州的芭芭拉是长腿。"她把箱子放到我脚下,掸去手上的灰尘。

"这是什么?"我张开嘴,琢磨着把手上的行李票,"这是二十年前运到纽约的东西。"

"不错,穿上它们你会演绎一把怀旧风格。"艾伦娜打趣道。

"我不穿别人的衣服。"我表示反对。

"为什么不呢? 你不是要借我的吗?"艾伦娜笑了。

"但我认识你。"

"没错,可你不认识在我之前穿那些衣服的人。"她逗我,掉头要走,"快点,我们还剩多少时间? 现在要去排演了。"她向约瑟夫解释,他严肃地点点头,拾起斧头。

我看看手腕,手表不见了。

"该死。"我咕哝道,把行李扔到地上,看着脚底下。

"怎么了?"艾伦娜和约瑟夫停下来,转过身来。

"手表又从手腕上掉了。"我咕哝着,往后退,在地上寻找着。

"又掉了吗?"

"上面的搭扣坏了,有时自己会解开,手表就落到地上。"我双膝着地,差不多趴在地上找了。

"没事,一分钟前你还戴着,不会走远。把箱子抬起来。"艾伦娜不慌不忙。

我看看箱子底下。

"这好玩了。"艾伦娜走到我站的地方,靠了一会,紧盯着地面,"我到林子里时,你去哪儿没?"

"没有,哪儿都没去。我跟约瑟夫*就*在这儿。"我双膝着地,伏在脏兮兮的地上找。

"不可能掉的,"艾伦娜说,一点不担心,"会找到的,我们在*这儿*一直可以。”

我们三个呆呆地站着，看着五分钟内我一直待着的地方。不可能落到其他地方。我抖抖衣袖，掏空口袋，又检查了箱子，看手表是不是被压在那儿了。没有，一点蛛丝马迹都没有，哪儿都没有。

“到底滚到哪儿去了？”艾伦娜看着地面，嘟哝着。

约瑟夫和我俩在一起时，没说什么。他一动不动地站在那儿，双眼同煤一样黑，仿佛能吸收身体四周所有的光线。这些光打在我身上。

他一直那样看着。

第二十三章

我花了半个小时，在路上来来回回地找手表，像往常着了魔一样，找了好几遍。我分开荒地里的蒿草，把手深深插进林子的土中。在哪儿都没看见手表，这却令我有一种奇怪的慰藉。我立刻忘了自己的位置和经历。在那一刻，我又是我了，只有一个目标的我。寻找。十岁时我会找一只袜子，仿佛那是世间最稀罕的钻石。不过现在不一样，手表更有价值。

约瑟夫和艾伦娜焦虑地望着我。我拔起野草，拽起草皮，一定要找到在手腕上戴了十三年的珍宝。这块手表总不能待在它该待的地方，我跟那个送表人也是这样若即若离的。但是，即使有时手表滑落，跑到和我相反的方向，我也能找到它、靠近它。我同那人的关系也是如此。

艾伦娜和约瑟夫，不像我父母，没有假装若无其事。他们有些担忧，这样就对了。他们说在*这儿*什么都不会失踪的，但现在这话很难说得过去，至少我性格中偏执的部分是这样想的。我理智的思想层面会认为，他们显然是出于对我的关切，关心我的双手和双膝沾满了灰尘、泥土、草屑和粪肥。

“你现在不要找了。”艾伦娜看着我，乐呵呵地说，“社区会堂有很多人要见你。况且你还要冲个澡，换一下衣服。”

"让他们等好了。"我说着，还在草丛里摸着，泥土渐渐垒了起来。

"他们等得够久了，"艾伦娜使劲说道，"你也一样。不要逃避终归要面对的事。现在跟我走吧。"

我停下了。"逃避"常常从格里高利嘴里蹦出来，"*桑迪，不要逃避……*"我在逃避吗？我专心致志、锲而不舍地做一件事，怎么成了逃避？这一直是我难以理解的。恰恰相反，东西没了，找不到了，是像格里高利、我父母还有艾伦娜这样的人在逃避，不想办法。我抬头看着艾伦娜，她小鸟依人般靠着魁梧的约瑟夫。"我真得要找到那块表。"

"你会的。"她说得轻松，"在这儿东西*总*会现身的。约瑟夫说会替你留心的，或许鲍比知道点什么。"

"鲍比是什么人？一直有人说到他。"我站起身问道。

"他在失物招领处上班。"艾伦娜一边解释，一边把扔在路中间的箱子递过来。

"失物招领？"我笑笑，摇摇头。

"你没在那儿的前窗候着，我都有点惊讶。"艾伦娜轻声说。

"你在想阿姆斯特丹。"我笑笑。

她皱皱前额。"*阿姆斯特丹*？你在说什么？"

我打掉身上的灰，离开搜索现场。"艾伦娜，你有不少要学的。"

"多好的忠告，来自刚刚在粪堆里摸爬滚打三十分钟的女子。"

我们走了，约瑟夫还站在路中间。他两手叉在屁股上，木柄斧子扔在脚下，仔细地看着脏兮兮的地面。

我打扮成俄亥俄州的芭芭拉·郎利的样子，出现在社区会堂。芭芭拉的腿并不长，似乎对超短裙和紧身装情有独钟，这些我试都不敢试。纽约之行，她还不幸弄丢了条纹衫，里面的护肩能刮住耳垂。有些外套上缀满了和平符号、阴阳标记、黄皮肤的笑脸和美国国旗。我第一次讨厌80年代，也不想回到那段时光。

看到我的时候，艾伦娜笑了：紧身的牛仔裤，像故意用石头砸过，而且直到脚踝上面。白色短袜、我自己的运动服，还有一件T恤衫，带着黄种人的笑脸。

“你觉得芭芭拉·郎利是《早餐俱乐部》[1]中的角色吗?”我走出浴室,浑身不自在,仿佛一个孩子在星期天晚上被逼着脱下玩耍服,换上裙子和紧身装,吃全素的晚餐。

艾伦娜也不知道该怎么办。“我不知道她是哪个俱乐部的成员,不过的确看到这儿有人这样穿。”

最后我们一边朝村子走去,我一边在路上抓些稍微体面的衣服,这可是我压根不会做的事情。

“我们回头再去鲍比那儿。”艾伦娜想让我开心一点,“他收集了无数的衣服,可供选择。实在不行,这边也有几位制衣人。”

“我要点二手服装就可以。”我情愿这样,“他们做好衣服的时候,我大概就走了。”

她不屑地哼了一声,这让我颇为恼火。

社区会堂是一栋华丽的橡树楼房,跟其他门一样,有扇很大的双开门入口。门上刻有传说中的人们的聚会,大家肩靠肩,手挽手,发丝和衣服随密林深处的清风飘动。艾伦娜推开十二英尺高的门,众人向一旁闪开。

会堂纵深约四十英尺,顶头立着一个舞台。舞台三面是一排排结实的橡树椅子,二层的环座也是一样的格局。天鹅绒的红色大幕一分为二,两边用粗粗的金黄色绳索向后挽着。舞台的整面后墙上是一幅布满黑漆手印的帆布油画,大小各异,象征从幼儿到老人,纵向、横向加一起至少有一百个以上。墙上面有不同的语言,我看看英文,是“力量与希望”,似乎也挺眼熟的。

“这些手印是所有那些在这儿生活,以及过去三年住在这儿的人的。每个村子的会堂都是一样的。这可是这儿才有的。”

“我在哪儿见过。”我自言自语。

“哦,不可能,你没有。”艾伦娜摇摇头,“在村子里,只有在社区会堂才能见到这个。”

“不是,我认出它是从家里来的。在齐可尼城堡的地上,竖着一个跟这相似的国家纪念碑。每只手印都是照每个失踪人员亲戚的一只手制作而成,一旁的石碑上镌刻着……”我闭上眼睛,背诵着不知抚摸过多少次的铭

① 1985年的好莱坞电影,有关高中生题材的电影,由约翰·休斯导演。——译者注

文,"'谨以此雕塑和冥思之地纪念所有失踪的人。愿所有来访的亲友拥有持续的力量和希望。'你妈妈的一只手就摹刻在那儿。"

艾伦娜屏住呼吸,在我脸上找着什么,大概希望我是在开玩笑。见我不是,她慢慢吁出气来。

"好吧,我不知该说什么。"她的声音有些打战,她转过头去看着壁画,"这个主意是约瑟夫提出的。他说大家都来做会很不错。"她不相信地摇摇头,"他如果听到你跟我说的话……"

"哇,天哪!"我说,看着其他地方。这更像一个剧院,而非社区会堂。

"这里能容纳两千五百人。"艾伦娜解释道,可想而知,艾伦娜听了我说的话,多少有些失落,不过,她还是接着说下去,"如果人更多时,就把椅子搬出去。不过整个社区很少有什么全体活动。会堂还有其他的功用,比如投票大厅、竞选委员会和社区之间的论坛、美术馆、辩论场地,偶尔也会上演戏剧。还有很多。"

"竞选委员会是些什么人?"

"村子里每个国家的一名代表。单单我们村子就有一百多个国家。每个村子都有委员会,有好多村子。"

"那委员会上有什么事吗?"我问道。有点意思。

"这里跟世界上其他地方一样。所有该讨论的就讨论,该决定的就决定。"

"这儿的犯罪率如何?"

"保持在最低程度。"

"怎么做到的?来的路上,我看见街道上没有什么法律的宣传监督条文。怎么才能让大家遵纪守法?"

"司法体制存在好几百年了。我们设有一座法庭、一所洗心学院和一个安全委员会。但是要让所有国家的人恪守同样的法律并不容易。委员会至少鼓励公开的对话和辩论。"

"那这是你们的民声机构?他们真有实权吗?"

"他们拥有我们赋予他们的权力。每个新成员都会在信息袋中找到这个。"艾伦娜从墙上取下一个展示手册,"你翻翻文件夹,也该有一个。这是投票守则。"

我稍微翻了几页,大声读道:"推选能够倾听民意、反映人民的一致呼声、关心大众福祉并代表人民决策的人。”我大笑，“还宣传什么了？两条腿的是好人，四条腿的是坏蛋吗？”

“这是优秀领导的基本要素。”

“好吧，这个册子是不是对选举管用？”我假意笑了笑。

“我想是的。”艾伦娜向琼走过去，她在屋子另一头，“约瑟夫在委员会里。”

我一边看她走到房间另一头，一边张大嘴巴。“*约瑟夫吗？*”

“你像是很惊讶。”

“是呀，我是挺吃惊的。他像是……”我努力想找到恰当的解释而又不得罪她，最后我说，“他是个木匠。”

“委员会里都是白天做工的普通人。把他叫来，仅仅是必要时，说说对决策的看法。”

我克制不住地笑了，“这儿的每个人都在玩‘过家家’，知道吗？很难把它当回事。”我又笑了，“我俩快点吧，什么都还没做，而你们却有委员会呀、法庭什么的，谁知道还有什么玩意。”

“你觉得这好玩吗？”

“没错！随便看看，每个人都穿着别人的衣服，玩化装游戏。不管这究竟是哪儿，”我加重语气，“这样的地方怎么会有什么秩序、规则呢？它的存在完全没有逻辑，完全脱离*现实*。”

艾伦娜像生气，又像同情地看着我，这让我感到反感。“桑迪，这是*生活，真的生活*。很快你就会发现这儿没人在游戏。大家都在继续生活下去，并尽量使生活正常化。这跟世界上其他国家其他任何人一样。”她结束同我的交谈，向琼走去，“桑迪名单上的人，你找得怎么样了？”

琼猛地一抬头。“嗨，是你们呀。没看见你俩走过来。”她一眼扫过我的80年代的装束，“你像换了个人似的。”

“你跟名单上的人都联系上了吗？”我问道，懒得理睬她暗含反对的目光。

“还没全部联系上。”她说着瞥了一眼名单。

“我看看。”我抢过记录板，肾上腺素像是突然起作用了，让我全身兴奋。我看了看给她的三十个名字，在一旁画了钩的还不到一半。琼还在说什么，我着急看着，什么都没听进去，内心一阵狂乱。我每看一个名字，想到这人还好好地活着，马上就能见到，心里就咯噔一下。

见我还没等她开始就把本子抢了过去，琼生气地说："登记处的泰伦什么忙都不帮。除非委员会出于官方原因提出，否则他不会泄露任何信息。"她疲倦地看着艾伦娜，"我只好在村里到处问。不过桑迪，你该高兴才是。这儿的爱尔兰社区不大，大家都相互认识。"

"往下说呀。"艾伦娜催促道。

"嗯，我联系到不少人，总共有十二个。"她继续说，"有八个对排演感兴趣，还有四个说怎么样都会参与制作，但肯定不能上台。但是我还没有，看看啊，了解那个叫……的意愿。"

"珍妮·媚·芭特勒。"我帮她说完，心像坠到了谷底。

艾伦娜看着我。从我晕倒时起，她就记住了这个名字。

"鲍比·斯坦利、"我又念了个名字，希望破灭了，"詹姆斯·摩尔、克莱儿·史地森……"这些不见踪影的人，名单有长长的一串。

"不要紧，他们不在这儿，也许在邻村。"琼像是想让我放心。

"那有多大的可能？"我问道，感觉又有希望了。

"桑迪，我不能撒谎。大多数的爱尔兰人都在这个村子。"艾伦娜解释道，"每年最多来五到十五个。因为人少，我们都抱成团。"

"所以珍妮·媚·芭特勒肯定不在那儿，"我加重语气，"她必须在这儿。"

"那么名单上的其他人呢？"琼语气平静。

我一扫而过，克莱儿、彼得、史蒂凡妮还有西蒙，等等。一个个漫长的夜晚，我同他们的亲属坐在一起，翻着相册，掉着眼泪，答应要找到他们的孩子、兄弟、姐妹还有朋友。如果他们不在这儿，那我只有最坏的设想了。

"可是珍妮·媚……"我开始挖掘大脑里储存的信息，"没有其他人，难道就没人看到什么吗？"

琼稀里糊涂，不知我在说什么，艾伦娜则有些伤心。

"她必须在这儿，除非是藏起来了，或者在其他国家。我不能调查其他国家。"我独自胡言乱语。

"好了，桑迪，现在坐下来，好吗？你快要发火了。"艾伦娜打断我。

"我没有发火。"我猛地把她的手甩开，"没有，她没藏起来。她现在和我一样大。"我看着琼，一切都很明了，"你们必须找到珍妮·媚·芭特勒，告诉大家她和我一样大，三十四岁，她十岁时就来这儿了。”

琼马上点点头，不敢说不。艾伦娜把手伸向我，不敢碰我，但也不敢移走。两个女人担心地看着我。艾伦娜递过来一杯水，我坐下来喝着。

“她没事吧？”她们走的时候，琼这样问艾伦娜。

“她很好。”艾伦娜平静地说，“她就是要珍妮 · 媚参加演出。我们尽力找到她，好吗？”

“我想她不会在这儿。”琼小声嘀咕。

“不管怎样，找找吧。”

“为什么给我一个三十人的名单呢？桑迪怎么知道他们能表演呢？我联系他们时，他们都非常吃惊，大多数人连业余演员都不是。那些想参加演出的人怎么办呢？让他们参加排练好吗？”

“当然，所有人都可以。”艾伦娜这样打发她，“名单上的人特别一点，仅此而已。”

在爱尔兰每年失踪的两千名人员中，总有五到十五个再也找不到。我挑选的三十个是我工作以来痴迷寻找的。有些我找到了，还有些我放弃了。这其中可能有不可告人的内幕，或许他们不幸受害，抑或自愿地告别了生活。但是这名单上的三十人，他们的失踪没有任何踪迹、任何原因。这三十人既没留下犯罪现场可供调查，也没有目击证人可供质询，我一直念念不忘。

我想到他们所有的亲属，想到我对他们的承诺。我想到了杰克 · 罗托，想到上周我对他的允诺，还想到没去葛林同他见面，还有又一次的失败。

因为根据这个名单显示，豆诺 · 罗托不在这儿。

第二十四章

星期二早上，离桑迪不见已整整两天了。杰克拿到豆诺的文件，迎着7月清新的晨风，赶回家中。他悄悄合上身后的房门。镇上正在为爱尔兰咖啡节做准备，电讯信号杆旁堆着一捆捆条幅，还没拉起来；一辆卡车车厢变成临时的舞台，乐队可以在上面演奏传统爵士乐。不过，小镇还静悄悄的，大家正舒舒服服地躺在床上，做着另一个世界的梦。杰克发动引擎，在静悄悄的广场上，声音大得足以把全镇的人吵醒。他准备去利默里克，希望能在豆诺的朋友阿伦家遇见桑迪，还要去看看姐姐茱蒂。

兄弟姐妹中，茱蒂跟他年龄最接近。从她呱呱坠地开始，她就是天生的母亲。她结婚后有五个孩子。她比杰克大五岁，一直培养身旁的玩偶和小孩，训练他们听话。街上关于她的笑话是，只要茱蒂在，娃娃们就会笔直坐正，闭上嘴不说话。杰克一出生，茱蒂就把注意力转到他的身上。这是一个真的宝贝，她可以当妈妈照顾他，不过有时也差点闷死他。杰克有事时，会来问她的意见，她也能在跑学校、换尿布、喂奶之间抽出时间听他说。

他把车停在她家的平台外，前门开了，里面传出几千声鬼哭狼嚎的声音，让人头发直竖。

"爹——地——"一个小鬼的叫声。

小鬼的爸爸威利出现在门口。他穿着皱巴巴发黄的白衬衫,衣领没扣上,领带松垮垮的,领结也不平整。他一只手拿着咖啡杯,瞪大眼睛大口喝下,仿佛靠这支撑宝贵的生命;另一只手抓着变形的公文包,腿上还趴着一个浅黄色头发的穿着"强力巡警"睡衣、"青蛙可米特"拖鞋的小鬼。

"不——要——走——呀!"她大叫,四肢往另一条腿上靠,哭着喊着不让她爸走。

"我得走了,宝贝。爸爸要去上班。"

"不——行——"

门内伸出一只手,递给威利一片面包。"吃吧。"这是茱蒂的声音,另一处也传出阵阵哭喊。

威利咬了一口,又灌了几口咖啡,然后把凯蒂轻轻放下。他离开门道,亲了亲手臂的主人,大喊一声:"再见,孩子们!"门砰地关上了。里面还有尖叫声,不过威利面带微笑。这是早上 8 点,杰克知道他刚被折磨了一两个小时。不过他笑了。

"是你呀,杰克。"他月圆形的脸上露出微笑。

"早啊,威利。"杰克说。他注意到威利肚子上的衬衣扣子紧绷绷的,口袋上落了咖啡污渍,旋涡花纹的羊毛领带上居然还粘着牙膏。

"对不起,不多说了,赶着要走。"他轻轻一笑,拍拍杰克的后背,挤进车中。车子砰地排出一阵废气,匆匆开走了。

杰克看看四周这片堆满灰色住宅的不动产片区,每家门口的情形都差不多。

他试着推开门,希望不会被"疯人院"吞下去。他走进去,只见十五个月大的那桑在厅里跑来跑去,嘴边吊着一个奶瓶,除了一个鼓鼓的尿片子,什么都没穿。杰克跟了过去。四岁的凯蒂,几秒钟前还黏着爸爸,像到了世界末日,现在却盘腿坐在电视机前面一英尺处,入神地看着电视里播放的雨林中又唱又跳的昆虫,结果把麦片粥洒在污渍斑斑的地毯上。

"那桑!"茱蒂和颜悦色地在厨房叫道,"要换尿片了,快过来!"

她耐心得像个圣人,但四周一片混乱。玩具被丢得到处都是,墙上满是涂鸦,胡乱粘了些画片。一筐筐的脏衣服,一筐筐的干净衣服,墙上的晾衣架也挂满了衣服。电视的轰炸声、小孩的哀号声,还有瓶瓶罐罐噼里啪啦的

响声，在房间里回响。这是个人的动物园：三个女孩、两个男孩。一个十岁，一个八岁，一个四岁，一个十五个月大，一个三个月大，他们越乱越闹腾，要这要那。茱蒂穿着脏兮兮的袍子，头也没洗，头发乱糟糟的，东西扔得到处都是，可她却一脸娴静地坐在餐桌旁。

"嗨，杰克。"她吃惊地抬起头，"你怎么来的？"

"门开着，我就跟着'门童'进来了。"他指指那桑，这小人站在地上，全身只有一块臭烘烘的尿片，他正用木汤匙砰砰砰地敲罐子。三个月大的蕾切尔吓得静下来，睁大眼睛，嘴巴张着，口水像要流出来。"不要起来。"杰克绕过她的小车，吻了茱蒂一下。

"那桑宝贝，跟你说了，没有妈妈同意，不要把门打开。"茱蒂平静地说，又向杰克解释，"他一直在转门锁。"

那桑没再敲，他看着妈妈，大大的蓝眼睛，双下巴，拖着口水。"达达。"他咕咕地叫着。

"没错，你的确像爸爸。"茱蒂说道，站起身来，"你来点什么，杰克？茶、咖啡、面包还是耳塞？"

"请给我来茶和面包，我喝过不少咖啡了。"杰克答道，当实在难以忍受平底盘的敲打声时，他疲倦地抹了一把脸。

"那桑，住手。"茱蒂很果断地轻轻碰了水壶的开关，"过来，给你换尿片。"

她把他拎到厨房里换尿片的台子上，换好后，把家里的钥匙拿给他玩。

杰克转过头，看着别处，不觉得饿了。

"怎么，你没上班吗？"茱蒂并拢胖墩墩的双腿，很用劲，像要塞一只火鸡。

"我请假了。"

"又请假？"

他没回答。

"我昨天跟格罗娅通话了，她说你请假了。"茱蒂说道。

"她怎么知道？"

茱蒂取出一片婴儿清洁巾。"跟你住了八年的女人很聪明，现在你不要以为她是傻瓜。天啊，你跟我说什么了？"她捂着耳朵，望着远处，那桑没再丁零当啷地要钥匙，而是停下看着她，"没有，我再也听不到了。不过我还听过婚礼的铃声，还有小脚丫啪嗒啪嗒的声音。”

那桑笑呵呵地晃着钥匙。茱蒂把他放在地上，脚踩在瓷砖上，就像鸭子踩在泥塘里。

“咦，杰克，怎么不说话？”她有些挖苦的样子，在厨房的水池里洗了洗手，下面是一堆没洗的碟子、杯子。

“还不是时候。”杰克有些累，他从那桑手里抢过木勺。小孩尖叫起来，接着蕾切尔也叫起来，凯蒂接着把客厅电视的声音调大。“况且，单这个地方，对我来讲就差不多是服避孕药。”

“是的，好吧，嫁给一个叫威利的人，你就差不多知道能得到什么。”一分钟不到，茱蒂平静下来，在杰克面前放下一杯茶和面包。她终于坐下来，把蕾切尔从车里抱出来，给她换裙子、喂奶。小女孩的手悬在半空，一张一合，像是闭着眼弹着隐形的竖琴。

“我请了一个礼拜的假。”杰克这样说，“今早来的路上安排好的。”

“你什么？”茱蒂喝了一小口茶，“他们还能让你请假？”

“我说了点好话。”

“那也好，你和格罗娅需要多点时间在一起。”但她能看出，这不是他来的原因，“怎么了，杰克？”

他叹了口气，想说给她听，但又有点担心。

“说呀！”她轻轻说道。

“我遇到一个人，”他开始说，“一家机构。”

“然后呢？”她低声问，就像过去他在学校闯了祸回到家，要解释他为啥要把托米·麦克考文一丝不挂地捆在球场的门柱上这类的事情。

“这是一个寻人社。”

“哦，杰克……”她叹口气，把手蒙到嘴上。

“是的，茱蒂，这能有什么坏处？让别人说说能有什么坏处？”

“杰克，你又请了一周的假，格罗娅给我打电话找你，这就是坏处。”

“她打电话了？”

“昨晚10点钟。”

“好吧。”

“好吧，继续跟我说那家机构。”

“不了。”他沮丧地往在椅子里靠，“不行，现在不要烦我。”

“杰克,你不是小孩子了,快说。”

他平静下来,接着说:“我在黄页上看到一则广告,就给她打了电话。”

“是谁?”

“桑迪·肖特。我跟她说了案子的情况,她说解决过类似的案子。上周我们通过电话,一直到很晚。她做过警员,手上有些我们没见过的报告。”

茱蒂蹙了一下眉头。

“茱蒂,她没要一分钱。我相信她。我相信她愿意帮忙,也相信她能找到豆诺。她是个规矩人,没什么可怀疑的。”

“听你的口气,怎么像她已经死了呢?”她笑笑,又停下来,一脸惊恐的样子,“她没死吧?”

“没有,”杰克摇摇头,“但我不知道她在哪儿。本来应该是礼拜天早上在葛林见面,在一个加油站我俩擦肩而过,但后来我才知道是她。”茱蒂皱着额头。

“我们只是通过电话而已,明白吗?”

“那你怎么知道是她?”

“我在河湾口找到她的车。”

茱蒂更加糊涂了。

“是这样的,我们计划见面。头天晚上她给我留了一条声讯,说她正从都柏林赶来,但没有出现。然后我就在镇上转,还问了所有的早餐旅店,没找到她。于是我就到河湾散散心,就这样我发现了她的车。”

“你怎么肯定是她的车呢?”

杰克把身旁的袋子打开。“因为这个在中控台上。”他把文件放在餐桌上,“这个也在,”他放下日记本,“还有这个。”充好电的移动电话,“她给所有东西都做了标签,绝对是所有。我查了她的包,里面的衣服、袜子,全部标上了。她好像害怕丢东西一样。”

茱蒂没说话,摇摇头。“你翻了她的包?”她一副不解的样子,“你怎么能拿这些东西,杰克?或许她只是在散步。如果她回到车上,发现东西不见了,那会怎样?你疯了吗?把这些都拿了。”

“那我会道歉的,但那是整整两天呀。离开的时间也太长了。”

两人都没说话,杰克想起了豆诺失去音讯后两天妈妈担心绝望的样子。

“我给格莱姆·特纳打了电话。”

“他说什么?”茱蒂双手捂住脸,同样的事又出现了。

“他说只过了二十四小时,而且符合她平常的举动,所以没有理由担心。”

“为什么?她通常是怎么样的?”

“就是想来就来,想走就走。独来独往,不告诉任何人自己去哪儿。”杰克像背书一样,很疲倦的样子。

“这样啊。”茱蒂像松了口气。

“但她把车停在河湾的树林里,扔在那儿两天了。即使她独来独往,这也说不通呀。”

“让我理理清楚。”茱蒂慢慢说道,“是找人的人也失踪了吗?”

两人都没说话。

这个想法像是在茱蒂脑子里打个滚,转了个圈,才舒坦地落下脚。她想着什么,下巴从左边移到右边。

她突然哼了一声,大笑起来。

杰克抱着手臂,靠后坐着,茱蒂失控的样子让他有点冒火。蕾切尔不喝奶了,看着她妈妈激动地抹着眼泪。那桑也不搭积木了,站起来望着妈妈,他满脸黏糊糊的,拍着胖嘟嘟的手掌笑起来,还高兴得前仰后合。最后杰克也舔舔嘴角,跟他们一块笑了起来。事态的滑稽让他有些错乱,很久没有这样释放、松弛,即使片刻也好。他们停下后,茱蒂轻轻拍着蕾切尔的后背,舒缓得让杰克有点犯困。

“茱蒂,你看,格莱姆或许是对的。或许她只是想离开,或许她只是想——让这一切统统见鬼去吧,就扔下汽车、手机、日记本还有生活,不干了。或许她就是疯疯癫癫、稀里糊涂,想过阵子再回来。或许她就是离开了,但我要找到她,直到她找到豆诺,才能让她放弃,让她走开。”

“你真的认为这个女的能找到豆诺?”茱蒂一副若有所思的样子。

“她相信能够。”

“你怎么想?”

他点点头。

“所以你如果找到她,就对找豆诺有好处。”她一副深思的样子,“知道吗?昨晚我和威利还有小不点们一起翻相册,凯蒂指着豆诺问这是谁。”茱蒂眼含泪花,“凯蒂和那桑都不记得他了,一点印象都没有,还有蕾切尔,”她

低头看着怀中的宝贝，“她甚至不知道他的存在。没有他，生活照样继续，他却什么都看不见了。”她摇摇头。

杰克不知该说些什么，也想不出有什么要说的，同样的想法无时无刻不活跃在他的头脑中。

“你怎么能肯定一个你从未见过、一无所知的女子能够找到豆诺呢？”

“是盲目的信任。”他笑笑。

“是从你做了什么事以后？”

“自从我跟桑迪通了电话以后。”他认真地说道。

茱蒂停顿片刻，还是张口问了：“你俩之间没什么吧？”

“有点，但也没什么。”

“没什么，怎么又有点？”

他叹口气，没做回答。“格罗娅不知道桑迪，不是怕她知道什么，而是我不想让她和家里人知道这家机构。”

茱蒂有点不高兴。

“求你了，茱蒂。”他抓起她的手，“我不想让大家再次经历那些。我想自己试试，我必须。”

“好了，好了。”她抽出手，举起来，一副提防的样子，“那你现在要干什么？”

“很简单，”他把文件、日记和手机放进包里，“开始找她。”

第二十五章

十六岁，伯顿先生的办公室。我坐在开了线的绒布椅子上。这椅子跟两年前一样，只是露出些泡沫。局促的房间里还是那些招贴画，没变。砖砌的墙面被胡乱地刷成白色，有洞的地方没刷上漆，黑黑的，有的地方却鼓出白色漆块。这房间就是这样，一点不平整。有些地方残留着蓝丁宝胶，上面还粘着被撕去的招贴画的残角。我在想，学校是不是在哪儿堆满了这样掉了角的招贴画。

“你在想什么？”伯顿先生终于说话了。

“掉了角的招贴画。”我回答。

“嗨，老掉牙的事。”他点点头，“这周过得怎样？”

“糟透了。”

“为什么？”

“没什么带劲的事。”

“你都干什么了？”

“上学、吃饭、睡觉，上学、吃饭、睡觉，把这乘以五倍，再乘上这辈子几百万个礼拜。未来真是索然无味。”

“周末出去了吗？上周你说有群人叫你出去。”

他总是让我交朋友。“是啊，我出去了。”

“那么如何呢？”

“还行吧。有个家庭派对，乔尼·纽金特的父母不在家，所以就去那儿了。”

“乔尼·纽金特？”他眉头一皱。

我没说什么，但脸红了。

“你忘了帕布斯先生吗？还能这么开心？”

他表情严肃，我又看看蓝丁宝胶，稍稍有点难堪。帕布斯先生是一个毛茸茸、灰色的独眼泰迪熊，穿蓝条纹的睡衣，从小就陪着我，每晚不管我睡哪儿，它都和我待在一起。有一次，我和爸妈出去一个礼拜。一回来，我就重新打包到祖父母家度周末，换衣服时将帕布斯先生放错了地方。在祖父母家，我一直闷闷不乐。回来后我在家里找了两周，父母非常沮丧。我知道，它不会离开家到外面去，肯定就藏在什么地方。上周我和伯顿先生还在说，我宁愿找知心朋友——帕布斯先生，也不愿周末跟乔尼·纽金特出去，虽然这有点可笑。

“所以你跟乔尼·纽金特出去了，是吗？”伯顿先生又问了一遍。

“是的，没错。”

他笑得有点尴尬，显然是听到什么流言飞语了。“你……有事吗……”他没再说下去，嘴巴鼓着，噗噗出气，大概是想该怎么组织语言。他的自控力一直很强，很少有难堪的样子。不管了，他反正是在屋里。除了有时在坦率的聊天中，他会无意中透露些个人信息，我对他屋外的生活一无所知。我什么也不问，他不会回答，我也不想知道。我不问，他不说，我也不知道。某种意义上我们是陌生的，只在这间房里稍微熟悉些。我俩营造了自己的世界，遵守各自的准则，划定彼此的界限，虽然不能越过，但能在上面蹦来跳去。

就在他将从喇叭式的滴答变为铜管乐式的鼓噪时，我猛地阻止他。“伯顿先生，不要为我担心。我长这么大，掉过东西，但这次我既不想找，也不希望它回来。我想我的寻找强迫症好了。”

我俩都大笑起来，然后就在我幻想病好了的时候，一阵难受的沉默，接着两人又笑了。“你会再去见他吗？我的意思是，你觉得其他人怎么样？你喜欢出去吗？放松了吗？你把掉了的东西都忘了吗？”他又笑了，“他们能到司盖特哈奇岛吗？”

当我的头撞在乔尼·纽金特父母的床的靠板上时，我顿时醒悟了，记起了什么。在收拾衣服前，我把帕布斯先生放在一边。第二天我给祖母打电话，希望她能找到帕布斯先生。它应该躺在床下，睁着一只眼，看着床底破破烂烂的弹簧。可是她没找到，于是我安排下一周的周末到祖母家找，不管乔尼·纽金特是否叫我出去。我要说明这些，却被打断了。“等会儿，司盖特哈奇岛是什么东西？”

伯顿先生笑笑：“对不起，说漏嘴了。这个比方不恰当。”

“给我讲清楚！”他脸红了，我也笑了。

“我没想说的，自己蹦出来的。没什么的，我们继续吧。”

“等会儿，不能这样打发我。怎么老要我重复？”我笑了，平生第一次看到他扭扭捏捏的。

他沉住气说道：“这是一个古老的凯尔特传说。刚才的比喻很蠢。”

他揉揉脸：“天啊，我居然跟你讲这个，真是难以置信！司盖特哈奇是位伟大的女勇士，训练出很多盖世英雄。相传，她的岛屿几乎难以靠近，任何能到那里的人都是可塑之才，她可以将武功传授给他们。”

我吃了一惊。“你把我比作一位向男子传授武功秘籍的女勇士吗？”

他又笑了。“关键是她难以接近。”他看着我，没笑，然后凑了过来，抓住我的手，“我以为你误会了呢。”

“希望如此。”我说道，慢慢摇摇头。

他叹口气，立刻又说：“只有最强壮、最勇敢和最优秀的人才能靠近她。”

我轻松了些。“他们怎么能到那儿？”

他稍微松了口气。“先是横穿‘厄运平原’，那里的草叶像剃须刀一样锋利。”他停了停，注视着我的脸，看要不要继续，觉得我不会打他后，他开心地往下讲，“接着经过‘夺命山谷’，面对虎视眈眈的野兽。最后经过‘悬崖之桥’，不管什么人何时经过，这座桥都会向上翘起。”

我想象着那些努力接近我，要同我做朋友，要同我有关联的人，想着自己把他们全打回去。

“只有真正的英雄才能通过。”故事结束了。

我满身的鸡皮疙瘩，头发像要竖起来。但愿他没注意到。

他抓抓头发，摇了摇头。“这不包含在……”他差点就说了“工作”，“我不该说这个。对不起，桑迪。”

“没事的。”我很果断，他松了口气，“只要告诉我，你长途跋涉到哪儿了？”

帅气的蓝眼睛抓住我的眼。他没有考虑，也没看别处。“我要说，一分钟前，我刚刚走完‘厄运平原’。”

我想了一下。“如果你告诉我过桥的时间，我会跟食人兽好好谈的。”

“会让你知道的，”他笑笑，伸出手，拧了我一下，“会让你知道的。”

杰克把车停在阿伦的寓所旁，翻着桑迪的日记。她还有一个预约，是昨天下午1点钟，留的是都柏林的电话，不知道她去了没。不管她去见谁，都该对他有帮助。桑迪计划昨天到都柏林，打算今天来利默里克见阿伦。她愿意跑个往返，肯定是都柏林的会面很重要。

他颤着手，拨了桑迪记下的都柏林的号码。电话很快接通了，是个女子的声音，有点心不在焉，其他电话也在后面响。

“你好，司盖特哈奇之家。”

“你好，你能帮我一个忙吗？”杰克客气地说，“我的日记本上记了你们的电话，但是不记得为什么记下来了。”

“当然，”她礼貌地说，“司盖特哈奇之家是格里高利·伯顿大夫的办公室。你是要预约吗？”

电话的一阵尖叫把我从都柏林的卧室里闹醒了。我把枕头捂在脸上，求这噪音快点停下来。我喝了酒，头还很疼。我瞄了一眼床的另一边，皱巴巴的警服被揉成一团扔在地上。大概值完夜班，我去喝了几杯。几杯肯定成了很多杯，我完全不记得自己是怎么回家的。电话总算停了下来，我松了口气，虽然那声音还在脑子里回旋。接着电话又响了。我把电话从床那头抢过来，放到枕头下听。

“喂！”我嗓子沙哑了。

“生日快乐，生日快乐，生日快乐，亲爱的桑迪，祝你生日快乐。”天啊，是妈妈甜美的声音，她在教堂合唱团里吗？

“呼呼，呼呼。”

“乌拉!”是爸爸。

“呼呼,呼呼。”

“乌拉!”他顺着话筒吹着派对的喇叭,我赶快把话筒搁得远远的。我把头搁在枕头里,也能听到他们欢庆的声音。

“宝贝,祝你二十一岁生日快乐。”妈妈挺自豪的,“宝贝,听到没?”

我把话筒放回耳旁。“谢谢你,妈妈。”我嘟哝道。

“我们希望给你办个派对。”她像苦着脸,“我的乖女儿不是每天都二十一岁。”

我好累,说道:“其实我还有三百六十四天是二十一岁,有很多时间可以庆祝。”

“哦,那可不一样。”

“你们知道我在那种场合是什么样子。”我说,我的意思是说在派对上。

“好吧,好吧。我希望你能开心。回来吃午饭,好吗?或者,周末?我们只要小范围的,只有你、我,还有爸爸。我们连‘生日’这个词都不会提。”她使劲劝我。

我停顿了一下。“不行,对不起,这个周末不行。工作真的很忙。”我骗她。

“好吧,那这样,我来都柏林待上几个小时,行吗?我甚至不过夜。我们一起喝杯咖啡,干点什么,聊一聊,我就走,保证就是这样。”她紧张地笑了笑,“我就是想和你一起度过今天。我想见你。”

“妈妈,对不起,我做不到。”

沉默,好一阵儿。

爸爸开心地接过电话:“亲爱的,生日快乐!我们知道你忙,所以你想做什么就做什么吧。”

“妈妈呢?”

“哦,她啊,去开门了。”他和我一样不会撒谎。

她在哭,我知道。

“好吧,亲爱的,生日快乐!要开心,好吗?”他轻轻说。

“好的。”我静静地说,电话咔嚓一声,挂断了。

我叹了口气,把电话放回床边的机位上,扔开枕头。房间里挂着的廉价的窗帘,挡不住刺眼的光线,眼睛只能适应着光线。该干什么,我也不知道。

我宁愿在生日这天工作，况且最近还忙着一桩停滞的失踪案。一个叫洛冰·葛若缇的女孩在自家门前的花园里失踪了。所有迹象都暗示，隔壁的中年人是洛冰失踪案的嫌疑人。无论我们怎么深入挖掘，都没敲到地下的百宝箱。虽然文件都锁到柜里了，我还是放不下，要继续查这个案子。

我躺在床上，瞟了一眼，旁边像鼓起了什么，挺在那儿，枕头上露出一缕深褐色头发。我猛地跳起来，理理睡衣，裹紧身子。那个团动了动，把脸转向我，睁开眼，满眼血丝。

“以为你一直不接电话呢。”他声音沙哑。

“你是什么人？”好恶心。我爬下床，把被单罩在身上。他四仰八叉、一丝不挂地躺在床上，他笑笑，懒洋洋地撑着头，眨眨眼睛。

我叹了口气，不想出声，却身不由己。“我去洗澡，我回来前，你滚出去。”我捡起大概是他的衣服，扔到床上，把搭在椅子上的衣服拉过来，砰地把门带上。不过马上我又转回来，抓起钱包，这让他很扫兴。不能把钱包也丢在那儿。

再不能这样。

我一直待在浴室，直到隔壁的阮金先生啷啷啷敲门，仿佛要让所有的人知道，他要怎么扯开嗓子。我想都不敢想，马上出来，回到客厅兼卧室，指望那个毛茸茸的家伙已经滚蛋了。他还在，正把门关上。

我慢慢朝他走去，不知说什么好。他好像也不知道，无所谓、傻兮兮地笑着。

“我们……”我问。

“两次。”他眨眨眼，真他妈不是滋味，“顺便说一下，你洗澡时，我还没滚，有个家伙路过，我跟他讲，他可以等一下。不过你见到他，不一定认得出来。”他又龇着牙笑了。

“什么家伙？”我想。

“没错，我跟他讲，你不会记得他。”

“他还在吗？”我看看关上的门。

“没了，他看到一个毛茸茸的裸男，也不会在你的卧室旁晃悠。”

“你什么都没穿就开门了吗？”我生气地问。

“我想是这样，”他耸耸肩，“不管怎样，他给你留名片了。”他把名片递给我，“我就不必给你我的号码了吧？”

我摇摇头，接过名片。“谢谢，嗯……”我不敢大声问。

“斯蒂夫。”他把手伸过来。

“很高兴认识你。”我笑笑，他也笑了。他有点可爱，但我还是看着他走下台阶。

“我们见过面，顺便说一下。”他抬头说着，继续下楼，并没转过身来。

我没说话，回想着。

“好像是去年露易丝·杜梦德家的圣诞聚会？”他停下来，抬头望一下。

我皱皱眉头。

“嗨，没关系啦。”他摆摆手，一副无所谓的样子，“你也是第二天早上什么都记不得了。”他笑笑，走了。

我有点愧疚，想起手里还有张名片，才丢开糟糕的感觉。我一看名字，腿都软了。

伯顿先生在都柏林开了一家诊所，是在里森路上的司盖特哈奇之家。等会儿，是伯顿大夫，他终于通过考试了。

我兴奋得转了起来。卫生间有冲水的声音。阮金先生拿着报纸走出来，看到我在转圈。

“你也要走吗？我暂时不进去。”他挥着报纸。

我没睬他，进了房间。伯顿先生来了。我搬走三年后，他终于找到了我，这是最重要的。一只怪袜子终于现身了。

第二十六章

“对了，是伯顿大夫。”杰克坐在车里，把手机贴近耳朵，“我记起为啥留条了。其实不是我问，是我的一个朋友昨天约了……大夫。”他停下，还没记住他的姓。

“伯顿，”接待员替他补上，后面又响起一阵电话铃响，“对不起，先生，请先不要挂，我马上回来。”

“好的。”杰克等着，听到那边“杜蓝、杜蓝”地叫。他一边想着什么，一边把格里高利·伯顿大夫的姓名和地址草草记在本子上。等会他要把桑迪手机上过去几天内的未接电话、已接电话还有已拨号码看一遍，这样大概能拼出她的行动路线，即使要把电话本上的电话都打一遍。

秘书回到线上了。“对不起，今天非常忙。请问有什么需要？”

“我是想搞清楚，我的朋友桑迪·肖特昨天来赴约了吗？”

“对不起……先生？”

杰克急中生智：“乐邦。”还不够快，“乐邦？”

“对不起，乐邦先生，顾客的信息我们不便透露。”

“当然不能，我明白，但我不是问个人信息。我朋友最近病得很重，但她害怕比估计的要严重。胃病折磨她好几个月，我替她约的。她说昨天去见伯顿大夫了，但她恐怕没说实话。你能告诉我她昨天来了吗？我不会问个人细节的。”

“你是问桑迪·肖特吗？”

他往后一靠，松了口气。“是桑迪，”他开心地说，“她预约的是下午1点钟。”

“明白了，乐邦先生，我帮不了忙，这不是医科门诊。这是心理诊疗中心，你不可能替她的胃病来预约服务。还有什么可以帮到您的？”她语气坚决，有点生气。

“嗯，”杰克尴尬得脸都红了，“没有了。”

“谢谢您打电话。”她挂断电话。

他有些难堪，看着桑迪日记本上的下午1点钟预约。突然桑迪的手机响了起来，屏幕上闪着“格里高利·B”的名字，杰克心里一阵敲小鼓。他没按接听键，等铃声停下来，才松口气，手机却滴滴滴地闪出一条信息。他拿起电话，拨通了手机的音讯服务。

“嗨，桑迪，我是格里高利。给你打过几次电话，你都没回。你是不是又跑到深山岩谷里去了？我是告诉你有个叫……”他移开话筒，“凯柔，那人叫什么？”

杰克听到秘书的声音：“乐邦先生。”

“对了，是的。”格里高利回到线上，“一个叫什么乐邦先生的，我猜不是真名，打到我的办公室找你。他问你是不是约了来看胃病。”他轻轻说，“小心点，好吗？你也不愿考虑找份工作，比如当服务员什么的，应该不会有疯子跟着你。你可以挨家挨户地卖《圣经》。实际上昨晚我家来了个穿一身花呢子衣服的女人，很不错的。我马上想到你，拿了她的名片。记着给她打电话。名片很精致、很激励人的。上帝悲惨地钉在十字架上，而且用的是循环纸，所以她应该是用真心的。”他又笑笑，“不管怎样，你如果不能忍受花呢子衣服，就找个朝九晚五的工作。我不知道你听说过没，这是大家都要做的。大家工作之余还有生活。这是‘生活’。生——活。你有空的时候，翻翻字典。不管怎样……”他叹了口气，静了一会，像是在决定说什么，很可能他知道说什么，但有些犹豫。杰克很能体会沉默的含义。“就这样了，”他突然抬高声音，一副就事说事的样子，“回头再联系。”

车窗上猛地响起骨节敲击的声音，杰克猛地弹起来，放下手机，探头看到了阿伦的妈妈，圆圆的脸，有点邋遢。她正瞪着眼往车窗里看。

“你好，欧扣诺太太。”

“你是谁？”她揉着皱巴巴的脸，伸进头来。她的下巴光秃秃的，假牙也松了，她一边说话，假牙一边在嘴里打滚。“我认识你吗？”她大声说，唾沫星子落到了杰克的嘴上。

“是的，欧扣诺太太。”他抹干嘴唇，知道她耳朵不好，大声说道，“我是杰克·罗托，豆诺的哥哥。”

“上帝饶恕我，小豆诺的哥哥。你在这儿坐着干吗？快出来，让我看看。”

她穿着栗色天鹅绒的拖鞋跑来跑去，上下打量着他，下巴也动来动去，牙齿在嘴里搅动。她穿着像从40年代就一直穿的外套。“修修补补勤俭持家”是欧扣诺一家的生活方式。通过循环利用家里的衣物，她独自养活了十二个孩子。他们的父亲回家就为了一件事，完事后就离开。杰克还记得，阿伦有一次穿着用枕套做成的白色短裤跟豆诺一块出去。豆诺不像其他小孩那样，嘲笑自己的朋友，他似乎向来无所谓。阿伦不能忍受羞辱，他会把那些不正眼看他的人打得屁滚尿流。他尽一切可能爱护豆诺，所以朋友的失踪对他的打击尤其大。

“快来——这，你们是——一起——长大的吗？”她摸着杰克的手，挠着他的头发，好像他才成年，“你跟你父亲很像，愿上帝与他同在。”她祈祷着。

“谢谢你，欧扣诺太太，你看上去也很好。”他哄着她。

“唉，我不行啰。”她挥挥手，迈着步子，朝她家在高楼的底层公寓走去。两个卧室和十二个孩子，天知道她是怎么撑过来的。也难怪阿伦喜欢待在罗托家，杰克的妈妈可把他喂饱了。

“阿伦在家吗？我找他聊聊。”

“不，他不在。他后来跟那个年轻女人搬走了，现在住在一幢宅子里。他跟她在一起，就是为了房子。她有了小孩，才能拿到房子，知道吗？如今他们能拿到很时髦的房子，这些单亲妈妈。我那时候怎么就没有呢？我不是单亲，但也差不多了，还好点呢。”她继续说着，拖着腿走到门口。

杰克笑了。阿伦一直混迹江湖，不管遇到什么情况，总能平安逃脱。豆诺叫他“老猫”。

"不打扰你了，欧扣诺太太。我这就去阿伦家，行吗？"

"他闯祸了吗？"她担心地问。

"没有，至少我认为是。"杰克笑了。她点点头，满脸的沧桑舒缓开来。

阿伦已经站在外面的车道上等着，肯定是接了他妈妈的电话。他瘦了不少，脸上没血色，一副丧气样，比过去更消沉了。不是所有人都这样的，豆诺的失踪并没影响到每个人、每件事。那天晚上豆诺离开速食店后，醉醺醺地撞在门框上，像是把地球撞离了主轴，让它沿着错误的路径朝着错误的方向高速转动。一切都错了位。

他们相互拥抱一下。阿伦马上哭了起来，杰克克制住，坚持不哭，他喉咙哽咽，眼睛含着泪。小伙子伏在他肩膀上抽泣。他努力集中精神，留意一切真实的、可以触摸的东西，唯独豆诺没了。

他们坐在客厅里。阿伦抖着手，把烟灰抖进空啤酒罐子里，沙发旁堆了一堆这样的罐子。屋里一片死寂，如果能放上台电视机，有些消遣，应该会好些。

"我来是想看看有没有个女的今天来，她在帮我找豆诺。"

阿伦来了精神。"是吗？"

"她就是会问些那个晚上的问题。你知道，再过一遍。"

"我被警察问过不下一百万次，每天自己也过百万次。"阿伦深吸一口烟，疲倦地揉揉眼睛，手指被尼古丁熏得黄黄的。

"我知道。不过还需要人再看看、再听听，没准会漏掉些东西。"

"或许是这样。"他小声说道，不见得是真的。他猜，阿伦几乎是把那个晚上的每个时刻从头到脚、从里到外，一层层剥开来分析。如果说他真给漏了什么，他肯定会生气。

"那女的没来吗？"

阿伦摇摇头。"今天、昨天还有明天，我全天都会在这儿。"他有点生气的样子。

"你上次的工作怎么样了？"

他做个鬼脸，杰克知道不能多问了。

"帮个忙，怎样？"杰克把手机递给阿伦，"拨这个号码，替我预约一下伯顿大夫。我不想让他们听出我的声音。"

阿伦就是阿伦，不会多问什么。"你好，我想预约一下伯顿大夫。"说完，

他又打开一罐啤酒。

他皱着眉头，看着杰克。“没错，预约一次心理咨询。”

杰克点点头。

“我想约在什么时候？”他看着杰克，把秘书的问题重复了一遍。

“尽快吧。”杰克小声说。

“依你们，尽快吧。”阿伦重复道，他听着，看着杰克，“下个月？”

杰克使劲摇头。

“不行，得在这之前。我的头真是一团乱麻，你都不知道我能做出什么。”

杰克转转眼睛。

几秒钟后他挂断电话。“星期四中午有个预约取消了。”

“星期四？”杰克问，从凳子上跳了起来，仿佛现在走才能准时赶到。

“行了，你说了会尽快的。”阿伦说着，把电话递回来，“这个跟找豆诺有关联吗？”

杰克想了想。“一定意义上说，是这样。”

“杰克，希望你能找到。”阿伦的眼里又是泪水，“我一遍遍回想那个晚上，如果我跟他一起走就好了。知道吗？我真觉得，他如果打的回去，就不会有事。”他像是遭罪一样，手抖动着，烟熏的大拇指不断弹着灰，烟灰落了一地。

“你不知道，”杰克安慰着他，“不是你的错。”

“但愿你能找到他。”阿伦重复道，又打开一罐啤酒，大口地喝下去。

杰克离开了。阿伦还是坐在空荡荡、冷清清的房间里，望着空中。他又会把那个晚上回顾一遍，看有没有什么漏掉的重要证据。这是他能做的。

第二十七章

一号失踪人员——敖拉·基娜走进社区会堂。大门透出的灯光洒在她身上，她在入口处停了一下，想要弄清楚方位，仿佛掉入幻境中的爱丽丝，刚吞下摆在巨大的橡树门旁的“请吃我”饼干。我紧张地咳了一声，放大的声音就像乒乓球一样从墙上弹出，蹿到天花板上，又折回来。她向我出声的地方走过来，高跟鞋咚咚咚踩在木质地板上。

琼和艾伦娜给我支了张桌子，让我坐在桌子后面。琼失落地往外面走，留给我单独的空间。敖拉走了过来。我惊呆了，真不敢相信，这个人像从失踪相册里走了出来，竟是活生生的。

“你好。”她笑笑，虽然待在*这儿*，浓重的科克口音还是没变。

“你好。”我小声说，清下嗓子，又说一遍。我低头看看面前的名单，今天要这样做十二次，然后是伯纳德和琼。一想到能见这些人，我就觉得刺激，但还要细致地处理这些棘手的问题，又自觉难以胜任。我早问过艾伦娜，到底为什么不直接告诉大家，而要玩这样的猜谜游戏。

“桑迪，”她口气坚决，不容置疑，“大家想回家都想疯了。他们如果知道你是为找他们找到这儿的，就相信能跟你走出去，这样，几百号人就会跟着你,你在这儿就没法过了。”

她说得在理。我只好装着有一家演艺公司的样子,在这儿挑选演员,还要跟他们聊亲戚朋友,并将这些编成一段哈姆雷特式独白。

对艾伦娜,我还有个问题:“我能带这些人离开这儿回家吗?”我想着自己待在这儿的目的,我肯定不会在这儿待久。这不会发生在我身上,唯独我不会,真是有害的想法!

她伤心地笑笑,不必听她说什么,答案全部写在她的脸上了。“对不起,摩西[①],我想不行。”我还没完全弄明白,她又说道,“但我觉得你在这儿是有理由的。现在的理由是,同大家分享你的故事、他们家人的故事,还有大家多么想念他们。这也算你带他们回家了。”

我看着眼前的敖拉,她在急切地注视我的一举一动,是带她“回家”的时候了。

她二十六岁了,完全没什么变化。她差不多失踪六年了,我也找了她六年。我知道,她父母是克拉拉和吉姆,两年前离婚了。她有两个姐妹,露丝和诺拉;一个兄弟,詹姆斯。她有两个好朋友,罗拉和丽贝卡。丽贝卡的外号是“拉链”,她常忘了把拉链拉上。敖拉失踪时还在科克大学修艺术史专业。第一次参加舞会时她穿了紫色的裙装,左眉上的伤疤是八岁在斑特瑞度假时从自行车上摔下来造成的。十五岁时,她在派对上失去了贞节,是被当地录像店的尼优·肯尼迪夺走的。趁父母到西班牙去的一个礼拜,她偷偷把车砸坏了,又及时修好,他们到现在都不知道。她最爱紫色,喜欢流行乐,到十四岁都还在弹钢琴。从六岁起,她就暗自希望成为芭蕾舞演员,但没上过课。她在*这儿*五年零九个月了。

我看着她,不知从哪儿开始。“好吧,敖拉,谈谈你自己。”

我出神地看着她,看着只在相片里见过的嘴唇一闭一合,还有活生生的面孔。我着迷地听她说话,平淡的科克口音,还有她说话时头发的样子也令我着迷。

当她谈到大学生活时,机会来了。“科克大学的艺术史吗?”我打断她,

---

① 《圣经》中的一则典故,摩西带领在埃及做奴隶的以色列人离开埃及,到达迦南。艾伦娜的意思是,桑迪一旦身份败露,众人就会以为她能带领众人返回现实世界。——译者注

"我认识一个人跟你是同一年的。"

"是谁呢?"她几乎从凳子上跳起来。

"丽贝卡·格雷。"

她张开嘴。"不可能!丽贝卡·格雷是我最要好的朋友!"

"真的啊?"我注意到一切都没变。丽贝卡还是她最要好的朋友。

"是呀。太奇怪了,你怎么认识她的?"

"是这样,我见过她哥哥恩达好几次。他是我朋友的朋友,就是这样。"

"他现在怎样?"

"其实,我上次见他是在几个月前的婚礼上,在那儿也见到了你的爸爸妈妈。"

她沉默片刻,再开口时,声音低沉,微微颤抖:"他们还好吗?"

"哦,是的,他们很好。我还跟你的一个姐妹聊了聊,可能是诺拉。"

"是的,诺拉!"

"她跟我说,她订婚了。"

"是同史蒂芬吗?"她从位子上跳起来,激动地拍手。

"没错,是跟史蒂芬。"我也笑了。

"好吧,我就知道,她会同他和好的。"她笑得眼泪都出来了。

"你姐姐同丈夫在一起,怀孕了,预产期快到了。"

"真好。"一滴眼泪掉下来,她立刻抹掉,"还有呢?你还见到谁了?我妈妈和爸爸还说了什么?他们怎么样?"

我就这样把她带回了"家"。

半小时后,琼大声咳嗽,暗示我又来了一个申请试演者。大家都没注意琼进来了。我看看手腕,想看几点,忘了手表还躺在路上什么地方。那东西就在那儿,却又找不到。一想到这,我身上就泛起一种熟悉的痒痒的感觉。我抬头望着下一个,卡罗尔·邓普西,她靠着琼站着,紧张地搓着手。我身上立刻不痒了,但又害怕起来。

"对不起,时间到了。"我对敖拉说。

她脸色一沉。我知道,突然之间,她被从家里轻轻吹走了,四处辗转,又被扯回到此处的现实中。

"但我还没试演呀!"她很惊慌的样子。

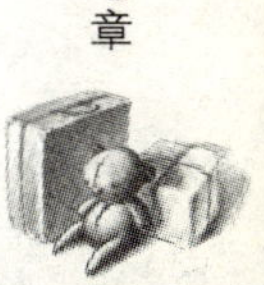

“没问题，你能演一个角色。”我小声说，向她眨眨眼。

她站在那儿，眼睛一亮，弯下身，两手抓住我的手。“谢谢，非常感谢你。”

她随艾伦娜离开，心中装满了家人的故事和各种各样新的想法。现在要想的可真多：新的想法、新的记忆、新的问题，还有对家的渴望。

卡罗尔坐了下来。她是三个孩子的母亲，家庭主妇，多内加尔人，当地合唱团的成员，四年前合唱结束后失踪。失踪前一周她通过驾驶考试，前一个晚上她丈夫刚过了四十五岁生日，再过一个礼拜小女儿的舞台剧会在学校上演。她像小耗子一样胆小羞怯，褐色的松软的头发卷在耳朵后面，拿个小包，小包贴着大腿。我立刻想带她“回家”。

“是这样，卡罗尔，”我轻声说，“从谈谈你自己开始，好吗？”

那天，我们后来围成圈坐在社区会堂里。舞台的幕布上缀着几千个手印。“力量和希望。”我默念道。凭着这个信条，我闯过今天这一关。虽然见了想见的人，我很兴奋，但我知道很快就会筋疲力尽。各人一入座，我依旧站在圈子外面观察他们，这个老习惯很难改。艾伦娜叫我过去，其他十五个人也跟着，我只好坐在凳子上，这才意识到我加入了一个集体，这是我一直回避的事。我慢慢坐下，两腿一直在抖，想编个借口溜走，跑出去。

我进行了单独访谈后，艾伦娜提出通过分享失踪经历加深了解。她称这是“团队培养”工作坊，对排演有利。但我知道，其实她是在帮我继续调查大家当时的状况，还有都是怎么到这儿的。

大家轮流说了到这儿的过程，这是一段情感之旅。有些人来了几年，有些则有十几年，但是一想到再也回不了家，心头依然痛楚。跟平常一样，很多人落泪了，但我没有。眼泪在从心流到眼睛的途中，挥发成了悲伤的水汽，飘到空中。我多次调查过事发现场，所以我很入神地听他们讲，如何离开那些地方而到了这儿。很简单，有些路没必要去跟踪，有些人怀疑错了，对最后看到他们的地方一点点加以搜查也毫无意义，他们就是走岔了。

对失踪的人来说，再也不能回家的确很痛苦，但总比无家可归要强。我希望珍妮·媚·芭特勒在这儿，希望豆诺·罗托在这儿，希望名单上的其他人，还有每年消失的几千号人都在这儿。我祈祷珍妮·媚没受到伤害，即使有，也是短暂的，没有痛苦。但是我祈祷她在这儿。

这些人把我给迷住了。对他们而言，我是个陌生人，可他们却是我最好的朋友。我有这么多关于他们的故事，我想说："我了解你们，你们让我开心，我与你们感同身受。"我要告诉他们："我遇见过一些你们认识的人，大家一起欢笑。我也体验过一些你们经历的情形。"我一反常态，我要加入，要讲故事，要成为其中的一员。

怎么没声音了？所有人都看着我。

"怎么了？"艾伦娜问，她拉了拉肩膀上柠檬色的围巾。

"没事，怎么了？"我问，稀里糊涂地看了一圈。

"你不告诉大家你来这儿的故事吗？"

我想说，我比所有人都要先来这儿。但我没说，而是委婉地找个借口，离开了会堂。

那天晚上，我、艾伦娜还有约瑟夫安安静静地坐在食堂里。烛光在每张桌子上摇曳，桌子中间的锡筒里插着天堂鸟。我刚用完开胃餐——野菌菇汤和热腾腾的黄面包，已经饱了，等着上主菜。这是星期三的夜晚，食堂里很安静，第二天要早起工作的人已经睡了。每位参加排演的人被允了假，委员会觉得参加艺术工作已经足够了。大家得每天排练，才能赶在下个周日进行着装彩排。这也是艾伦娜向剧组和社区做的保证。在我眼里，这项任务好高骛远，完全不切实际。不过，艾伦娜保证这些人会全身心地投入工作，会很有成效。但我能知道什么？

我又第一百万次地看了手腕，手表掉了，我沮丧地叹叹气。

"我得把手表找回来。"

"不要担心，"艾伦娜笑笑，"这里跟家里不同，桑迪，在这儿东西不会掉。"

"知道，知道，你说了很多次了，但如果那样，那好，表在哪儿？"

"就在你掉的地方呗。"她笑笑，摇摇头，看着我，仿佛我是个孩子。

约瑟夫没笑，完全转移了话题。"你在制作什么类型的戏？"他不急不缓地问。

我笑了。"我们也不知道。每次有人问到底排哪出戏，艾伦娜总能转移话题。我不想给你的巡演泼冷水，不过，我觉得一个礼拜完全不能排出一部戏，并加以完善。"

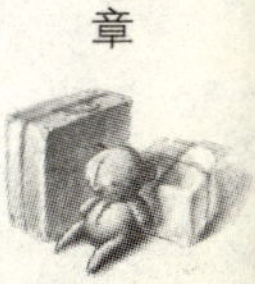

“排短一点。”艾伦娜辩解道。

“那么脚本、服饰还有其他东西怎么办?”我问,突然发现这工作有很多事要做。

“桑迪,不用担心。”她转向约瑟夫,“老家有种说法,上年头的剧院有鬼魅阴魂,服装和化妆品据传总是失踪。这没错,它们的确不见了,但跟鬼魂没关,也不是被盗取,而是由于所有最精致的服装每天都会在这儿出现。鲍比会为我们准备一切。”她很平静。

“她已经考虑清楚了。”约瑟夫疼爱地看着妻子。

“没错,亲爱的,想得差不多了。我们已经决定排练《绿野仙踪》。”艾伦娜庄严、自豪地说道,她摇了摇红酒杯,抿了一口。

我哈哈大笑。

“这有什么可笑的?”约瑟夫问道,觉得好玩。

“《绿野仙踪》,”我强调一下,“这不是话剧,这是音乐剧。这是小孩在学校表演的。我还以为你有什么稍微有点文化的东西,比如贝克特的或者奥卡西的作品,结果却是《绿野仙踪》,没搞错吧?”我皱着鼻子。

“好了,好了,我们这儿居然有这样的势利鬼。”艾伦娜没有笑。

“我不知道这个《绿野仙踪》。”约瑟夫很糊涂的样子。

我喘了口气。“没人管的孩子。”

“瓦塔姆不会一直放这样的东西。”艾伦娜提醒我,“桑迪,如果你今天不这么早离开排练,就知道我们不是做音乐剧。这是丹尼斯·欧西叶很多年前改编的,他是位优秀的爱尔兰剧作家,在这儿两年了。他听说我们要排戏,早上亲自把脚本拿过来。我觉得非常好,除了删掉头几个场景外,已经开始排练了。还有,我得告诉他们,这是你的决定。”

“你让他们演《绿野仙踪》吗?”我无精打采地问。

“这是关于什么的?”约瑟夫好奇地问。

“桑迪,帮帮忙。”艾伦娜说。

“好吧,这是部儿童电影,”我对艾伦娜加重语气,“30 年代拍的。一个叫多萝西·盖尔的小姑娘被龙卷风刮到了魔幻世界。她一到那儿就开始寻找巫师,一个能帮她回家的巫师。让成年人排演这个,很好笑。”我笑笑,没人跟我一块笑。

“这个巫师会帮忙吗?”

“是的。”我慢慢地说，突然觉得这部戏居然被当回事，有些蹊跷，“这个巫师帮助她。她也明白，肯定是有机会回家的，只要轻轻叩击红宝石的鞋后跟，还要说‘哪儿都不如家’，‘哪儿都不如家’。”

他还是无动于衷。“她最后到家了吗？”

没人说话，我终于懂为什么了。我慢慢点点头。

“她在神奇世界里都做什么了？”

“帮助朋友。”我静静地说。

“我不觉得这是个傻傻的故事。”约瑟夫很严肃地说，“在这儿大家肯定愿意看这出戏。”

我思索良久。其实我整夜都在想，还梦到红宝石拖鞋、龙卷风，梦到会说话的狮子、压在巫婆身上的房子。“哪儿都不如家”这句话久久萦绕在我的耳边，我醒过来，大声说这句话，不敢再睡了。

第二十八章

我盯着天花板，头顶上有块白漆的气泡被木板戳穿了。月亮端庄地嵌在卧房的窗棂上，如水的月光穿过玻璃，在结实的木桌上投下一个方框的阴影。我觉察到，桌上的窗框中没有月亮，只有凄惨惨的白光。

我完全睡不着，摸了摸手腕看时间，又想起手表掉了，心脏又怦怦直跳。每次掉东西，我都会坐立不安，马上就要找，像得了寻物强迫症。只有急切地找回失物，我内心的一部分才会有所归属，停歇下来。我一旦陷入这种状态，任何人都无能为力。我会在路上尖叫，别人也是一筹莫展。跟我在一起的人总是说，我的突然离去会让他们感到孤单。每个和我在一起的人都是受害者，可难道他们不知道我也很孤单吗？

“可你的钢笔没掉呀。”格里高利总这样跟我说。

“不，掉了。”我这样咕哝，一个劲儿地在书包里翻腾，鼻子都要掉进去了。

“不，你找东西，是某种情感实现。桑迪，钢笔掉没掉完全是不相关的。”

“不是不相关。”我朝他吼道，“我没笔，那好，怎么记下你讲的话？”

他把手伸进夹克的内侧口袋中，掏出一支笔：“给你。”

"这不是我的笔。"

他会跟往常一样，叹口气，笑笑。"你一直要找东西，这是转移注意力。"

"转移注意力，转移注意力，转移注意力，转移注意力。对不起，你说这词也说入迷了，也是转移你说其他的话。"我有些生气，噼里啪啦说了一通。

"听我说完。"他很坚定。

我马上停下来，假装对他的话感兴趣。

"老是想把遗失的东西找回来，其实是转移……"他停顿了一下，"是回避生活中其他遗失的东西。我们现在就开始寻找那是什么，不好吗？"

"啊，在这儿！"我开心地把钢笔从书包底部拽了出来，"找到了！"

格里高利真不幸，每次他一要挖掘深层原因，我的那种渴望就低下头去。

假如房子被一堵十英尺的墙围着，我会爬上去。没什么能阻碍我的搜索，这些只是无形的跨栏。格里高利总算对我有一点肯定，他从来没有我那样的毅力和决心，但又说可惜我没把这种精力放到其他方面。但我总算听到一点表扬。

墙上的时钟指着 3 点 45 分。屋里寂静无声，我掀开被褥，翻找芭芭拉·郎利行李箱里面 80 年代的噩梦服装。我挑出一件黑白相间的海员衫、一条黑色的瘦腿裤，还有一双无带浅口女鞋。我如果要随《时光索》的节奏跳舞，需要佩戴满手的手镯，圈形耳环，将头发后梳，这些这儿都有。

约瑟夫和艾伦娜肯定手表没掉，还认定这个地方不会掉什么东西。我得查明真相。我悄悄溜出房间，不愿吵醒大家。户外的天气很柔和。我像是行走在瑞士雪山区的一个袖珍山村，小巧的木质农舍，木质的窗户，窗台上燃着蜡烛，照亮道路，迎接新的流浪者。室外一片宁静。树林深处，有人刚刚进村，树枝哔哔剥剥折断了。这些人可能单纯是去买东西，或者在从酒吧回家的路上，无意中落到了这儿。这些一心要离开，或者继续走下去的人像在保护我，让我有安全感。

我走出村子，沿着田边的土路走着。太阳从远处的林子里慢慢钻出来，在淡蓝的天幕上洒上一层橘黄，仿佛一个巨大的橙子一点点把五颜六色的橙汁洒在村庄、树林、山野之上，小路上一片流光溢彩。

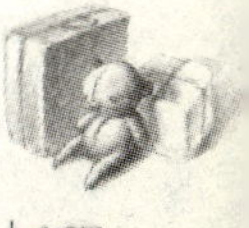

不远处，在道路中间，我看见一个一起一弯的身影。看他的高度和体

格，不是别人，正是约瑟夫。太阳冉冉升起，就像立在道路尽头的一个巨大橙子，就要滚下来，向路上碾压过来。在太阳的映照下，约瑟夫投下一个漆黑的背影。我正打算向他走去，只见他蹲下来，四肢着地，开始擦着地面。我钻进林子，躲在一棵树后观察他。我不得不这样，我突然意识到，他在找我的手表。

突然树林里闪过手电的光，向我这边扫来。我连忙缩回头，寻思这是打哪照过来的。约瑟夫停下手上的活，抬头看着灯光。灯光不见了，他继续找，我继续观察他，想看看他找到手表时会怎样。可他没找到。我想格里高利也会同意，约瑟夫铁下心找了一个小时。他终于站起身来，双手放在屁股上，摇摇头，叹口气。

我一阵胆寒，我明白，不在这儿。

杰克星期三晚上回家之前，又回到河湾，想看看桑迪的车子在过去二十四小时内有没有被拖走。

格罗娅得知杰克去见心理医师的打算，很是高兴。不过她不明白的是，杰克为什么要去都柏林进行治疗。他很久没见她这么开心了，可见他最近多么浑蛋。他几乎能听到她心里怎么盘算婚礼、生孩子、洗礼，还不知有什么别的。不过，她错了，心理咨询不是直接为他预订的。他可不打算治病，对他来讲，要找弟弟可不是什么病。

天黑了，香农湾的树丛里漆黑一片，猫头鹰呼啦呼啦地叫着，乔木丛中活跃着叫不出名的小动物。他从车里拿出应急手电筒，拧开，各色惊恐闪烁的眼睛像是冻住了，小动物们匆匆往树林里钻。桑迪的福特·菲斯特还在那儿，跟上次见到时一样。他拿着电筒照照树丛，发现沿着河湾有一条纵深的小路。难道这是观鸟客和自然爱好者喜欢的小径，还是桑迪慢跑的路？他往那儿走去，往里面走，这几天他来这儿好多次了。先前他没有经验，一直留意路上的脚印，好像这能帮上什么忙。他继续向前走，惬意地看着光束所及的距离内，各种生物在跳来跳去。他把手电筒光投向丛林，看着光束蹿到空中。

左边出现了一条小径。他停下脚步，想马上弄清楚怎么会觉得难受。他从没注意过这条小径。他打着灯照照，路尽头的树丛更加茂密，黑幽幽的。他哆嗦了一下，挪开手电，想沿着白天走来的路径往回走。就在他往别处照时，突然一块金属器物闪了一下，又不见了。他马上又照了照，不管是什么，怎么说没就没了？他的目光落在一块银白的手表上，就在左边小径旁的草丛中。他俯身拾起，心里直扑腾，脑中突然浮现出一个场景。

他想起来了，几天前的早晨，桑迪曾弯腰捡起手表。

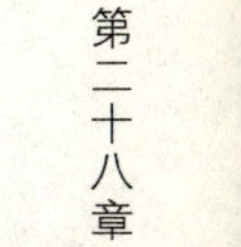

第二十九章

“你好，我找玛丽·斯坦利，希望号码没错。”杰克对着录音电话讲，“我是杰克·罗托。您不认识我，但我一直在设法同桑迪·肖特取得联系。您近来联系过她。我知道，这个电话有点怪，但如果你接到她的电话，或者知道她去了哪儿，请你拨打以下电话，同我联系……”

杰克叹了口气，拨打另一个电话。都柏林的这个礼拜天，阳光明媚，大家都躺在斯蒂芬的中心绿地上。鸭子摇摇摆摆地钻到长凳下面，找着面包渣子，呱呱呱咂着嘴，倏地一下钻进闪亮的水中，这些令他有片刻的愉悦。都柏林是单行道的交通系统，杰克光找路就花了一个小时，又赶上道路拥堵，好不容易才在斯蒂芬的中心绿地旁找到一个停车位。离见伯顿先生还有一个小时的空闲，可他对面谈却越发感到紧张。即使处于最佳状态，杰克也不擅长同人谈论切身感受，更不要说让他跟一个心理医师待上一个小时，绞尽脑汁装出忧虑的样子。他可不是神探科伦坡①，也厌烦了来回往复地找

① 《神探科伦坡》是美国经典的推理侦破电视系列剧。Frank Columbo，法兰克·科伦坡，以机敏的推理能力著称。

答案。

一个上午他都照桑迪的通讯录打电话，给若干天内同她联系过的人，还有过去几周内她预约过的人留言。没有任何进展。他已经留了六条语音信息，同两个人通过话，但他们非常警惕，什么都不愿透露。桑迪的房东倒说得长，桑迪那个月的房租还没给，让他满肚子火气，却又不关心她在哪儿。

“孩子，我跟你说，趁她还没伤害到你，”房东一阵咆哮，“马上跟她断了。除非你哪儿都不去专门等她。告诉你，她可不只跟你好。”他哈哈大笑，“不要被她耍了。她以为谁都没长耳朵，什么人都带回来。我就在楼上，她出去进来，我听得清清楚楚。听我的话，她过几天就能回来，还不知在想什么乱七八糟的。她以为只走了两个小时，而不是两个星期。不过你真的见到她，让她尽快把钱给我，否则就撅屁股走人。”

杰克长叹一声。如果要放弃，现在就是时候。但他没有。他在都柏林，再过几分钟就要见个人。根据他的猜想，此人应该对桑迪的想法有更多了解。他可不愿打好包出来，一无所获地回家。他渐渐改变了对桑迪的看法。通过先前的电话交流，他想象中的桑迪是井井有条、高效专业、热爱工作、喜欢聊天的，有点自来熟。可随着了解的深入，她的形象也慢慢变了。她变得更加真实，他不是在追寻一个幽灵。她是真实的、复杂而多层次的，而不再是电话那头的好心陌生人。或许特纳警官是对的，她或许受够了这个世界，想在哪儿躲一阵子。不过她的心理医师肯定了解其中的原委。

他正准备再打一个电话，这时手机响了。

“是杰克吗？”一个女子静静地问。

“没错，请问您是？”他回答。

“我是玛丽·斯坦利。你给我留了一个同桑迪·肖特有关的信息。”

“是的，没错，玛丽。太谢谢你给我回电话。我知道这个留言很奇怪。”

“是呀……”她跟其他人一样很警觉，拿不准这个陌生男子有什么可信的理由要找他们的朋友。

“玛丽，请相信我，我不会伤害桑迪。我不知道你跟她有多熟，是亲戚还是朋友，但先让我解释一下。”于是他把怎么联系桑迪，见面的安排，在加油站碰到过她，然后怎么失去联系都一股脑儿说了出来。他没提要见面的原因，感觉这不相关。“我可不想制造恐慌，”他继续说，“我一直在同跟她联系密切的人打电话，就是想看看最近有没有人看到她或者听到什么。”

“今天早上我接到格莱姆·特纳警官的电话。”玛丽说。杰克弄不清这是一项质疑还是一项陈述，或许两者都是。

“是的，我跟他联系过，我担心桑迪。”杰克那天早上给特纳警官打过电话，说发现了桑迪的手表，希望他会立刻注意此事，他果然这样了。

“我也有些担心。”玛丽说。杰克竖起耳朵，听她要说什么。

“他怎么会给你打电话呢？”杰克问。意思是，你是谁？你怎么认识桑迪？

“你的通话单上还有什么人？”她问，没答他的问题，像是陷入了沉思。

他翻开笔记簿，念道：“彼得·邓普西、克拉拉·基娜、爱丽诗·欧布莱恩、托尼·瓦茨，我还要念下去吗？”

“不用，这就够了。你手上有桑迪的名单吗？”

“她把手机和日记丢下了，这是我找她的唯一方式。”杰克尽量用无辜的语气说。

“你认识的什么人失踪了吗？”她的口气既不松缓也不严厉。他猛地吓了一跳，她问得那么直接，仿佛一直都有人失踪。

“是的，我弟弟豆诺。”杰克的喉头哽咽了，一提弟弟，他就这样。

“豆诺·罗托，是的，我记得报上说过。”她说道，又静下来，“你提到的所有人都是家里有人失踪的，”玛丽这样解释，“我也在内。我儿子鲍比失踪三年了。”

“非常抱歉。”杰克轻轻说道。这就对了，桑迪最近联系的人都是跟工作有关，他还没碰到她的什么朋友。

“哦，不用，这不是你的错。我就直说了吧，我们大家都委托桑迪寻找失踪的亲人，现在你是号召大家帮你找到桑迪吗？”

杰克听着电话，他的脸红了。“是的，我想是这样。”

“这样，我不管其他人有没有给你回电话，我代表他们表个态，你可以把我们都加进去。桑迪对我们来讲是很特别的，大家会竭尽全力找到她。越快找到桑迪，她就能越快地找到鲍比。”

这正是杰克的想法。

当晚我怎么都睡不着，想着手表到底在哪儿。我在这儿，它或许在无数个地方，有一个手表吃饭、睡觉还有结婚的地方。老掉牙的座钟是国家元首，怀表是知识分子，防水手表在水下居住，钻石钟表是贵族，电子表是打工的。就在各种可能性让我眩晕时，约瑟夫蹑手蹑脚地走了进来。我后来又观察了一个小时，他睁大眼睛，在路上来回走着，像一定要找到手表似的。我知道自己找东西时是什么样子了，目不转睛地看着地面，对周围一无所知，甚至察觉不到不远处的树后还站着个人。

半小时后，约瑟夫悄悄地走进房子。我把耳朵贴在墙上，想听听他跟艾伦娜咕哝些什么。脸贴着的木材暖暖的，我暂时合上眼，突然有点想家了，怀念可以枕着睡觉的一起一伏的温暖胸膛。一切安静下来，我像头笼子中的狮子，趁大家还没醒，决定再溜出去。

外面市场上已经摆好摊位，迎接一天繁忙的交易。交换东西的声音，鸟雀的啼鸣、欢笑声，柳条箱木盒子开箱上架的吼声混杂在一起，沸沸扬扬的。我合上眼，又想家了。我想到小时候跟妈妈手牵手，穿过卡里克—香农集市上的有机农产品市场，五颜六色新鲜的瓜果蔬菜散发出诱人的香味，大家禁不住要摸一摸、闻一闻，还要尝一尝。我睁开眼，回到现实中。

我到了失物招领处，才发现外墙上的雕刻更好玩、更精彩——是两只不搭配的袜子。一只是带圆点花纹的黄色袜子，另一只是带橘黄条纹的紫色袜子。我站在那儿，想起学校毕业舞会上我和格里高利的样子，不禁笑了。窗口露出一张很眼熟的脸，我马上收起笑容，像见到一个鬼魅。他还年轻，如果没算错，才十九岁。他咧着嘴朝我笑笑，挥挥手，从窗口消失，接着又像柴郡猫，钻到了大门口。这就是艾伦娜和婉达都提过的"失物招领处"的鲍比。

"你好，"他靠着门框，一条腿搭在另一条腿上面，伸出双手，"欢迎来'失物招领处'。"

我笑了："你好，斯坦利先生。"

见我知道他的名字，他眯起眼睛："你是？"嘴咧得更开了。

"桑迪。"我听说他可是个名人，总扮演开心果的角色。我看了他无数的录像，从六岁直到失踪时的十六岁在镜头前的表演。"你在我的名单上，"我解释道，"昨天的排演，你没来。"

"啊，"他猛然想起，好奇地打量我，"我听说过你。"他没靠在门框上，而是冷静地走下楼梯，双手插在口袋里。他直接来到我面前，抱着双手，然后一手摸着下巴，慢慢地围着我打圈。

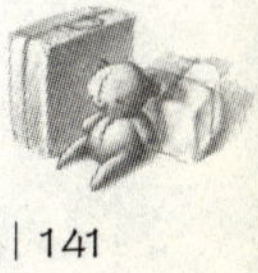

我笑了："你听到我什么了？"

他在我身后停下，我扭过身去对着他。"大家说你知道很多事情。"

"他们吗？"

"是他们。"他又说了一遍，还绕着我走。绕完一圈后，他停下来，紧抱双臂，蓝眼睛里闪着亮光。他的确具有他母亲引以为豪的一切。"他们说你是*这儿*的先知。"

"他们是谁？"我问。

"这……"他看看周围，肯定没旁人在，才压低嗓门说，"排演的人。"

"啊，"我点点头，笑笑，"是他们。"

"是他们。我们有很多共同之处。"他神秘兮兮的样子。

"我们吗？"

"是的，"他重复道，"他们说，他们是……"他左右看看，"排演的人说，如果要知道什么事，得去找你。"

我耸耸肩膀。"或许我知道一些事情。"

"好吧，如果你需要东西，就来找我。"

"是的，这也是我来的缘由。"我笑了。

他突然严肃了，在我看来是这样。"哪一个呢？你来*这儿*是为了找东西，还是让我知道些东西？"

我沉思片刻，没有贸然回答。"你不让我进去吗？"

"当然。"他笑了，没有追问下去，"我是鲍比，"他伸出手，"你已经知道了。"

"是的，"我笑了，"我是桑迪·肖特。"我接住他的手，握了握。怎么软绵绵的？我抬头看见他脸色苍白。

"你是桑迪·肖特吗？"他又问了一遍。

"是的。"我的心紧张得直跳，"怎么了？有什么问题吗？"

"来自爱尔兰里特林郡的桑迪·肖特吗？"

我放下这只软绵绵的手，吞咽一下。我没回答，好像也没必要。鲍比拉着我的一只胳膊，把我带到铺子旁。"我一直在等你。"他看看左右，最后确定没人注意，这才把我拉进店里关上门。

接着他把铺子也关了。

第三十章

从斯蒂芬的中心绿地拐出来，就到了里森街。这是一条基本保持了乔治时期风格的精致街道。这些曾是达官显贵的豪华宅邸，如今主要派上商业用途，比如酒店、写字楼，而地下室是都柏林的娱乐带，有一长串生意兴隆的夜总会和脱衣舞俱乐部。

在一扇气派的乔治风格的玄色大门旁，悬挂着一个铜牌，这里就是“司盖特哈奇之家”。杰克拾级而上，走了七步到了门口，只见一个铜狮子头，嘴里衔着一个圆环。他正要伸手握着圆环叩门，却发现门的右边有一组门铃，真是现代丑陋发明同古旧东西的杂糅。他抬头看，伯顿大夫的诊所在二楼，底楼是家公关公司，顶楼是家律师事务所。按了门铃后，他往楼上走去，来到一个空空的接待区。接待员朝他笑笑，他想大声吼道：“我不是为自己来这儿的，我没问题，我在调查！”

但他还是微笑致意。

桌上摆着一些杂志，有的是几个月前的，有的是一年前的。他挑了一本翻起来，有个无名小国的皇室成员在炫她的豪宅，很夸张地躺在她喜欢的房间的床上、沙发上、餐桌上，还有钢琴上。

伯顿大夫办公室的门开了，杰克马上放下杂志。

伯顿大夫比杰克先前想的要年轻，四十五岁左右；一副紧凑的胡须，浅黄色，有些银色的斑点；蓝色的眼睛，目光锐利；身高大概五英尺十一英寸，穿着一条牛仔裤和黄褐色的灯芯绒上衣。

“杰克·罗托吗？”他问，看着他。

“我是。”他站起身来，握手致意。

办公室是忙碌的风格，家具是那种整体设计。一个堆得满满的书架、一整张的书桌、一长列的文件柜、一墙的学历证明、整块的地毯、一把椅子和一张沙发，这个地方的个性也同坐在他面前的人相吻合。

“那么，杰克，”伯顿先生填完表格，跷着二郎腿，专心致志地望着他，“今天为什么会来这儿？”杰克真想立马跑出大楼。

“找到桑迪·肖特。”他想说，不过他还是耸耸肩，难受地在位子上扭了扭。他又要把戏再演一遍，而且是马上，究竟要怎么撒谎才能对桑迪有所了解？他还没想清楚，以为只要进了伯顿大夫的办公室，一切就会水到渠成。在电影里，那些人被心理分析师盘问时，他们都说些什么？杰克，快想，快。“我压力很大。”他底气挺足，能抛出这个问题，他还挺开心的。

“什么样的压力？”

什么样的？难道不止一种？“就是正常类型的压力。”他又耸一耸肩。

伯顿大夫皱了皱眉头，杰克担心是不是理解错了。“是因为工作，还是……”

“没错，”他打断话，“是工作。真是……”他脑子一转，“压力超常。”

“好的。”伯顿先生点点头，“你是做什么工作的？”

“我是香农·凡纳斯港口公司的起重指挥员。”

“你怎么会来都柏林呢？”

“是您呀。”

“你大老远跑来就是为了来看我吗？”

“我还要见位朋友。”他连忙说。

“好吧，这也说得过去。”伯顿大夫笑笑，“那你怎么觉得工作压力大呢？跟我说说。”

“嗨，是时间，”杰克装出一副处在压力下的样子，想装得像些，“工作时间太长了。”然后他就不说话了，双手紧扣放在大腿上，点点头，看看房间四周。

“你一周工作多长时间？”

“四十个小时。”他想都没想就说了。

“杰克，四十个小时并不比平均时间长呀。你为什么就觉得不能应付呢？”

杰克的脸红了。

“杰克，这样感觉正常。如果你真是为工作纠结，或许我们能找到麻烦的根源……”

伯顿大夫说了下去。杰克闭上嘴，四处张望，想找桑迪留下的痕迹，仿佛她在走之前会在墙上画下名字，这才发现伯顿大夫正默默地注视他。

“不对，我想其实是……”杰克点头说道，看着手，想怎么措辞才恰当。

“她叫什么名字？”

“谁的名字？”

“你的伴侣，家里跟你有矛盾的人？”

“哦，格罗娅。”他说。想到家里的她今天不知该有多开心，还以为他在这儿愉快地敞开心扉，其实他压根不想听。他越想，心里越来气。

“你跟她提过压力这类事吗？”

“没有，”杰克笑了，“我不会跟格罗娅聊这类事。”

“为什么不呢？”

“因为她总是有答案，总有处理我的方案。”

“你不要这样吗？”

“不，”他摇摇头，“我不要被处理好。”

“那需要解决什么？”

他耸耸肩，不想再被拖着谈这事。

伯顿大夫很久没做声，杰克感到无声的压力，他想缓和一下紧张的气氛，便说：“是我们身边的一些事需要处理。”

伯顿大夫等他多说些。

“啊，就是……”他结结巴巴地说，“这也是我努力在做的。”

“你想处理好身边的事吗？”他又说了一遍。

“我是这么说的。”

“格罗娅不开心？”

伯顿大夫这样就可以大敲一笔了,杰克半信半疑。"不是,"他摇摇头,"她认为我应该忘掉这一切,继续生活下去。"他其实不想提这个,但没关系,反正什么都还没说。

"她希望你忘掉什么?"

"豆诺。"杰克慢慢说出口,不知要不要继续。如果解释了,伯顿大夫或许会赞成他的看法,站在他那一边。"家里其他人也一样。他们要忘掉他,随他去,不要再管他。我不是这样想的,你明白吗?他是我弟弟。我要解释的时候,格罗娅看着我,我像个疯子。"

"你的弟弟豆诺去世了吗?"

"没有,他没有。"杰克说着,仿佛这很荒唐,"但你可以这样认为。他失踪了,仅仅是失踪。"他生气地笑笑,疲倦地揉揉脸,"有时我想,如果他真的没了,倒还轻松些。"

又是一阵沉默。杰克又觉得要补充些什么。他握紧拳头,每说出点什么,就撞一下手。"去年他失踪了,是在二十四岁生日的晚上。"心咚的一下,"他礼拜五凌晨3点8分从欧康内街的自动取款机上提了钱。"心咚的一下,"有人在3点30分看到他在亚瑟码头。"又咚的一下,"在那之后,没人再见过他。但怎么能放手不管了呢?"他问,"你弟弟或许就在哪儿,他有没有受伤,需不需要你,你都不知道,怎么还能像什么事都没发生一般过下去呢?"他愤怒了,"怎么还能指望我一周毫无意义地工作四十个小时,把货物吊到船上呢?我连箱子里装的是什么都不知道,运到我听都没听说过的、永远也不会去的地方。什么比找到弟弟更重要呢?每次在外面,你怎么能不四处看看,希望找到他呢?不管我到哪儿,不管我遇到什么人,为什么答案都是一样的呢?"

他的声音越来越大:"没人看到什么,听到什么,或者知道什么。这个郡有五百万人,利默里克有十七万五千人,市区有五万五千人,怎么就没某个人,哪怕一个人,在某个地方,见过我弟弟?真他妈见鬼!"他喘不过气来,停住了,嗓子也吼疼了,他强忍着不让泪水滴下来。

伯顿大夫没有打破沉默。他让杰克喘口气,定下神,想想刚才脱口而出的话。他走到冷水机旁,给杰克倒了一杯水。

杰克喝了一口,又说:"她像是嗜睡,你明白吗?我需要她的时候,她总在睡觉。"

“格罗娅吗?”

杰克点点头。

“你的睡眠有问题吗?”

“我脑子里要想的东西太多,还要翻看很多的资料、报告。把人家说的东西一遍遍在脑子里过滤,我很难停下。我要找到他。我像是染上什么瘾,慢慢被吞噬下去。”

伯顿大夫体谅地点点头,不是杰克以为的施舍、恩惠的样子,而是他真的感同身受。现在好像杰克的问题是他俩的问题,需要共同解决。

“杰克,你要明白,不是只有你一人遇到这样的事,有这样的感受。经历这样的创伤,此类行为是可以体谅的。在弟弟失踪后,有没有人建议你去找心理医师谈谈呢?”

杰克抱起双手:“有啊,警察局提过,每天都会有许多宣传小册子落到大厅门口,都是加入什么‘受难者’组织,他们自称是。”他不屑地挥挥手,“真无聊。”

“你要知道,并不完全是浪费时间。你要明白,很多人跟你一样,失去亲人,同病相怜。”他不禁又补充道,“有些人掉了东西都会发疯。”

杰克不解地看着伯顿大夫。“不,不,您误会了。东西掉了,我能对付,绝对可以。我的问题出在家人失踪了。我的兄弟姐妹也失去了弟弟,可没一个人感受跟我一样。所以跟一群人在一起,说着跟家里一样的话,我想不出比这更糟的了。”

“格罗娅似乎很支持你,你要懂得感激。我想,失去豆诺,她也不好受。但你要记住,她不仅失去了他,也失去了你。你得感激她,这个肯定对她很重要。”伯顿大夫动情地说着。他站起身,走到另一边,给自己倒了杯水。回来时,他也平静下来。

“你爱她吗?”

杰克没说,然后耸耸肩。他也不知道。

“我妈妈说过要聆听你的心,让它告诉你。”伯顿先生笑笑,气氛轻松了些。

“她也是心理医师吗?”杰克笑着问。

“算是吧。”他笑了,“杰克,你知道吗?你让我想起一个人,一个我很熟悉的人。”他有些伤感地笑笑,不过又转回神来,“那你打算怎么办呢?”他看看表，“记住，我们只剩几分钟时间了。”

“我已经开始采取行动了。”杰克突然记起来的理由，看到有路子了。

“跟我说。”伯顿大夫向前靠了靠，把胳膊支在大腿上。

“我在黄页上找到一个人，是一家事务所，一家寻人社。”他加重语气。

伯顿大夫的表情没什么变化。“然后呢？”

“我跟那个女子取得联系，详细谈了该怎么帮我找到豆诺。我们计划是上个礼拜天在利默里克见面。”

“然后呢？”他缓慢地往后靠，面无表情。

“好玩的事是，我俩在去的路上，在一个加油站擦肩而过，可她再没出现。”他摇摇头，“我真的相信，过去相信，现在还信，这个人能找到他。”

“真的吗？”伯顿大夫语气平平的。

“是真的，所以我已经开始找了。”

“是找寻人社的那个人吗？”他说，还是面无表情，“你找到了吗？”

“没有，但我找到了她的车，在车里找到有关我弟弟的文件，还有她的手机、日记、钱包、一包衣服，上面全部标了她的名字。她给什么都做标记。”

伯顿大夫开始焦躁地挠挠头发。

“我一直担心她，现在还是。因为我相信这个女人能找到我弟弟。”

“所以你开始一门心思找这个女人。”伯顿大夫似乎冷淡了点。

杰克摇摇头。“她有一次在电话里跟我说，比找不到人更难过伤心的事情是，没人来找你。得有人找她，这是她希望的。”

“或许她就是到哪儿晃悠几天。”

“我联系的警官也是这样说的。”听到警察也卷了进来，伯顿大夫提了提眉毛。“我联系了许多认识她的人，他们也都这么说。”杰克耸耸肩。

“那么，你该听这些人的。不要管了，杰克。集中精力处理弟弟的失踪，先不要担心另一个人。有几天找不到她，联系不上，或许是有原因的。”

“大夫，如果你的意思是我在打扰她，那我没有。我们中有几个人很担心，我们决定见个面，看能做些什么。”

“或许她常常这样，”伯顿大夫说，“压根什么事都没有，自己跑出去几天。”

“是呀，大概是的。但我见她后，已经四天了，其他人好多天没见她了，除非有什么人给我不同的理由。如果那样的话，我就回去继续自己的生活。

虽然很多人都说是闲逛，可我不这样看。”他轻轻说，“我真的想找到她。要谢谢她对我的鼓励，让我感到有希望去找到豆诺。借着这个希望，我觉得也能找到她。”

“什么让你觉得她失踪了？”

“心告诉我的。”

见自己刚说的话给抛回来，伯顿大夫生硬地笑笑。

“如果我的心还不足以为证的话，还有这个。”杰克把手伸到口袋里，轻轻地把桑迪银白色的手表放到桌上。

第三十一章

距上次见到伯顿先生，已经时隔三年。一段距离之外，我依然能感受到岁月赋予他的魅力。虽然彼此相隔，时间并没有改变我俩；即便相距遥遥，一切依然完好如初。

我换了六次衣服，觉得样子还行，这才离开房间。这是一个月内我第四次到里森街去。我拿到名片时，开心地在大厅里手舞足蹈。礼拜一的清晨，一想到要去见的人和要做的事，我就像个十四岁的孩子，连蹦带跳地跑下楼。我从哈罗德十字街一直跑到里森街，两步并作一步地跨上楼梯，站在乔治式大门前，手指拿不定按哪个对话门铃。我突然僵住，立刻跑到马路对面。走近了，近距离的场景完全是另一回事。

我再不是那个向他求助的女学生了。现在我跑开，不要帮助，那我是谁？我来过两次，但就坐在马路对面，没有过去。我看着他早上来，晚上去，还有中间的一切。

这是我第四次坐在水泥台阶上，胳膊支在膝盖上，拳头顶着下巴，看着人行道上匆匆而过的腿和脚。一条蓝色牛仔裤下的淡黄色鞋子正在穿过马路，向我走来。我以为他会从我身边穿过，径直走到门里。一步、两步、三步，这人停了下来，在我身旁坐下来。

“嗨！”轻轻的一声。

我害怕抬起头，但还是抬了起来。我同他打了个照面，一双明亮的蓝眼睛，像是第一次看到。

“伯顿先生。”我笑了。

他摇摇头：“我多少次告诉你不要这样叫我！”

我正要叫“格里高利”，他说道：“现在是伯顿大夫。”

“恭喜你，伯顿大夫。”我笑了，注视着他的脸，目不转睛。

“你以为这个礼拜又可以从台阶上溜走，钻到楼里去吗？我可烦了从远处看你。”

“真好玩，我以为有时有点距离，看东西会好些。”

“没错，可听不见呀。”

我笑了。

“我喜欢这幢楼的名字。”我抬头看着镌刻有“司盖特哈奇之家”的铜牌。

“我在报上看到出租的广告，完全合我的意，是不是要转运了？”

“或许是的，但你离我们讨论的桥更近了吗？”

他笑笑，望着我的脸，一个细节都不放过，我有些战栗。

“如果你的男友不介意的话，我想带你去吃午饭，可以到处看看。”

“什么男朋友？”我稀里糊涂地问。

“几个礼拜前，那位开门的年轻男子。”

“哦，是他。”我摇摇头，“那是……”我停下来，忘了名字，“托马斯。”我撒谎，“我们不在一起了。”

伯顿先生笑了，站起来，伸手扶我起来。“亲爱的桑迪，我想他叫史蒂夫。不过没关系，你忘的名字越多，对我就越有利。”他轻轻把手搭在我的腰上，我全身有触电的感觉。他把我带过街去。“在我办公室待一会好吗？我想给你个东西。”

他自豪地把我介绍给接待员凯柔，然后我们进了办公室。房间是他的味儿，摆设是他的款，一切都是伯顿先生、伯顿先生，哦，伯顿先生。我一走入房间，坐到沙发上，就被他双臂环抱，被一个巨大的拥抱团团包围。

“这比我们过去的那个好些，是吧？”他笑笑，从抽屉里拿出什么，带了过来。

“很漂亮。”我四处看看，吸着他的味道。

他突然紧张的样子，坐到我的对面。“本该在上个月你生日那天给你的，那天我打了一圈电话。希望你喜欢。”他把盒子从樱桃木皮的桌子上递过来。这是个长长的紫红色盒子。我双手接过，仿佛这是我有生以来收到的最纤巧的器物，手指抚过松软的天鹅绒面。我看着他，他紧张地看着盒子。我屏住呼吸，慢慢打开盒子，是一块银色手表，熠熠生辉。

“哦，伯……”我一惊，他猛地抓住我的手，不让我说下去。

“桑迪，求你了。叫我格里高利，好吗？”

现在是格里高利，是格里高利，现在叫格里高利。我耳边响起天使合唱团的歌声。

我笑笑，点点头。我从盒子里取出手表，戴在左边手腕上，拨弄着表带，沉浸在意外的惊喜之中。

“看看后面，上面刻着你的名字。”他的手颤动着，帮我翻过去。就在上面写着，“桑迪·肖特，但愿它永不迷失”。

我俩都笑了。

“不要硬拽。”看我使劲地扣上，他提醒我，“来，我帮你。”正说着，指间突然传来断裂的声音。

我僵住了：“弄坏了吗？”

他走到我坐的沙发旁，急切地伸出手，要修好它。他挨着我，我内心的一切都融化了。

“没断，不过表带松了，我得拿回去修好。”他不愿我听出失望的声音，但没做到。

“不要！”我不让他拿走，“我喜欢，要戴着。”

“桑迪，太松了，扣不住，会掉下来的。”

“不会，我会注意的，不会掉的。”

他还是犹豫的样子。

“至少今天，让我戴着。”

“好吧。”他没再弄表带，我俩一动不动地看着对方。

“我把它给你，好让你记住时间。三年没联系，不能再这样了。”

我低下头，欢喜地转了转手腕上的表，环链表面是用珍珠母做的。“谢谢你，格里高利……”我笑了，很喜欢这个词跳过舌尖的感觉。“格里高利，格里高利……”我又多说了几次。他哈哈大笑，享受着每一秒钟。

他带我去吃午餐，四处转了转。

可以想象，午餐几乎就是一场灾难。我俩细细咀嚼着够吃一辈子的食物。两人都以为这是一个特别的开始——即使只有一人有这种荒唐的想法——现在也算明白了，一切又回到了原点。或者，很可能正好回到那片草叶锋利之地，格里高利必须穿过它。我是司盖特哈奇，居住在诡谲莫测（我的心属于包纳种种极端的）的司盖特哈奇之岛。时光不断强化着这一点。

可我从没把表拿下来，一天也没有。有时它是会掉下来，但也不单单我这样。我把表放回原位，放回我知道的归属之地。这表有太多的寓意。至于增进了解的午餐，其积极的含义在于，我们彼此密不可分，仿佛我们之间有条无形的脐带相连，相互哺育成长，支撑彼此的生命。糟糕的一面也显而易见。这根纽带，我们可以任意地拽它、扭它，打个结，毫不在乎。这些疙瘩会慢慢让我们窒息。

从远处看，一切都很完美，近看就完全不是那么回事，我们无法抗拒时间的力量。每过一年，我们就像多上了一层釉彩，不再是昨天的我们。它是怎么改变我们的？我和格里高利都很不幸，我再也不是那个曾经的我。这再明显不过了。

第三十二章

鲍比轻轻掩上失物招领处的门，唯恐一点响动都会让外面的摊主们吃惊得静下来。我不确定，他这又是唱哪一出，我略感紧张，但又觉得不是那么回事。鲍比放下我湿冷的手，一声不吭，急忙跑到相连的房间里，把那边的门也合上。透过门缝，我能看见他摇摇摆摆的影子。借着灯光，他急急忙忙地在里面到处乱翻，搬箱子，拽家具，玻璃叮当作响。每一处响动，都让我猜疑是不是什么新的阴谋。我将视线从门道挪开，看看四周。

在我面前，从地板到天花板排满了胡桃木材质的架子，像几十年前老杂货店的样子。篮子里塞满了小玩意儿：胶带纸、手套、钢笔、标尺，还有打火机。有的装满了袜子，真得做上标记，吆喝着成对出售。中间还有一排排的横栏，上面挂满了衣服，男女款分开放，根据颜色、款式还有年代的不同排列好，这里有 50 年代、60 年代、70 年代以及后来的，还有古装、传统服装和婚礼服饰（谁会弄丢婚礼服?）。对面的墙上排着些书，有个台面上陈列着珠宝，比如耳环，单个的耳环，有些外表不尽相同，鲍比还是配成了对。

铺子里有一股霉味，所有东西都是二手货，老旧的，有些年头。质地薄的 T 恤衫都有好些褶子、印子。这里的氛围跟摆着亮闪闪的新物件的店铺可不一样，没什么是干净、没有瑕疵的。图书被翻过，帽子被戴过，钢笔也被手握过。手套呵护过主人爱人的手，鞋子走过很长的路，围巾也被裹过，雨伞也挡过风雨。这些物件很懂事，知道自己的本分。在体验了人情世故后，它们有的躺在篮子里，有的被叠好放在架子上，有的挂在栏杆上，仿佛要教导那些要佩戴它们的人。和这儿的大多数人一样，这些物件体味过生活，看着时光悄悄溜走；和这儿的大多数人一样，它们会一直等下去，直到能再次体验。

我不禁猜想，什么人这会儿还在找它们呢？拽着头发找自己最喜爱的耳环？谁一边咕哝着，一边翻着书包底找钢笔？谁在点香烟的当儿，找不到打火机？什么人早上已经迟到了，却发现车钥匙不见了？什么人丢了结婚戒指，又要瞒着配偶？他们会找呀找呀，直到眼睛酸涩，但始终找不到。我怎么会在这儿发呆呢？这儿是阿拉丁的洞穴，里面满是被遗弃的物品，离家很远。“*哪儿都没有家好*”，我像是受到了奚落。

“鲍比！”我靠近门道叫了一声，把那句话从脑子里赶了出去。

“再等会。”传来模糊的回答，接着是砰的一声，再接着是一句诅咒的话。

我有些不安，但还是笑笑。我摸了摸一个胡桃木的陈列橱，就是那种放上好银器和陶瓷器具的柜子，里面放了几十年里来自世界各地的几百张笑脸的图片。我挑起一张仔细看着，一对夫妇站在尼亚加拉大瀑布前面，岁月给它染上了黄色的斑点。照片上的两个人，四十岁左右，穿着宽大的雨衣，记录下那生命中的一秒钟。如果两人还健在，也该有七十岁了，儿孙绕膝，他们也一页页翻着相册，找着那张尼亚加拉之行的照片。我暗自猜想，他们有没有想到过生命中那真实的一秒，同时嘀咕着，“我记得把它放在那儿了……”？

“这主意不错，对吧？”

我抬头看见鲍比站在门道里看我，他在隔壁翻了一圈后，两手空空的。

“上个礼拜，哈佰太太找到了她表亲纳迪尔的婚礼照片。你不会相信她发现后的反应。她坐在那儿，看了一整天。知道吗？是婚礼的集体照，全家人都在上面。你想想，有五年不见家人了，然后突然发现一张近照，是什么感受。她其实是来找袜子的。”他耸耸肩，“也就是这些时候，我觉得自己在这儿还有点用。”

我放下那对夫妇的相框。“你说在等我。”我不客气地说，我也不想这

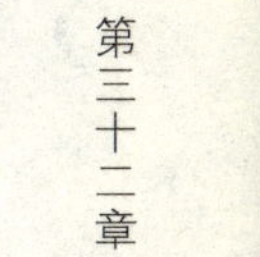

样，但我害怕。

他放开手臂，把手伸进衣袋里。我以为他终于要把那个东西拿出来给我，而不是就放在原来的地方。“我来这儿三年了。”他同这儿的其他人一样，回忆起刚到这儿的情形就是一副焦虑不安的表情，“当时我十六岁，再过两年就中学毕业，再过十年就算长大成人。我不知道这辈子要做什么，估计一直会在家烦我妈，直到她逼我走，替我找份合适的工作。同时我是学校的开心果。我也很乐意在打完拳击后，把短裤洗好烫好。我对很多事都是一副无所谓的样子。”他耸耸肩，“我那时只有十六岁。”他又说了一遍。

我点点头，不知道他这又往哪儿去，纳闷他为啥说在等我。

“刚到这儿时，我不知道怎么办，大部分时间都泡在林子的那一边，拼命找出去的路。但没有。”他把手伸出来，做了个明确的手势，“桑迪，我现在跟你说，这儿*没有*出去的路，我看到很多人为了出去而疯掉。”他摇摇头，“我很快意识到，需要在这儿重新开始生活。第一次我不得不把生活当回事。”他不舒服地扭了扭，“我在找穿的衣服时，出了这事。我在后面的闸口乱翻一气，就像在垃圾场里的无家可归的人，这时我找到一只亮黄色的袜子，压在一份公务文件下面，我想，把这公文弄掉的人会不会被解雇？我不禁想，这只袜子这么显眼、这么与众不同，什么人居然还能把它弄掉？不过我看得越多，越为自己的处境感到好受些，因为之前我觉得掉到这儿是自己的错误。我曾以为，是自己的骄傲自满让我沦落到这般田地。如果我在学校里多用心，不要到处瞎折腾，也不会跑到这儿来。”

我点点头，惺惺相惜。

“这袜子让我好受些，这是我见过的最亮的东西。”他笑了，“我的上帝，上面居然有标签。我这才明白，完全是双方的霉运才让我到了这儿！同这袜子一样，无论怎么样，我们都不能摆脱这样的命运——跑到这儿来。我替做标记的人难过，那人还把地址给标上，真是煞费苦心。所以从那天起，我不再责备自己和其他人，而是将那份心安谨记在心。袜子让我好受了许多。”他笑了，“跟我来。”他走回隔壁的房间。

隔壁的房间跟铺子差不多大小，墙上也被分割成很多单位，不过要小许多，上面摆满了纸板盒子，看上去是存储用的。

“袜子在这儿。”他递过来，我双手接着。很小，小孩用的，毛巾布的。鲍比如果以为一只袜子能让我有和他一样的想法，那他就错了。我还是要出去，还会指责自己和其他让我落到这儿的人。

“过了几个礼拜，不知不觉我就开始帮新来的人找衣服和他们需要的一切东西。最后我开了这家店。我这家店是村子里唯一能把所有东西放在一个屋檐下的店铺。”他自豪地说着，看我冷淡的样子，他收起微笑，继续说下去，“不管怎样，作为经营的一部分，每天我都要出门，尽可能多地捡些有用的东西回来。让我自豪的是，只有在我这儿，才能买到成对的鞋子、袜子，可以配搭的外套，诸如此类的东西。其他人会收集找到的东西，摆出来，不过我会找另外的一半，有点像媒婆，是吧？”他咧嘴笑笑。

“往下说呀。”我催他，坐在一个破破烂烂的凳子上，这让我想起同伯顿先生的第一次面谈。

“不管怎样，这只黄袜子没什么大不了的，直到我发现这个。”他往一边靠，从旁边的盒子里拉出一件T恤来，也还是孩子的尺寸，“这也没什么，直到我发现这个。”他把另一只袜子铺在我面前，注视着我的表情。

“我不要。”我耸耸肩，把橙色的袜子扔到地板上。

他没说话，不断从纸盒里掏出东西来，放到我面前。我思考良久，希望能破解这个暗号。

“这个盒子里还有更多，不过不管了，已经够多了。”鲍比最后说道。

地板上基本铺满了衣服、配饰等玩意儿。我正要站起来，要他说明白些，这时我认出一件T恤衫，然后是一只袜子、一个铅笔盒……还有一张纸上的笔迹。

鲍比站在空盒子旁，眼睛里闪着激动的光芒。“明白了吗？”

我没说话。

“全部有标签。你面前的每件东西上都写上了‘桑迪·肖特’。”

我屏住呼吸，气咻咻地来回打量着。

“这只是*一只*盒子，那些也是你的。”他兴奋地说着，指了指垒在拐角的另外五个箱子，“每次一看到你的名字，我就捡回来放好。捡得越多，我就越相信你迟早会来这儿，收集这些东西。瞧，你果真来了。”

“是呀，我来了。”我也说了一遍，看着地上的东西。我双膝着地，用手去够那只橙色的袜子。虽然记不清楚了，我能想象那天晚上发疯似的找，爸妈可怜地望着我。我双手捧着T恤衫，看着妈妈的字迹。我用指尖触了触墨迹，希望还能跟她相连。接着我拿起那张纸，上面是我十几岁时糟糕的笔

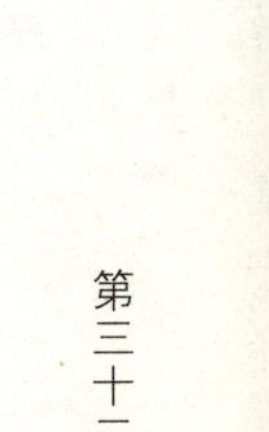

迹，是学校布置的有关《罗密欧和朱丽叶》的问题的答案。我记得做了作业，可第二天在课堂上却找不着了。我在书包里没找到，老师却不信我。鸦雀无声的教室，老师站在我的旁边，看我翻着书包。我愈加灰心丧气，他觉得我是故意如此，所以罚我多做作业。我真想立刻抓着这页纸，跑回里特林，冲进那个老师的班级，大声说："快看，就是这个，我说了，我做了作业。"

我一件一件摸着地上的物品，脑海中浮现出穿过、丢失还有寻找的记忆。看完了第一个箱子后，我冲到堆在角落的头一个盒子，颤抖着打开它。一只眼望着我的是亲爱的朋友——帕布斯先生。

我把它拿出来，靠近闻了一下，希望还是熟悉的家的味道。那种味道再也没了，它跟这儿的其他东西一样，发出霉味，不过我还是紧紧地把它搂在怀里。标签上的名字和电话号码还依稀可辨，不过妈妈用蓝色毛毡笔写的字迹却褪色了。

"帕布斯先生，我说过能找到你。"我小声说，只听身后的门啪地关上了。鲍比走了出去，留下我一人享受满屋的回忆。

第三十三章

我忘了时间，不知道在仓库里待了多久。好几个小时后，我才第一次看着窗外，觉得有些累，看东西太久，眼睛都直了。这是我的财产。我居然在这儿有财产，这些东西是在原来的地方，同亲人们共有的。我感觉离家近了，可以暂时把两个世界联系起来，两个世界的界限模糊了。我一件件抚摸着，没那么失落了。尤其是帕布斯先生，自从我见到它后，发生了那么多的事。出现了乔尼·纽金特，还有其他一千个乔尼·纽金特。自从帕布斯先生从我床上不见后，一大溜的狼先生取代了它的位置。

约瑟夫从窗旁走过，我往后一靠。他穿着亚麻的白衬衫，袖子摞到胳膊肘下，裤子卷到脚踝处，脚上穿着凉鞋。约瑟夫大步流星地向前走，像个威而不露的大人物，在人群中分外显眼。他话不多，不过要张口时，用词总很谨慎。他一开口，大伙就会静下来听。虽然他体格健硕，可声音并不高，反而更有威信了。

铺子前门的门铃响了，门吱吱地打开又合上。

“你好，约瑟夫，”鲍比乐呵呵地说道，“今天小婉达不愿见我吗？”

约瑟夫轻轻笑了笑，听得出，是被鲍比好玩的样子给逗的。“好了，那姑娘很喜欢你的,她如果知道我在这儿,还会来吗?”

鲍比笑着说:“有什么能帮到你?”

约瑟夫压低声音,仿佛知道我在这里,我立刻把耳朵贴在墙上。

“手表?”我听见鲍比又说了一声,“我这儿有不少手表。”

约瑟夫的声音低得听不见了,我知道肯定很重要,才会这么低声。他在说我的手表。

“一块珍珠母表面的银色手表。”听到鲍比这样说,我真要谢谢他重复他人话语的习惯。胡桃木地板上的脚步声慢慢响了,我从门边走开,怕它突然开了。

“是这个吗?”鲍比问。

“不对,应该是昨天或者今天早上找到的。”约瑟夫说。

“你怎么知道?”

“因为是昨天掉的。”

“好吧,我不知道你怎么知道的,”鲍比难堪地笑笑,“除非你跟另一个世界的人聊过。我很怀疑这一点。”

沉默。

“约瑟夫,这个跟你讲的完全一致。”鲍比的声音有些困惑。

“不是我要的那块。”约瑟夫说。

“你在哪儿见过,还是什么人戴过?或许你告诉他们来找我,这样我才能知道你要找什么。如果我碰到了,肯定替你保管好。”

“是我在找的一个人戴过的。”

“是从肯尼亚来的吗?很多年前吗?”

“不是,是*这儿*的人。”

“*这儿*?”鲍比又说了一遍。

“是的,*这儿*。”

“是*这儿*的人要交给我吗?”

“没有,掉了。”

沉默。

“不可能,肯定放错地方了。”

“我知道,但我亲眼见的。”

“你看着消失的?”

“我明明看着在手腕上，她动都没动，然后就不见了。”

“肯定落下去了。”

“是呀，是这样。”

“那应该在地上。”

“真滑稽。”约瑟夫无精打采地说。我觉得一点也不滑稽。

“怎么可能？”

“是呀，地上也没有。”

“你觉得会到这儿来？”

“我想你可能会找到的。”

“没有哇。”

“看出来了。谢了，鲍比。不要跟任何人说。”他提醒鲍比。我一阵胆寒。脚步声慢慢走远了。

“等会，等会，约瑟夫。先别走！告诉我，是谁掉的？”

“你不认识她。”

“在哪儿掉的？”

“从这儿到邻村的半路中。”

“不可能。”鲍比小声说。

“没错。”

“我会找到的。”鲍比很有决心的样子，“必须在那儿。”

“没有。”约瑟夫恢复到正常的语调，对他而言算大声了。从他说话的样子，我明白不算正常。

“好吧，好吧。”鲍比声音没那么高了，还是不信，“掉东西的人知道吗？或许她知道在哪儿。”

“她刚来。”这就什么都说了，意思是“她什么都不懂”。他没错，我是什么都不懂，但我学得很快。

“她刚来？”鲍比的语气变了，我能听出来，约瑟夫肯定也注意到了，“或许我能跟她谈谈，得到确切的描述。”

“我已经跟你讲得很细了。”是的，他注意到了。脚步声又向门口走去，吱吱，铃响了。

“表上有名字吗？”就在刚才那一秒，鲍比大声问。开门声停下来，脚步声又向我靠近。

“你为什么问？”约瑟夫很坚定。

“因为有的时候，大家会在表的背后刻上名字、日期或者信息什么的。”鲍比有点紧张。

“你问我有没有名字，为什么特别问这个？”

“有些表是会刻东西在上面的。”鲍比像是自卫，声音提到高八度，“我应该知道。”他敲敲玻璃，我猜是珠宝橱。

外面的气氛很怪异，我不喜欢。

“如果找到手表，告诉我。什么都别说，你知道，如果大家知道*这儿*会有东西失踪，会有怎样的反应。”

“当然，我懂，这能给他们希望。”

“鲍比……”约瑟夫警告的声音，我一阵寒战。

“是，长官。”鲍比机敏地回答。

门吱吱地开了，门铃响了，又关上了。我等了一会，确定约瑟夫没再回来。鲍比在外面，什么都没说。我正要站起来，约瑟夫又从窗前走过，离墙更近了，怀疑地看着房子。我连忙缩了回来，平躺在地板上，心想究竟为啥要躲着约瑟夫。鲍比推开门，低头看着我。“你到底在干什么？”

“鲍比·斯坦利，”我坐了起来，拍掉身上的灰，“有很多事，你得给我解释。”

他猛地一惊，双手抱在胸前。“你也一样，”他冷冷地说，“想知道我为什么没去排演吗？没有人跟我说。知道为什么吗？因为这儿的人都以为我是鲍比·杜克。从到这儿那天起，我就没告诉任何人我是鲍比·斯坦利，那么你是怎么知道的？”

第三十四章

“我想，乐邦先生……”伯顿先生对杰克这样说。他抱着双臂，往后靠着。

杰克的脸刷地红了，他沉住气，没有退缩，不愿被当成疯子而被伯顿大夫赶出来。他向前移了移：“伯顿大夫，我们很多人准备找桑迪。”

“我不用再听下去。”他将凳子往后一移，从咖啡桌上抓起杰克的文件，站了起来，“时间到了，罗托先生。可以到外面跟凯柔结算费用了。”他转过身，走向桌子。

“大夫——”

“再见，罗托先生。”他高声说。

杰克拿着银表，站在那儿。他平静地说着，抓住每个机会说：“请让我跟你讲，一位叫格莱姆·特纳的警官可能会联系……”

“够了！”伯顿大夫大叫一声，啪地把文件扔在文案上。他满脸通红，鼻孔微张。杰克僵住了，一声不吭。

“很显然，你认识桑迪没多久，跟她也不熟。就凭这一点，你完全不该对她的生活打东探西。这不干你的事。”

杰克刚要开口反驳，但又合上嘴。

“不过，”伯顿大夫继续说，“我相信你们大家是真心诚意的，才会这样说。不要让警察继续插手此事。”很显然他克制着怒火，“如果警察局到处响警报，我会把他们的话传给你，也会把桑迪父母的话传给你。”他火气很大，咬着牙根，“每个认识她的人都会这样说，是这样的。”他绝望地挥挥手臂，“桑迪是这样的。”

杰克还想说些什么。

“她从来就是，”伯顿吼道，“不声不响地回来，然后出去；把东西丢在后面，有时会记得收起来，有时就忘了。”他双手放在屁股上，胸部一起一伏，“但重要的是，她会回来。一直这样。”

“你可以把东西放在这儿，”伯顿大夫补充道，“她回来时，肯定会感谢你的。”

杰克慢慢将装着桑迪物品的背包放到地上，悄悄退了出来，像一个刚挨骂的学生，也挺同情训斥他的校长。他并不生杰克的气，而是生桑迪的气，还有他自己的气，为了永恒的等待。清风吹来拂去，冷热气流不时袭来，像从嘟起的嘴唇吹出，飘来亲吻的馨香，吸进去的人一下子就醉了。

杰克离开了伯顿大夫。他双手放在屁股上，望了望乔治式的窗户，咬了咬下唇。他轻轻合上身后的门，也锁住了里面的气氛。这太珍贵了，可不能让它溜进接待室，让等候的人有所察觉。就让它留在办公室里，将伯顿大夫团团包围。他可以慢慢过滤、处理、冷却，最后让它散去。

接待秘书凯柔担心地看着杰克。听到里面的尖叫声，她不知是该害怕还是该道歉。杰克把信用卡放在柜台上，并递上一张纸。

“请你跟伯顿大夫说一下，假如他改了主意，能不能今天什么时候见个面。这是我的电话号码。”

她匆匆看了一眼，点点头，护着他老板的样子。

他输了密码，取回信用卡。“对了，这个也请给他。”他把银色手表也放在柜台上。

“乐邦先生？”快到门口时，他听她叫道。一个看汽车杂志的男子听到这个古怪的名字抬起头来。

杰克一愣，慢慢转回身去。“怎么了？”

“伯顿先生肯定会很快跟你联系的。”

杰克微微一笑:“是吗?我倒不是很肯定。”他又要走,秘书咳了一声,让他注意。他又朝她走去。

她向前靠了靠,压低声音。那个男子知趣地继续看杂志。

“每次通常会等几天,最长的差不多会等两个礼拜,不过那是刚开始。那是目前最长的。”她低声说道,“你找到她,让她回来。”她有点伤心地看着伯顿大夫办公室的门,“好吧,就是让她回来。”

她一说完就停住了,从台面上拿起手表,放到抽屉里,然后继续敲着键盘。“肯尼斯,”她叫道,不再理会杰克,“伯顿大夫现在可以见你了,进去吧。”

同一个什么都不让你知道的人交往,开头是不会轻松的。

到目前为止,我们的交往都是以我为基点,很难突然转移到我们俩人身上。每个礼拜,我们见面都是围着谈我的感受,我做了什么,思考了什么,还有学了什么。他随时都可以进入我的内心,那是我们交往的唯一原因。他可以挖掘我的想法,给我出主意,可是我不能打他的主意。

尝试一种更认真、更亲密的交往,或许会事与愿违。我要记得了解他的情况,记得不能让他知道我内心的一切。有些事情要有所保留,供自己体味、珍藏,不自觉地我会失去贴心人。我们越接近,他知道我的越少,我反倒越了解他。

随着一周一个小时面谈的深入,角色出现了逆转。伯顿先生除了学校四墙内的生活,谁会想到他在这之外的部分?他认识的人、他做过的事,我从不知晓。突然之间,这些事要让我知道,而我却拿不准要不要知道。一个向来无法跟什么人同床共枕的人,难免要逃避这一切,所以我定期会消失几天。

不是,代沟不是问题,这从来不是问题。年龄不是问题,是时机的错。新的交往,没有时钟滴答声的调节,没有长针规定谈话的结束时间。不行,那些象征虚拟的铃声不能救我。他可以随时接近我,我当然要逃。

爱与恨之间的界限很细微。爱放飞心灵,有时却被呼吸窒息。我像一头大象在走钢绳,优雅地保持平衡,头向恨那边晃动,心却被提到爱的一边。我摇摇晃晃地走着,有时摔了下去,有时我会很长时间爬不起来,但都不会太长。

永远不会。

我不需要人喜欢，不渴望别人的青睐，也不要别人的同情，从来两样都不要。当我那样，当我下了他的床，推开他的手，挂上电话，拉上他的房门，我也不知道为什么，我讨厌自己。但我就是那样。

我就是如此。

第三十五章

鲍比站在储藏室门口，揣着手，一脸生气的样子。

“什么？”我爬起来，站直了有六英尺一英寸。见我比他高，他底气也没那么足了。他垂着双手，抬头看我。“你不叫鲍比·斯坦利？”

“不叫了。这儿的其他人都管我叫鲍比·杜克。”他一副防备的样子，有些孩子气地指责道。

“鲍比·杜克？”我失望地揉揉脸，“什么？是西部牛仔电影里的角色吗？为什么？”

“不要管为什么，”他的脸红了，“我觉得，现在的问题是，只有你知道我的真名。怎么知道的？”

“鲍比，我认识你母亲。”我轻轻说，“没什么秘密，就这样简单。”过去几天，我听到了有关他的小秘密、大秘密，还有一些无害的小谎言。不管怎样，现在该结束这一切了。我只要见到自己一直在找的人，就把我知道的全都告诉他们，然后带他们“回家”。这是我的打算。就在我考虑这些的时候，我突然注意到鲍比完全静了下来，脸色微微泛白。

“鲍比？”我说。

他没说话，从门道后退了一点。

“鲍比，你还好吗？”我更轻声地问。

“还好。”他说，其实他的状态并不好。

“真的吗？”

“我……大概知道一点。”他轻声说。

“什么？”

“我应该知道，你认识我妈妈。不是因为今早我打开店门，你就叫我斯坦利先生来着，也不是因为排演回来的人说你知道很多，而是凭借我不断发现的你的东西，我就该知道了。”在他眼里，那些散落一地的东西，就像我流失的时光一样，“独自一人的时候，我就会找暗示，有时能把它们组织在一起，有时真的是那样。可是大多数时候，你区分不出哪些是真的，哪些是标记。我最相信这个。”

我笑了。“你跟你妈妈说的简直一模一样。”

他的下嘴唇稍稍一抖：“她好吗？”

“除了你的失踪，她挺好。”

“自从爸爸离开后，我就跟她相依为命。现在只剩她了。其实，我不愿她孤零零的。”

“她不孤单，鲍比。她还有你的叔叔、阿姨，还有祖父母。况且，她把凡是愿意聆听的人都带到家里，一页页翻着相册，看着你的家庭录像。我想，巴多利的每个人都看过你跟圣可文的决赛进球。”

他笑了。“其实那场比赛我们可以赢的，要不是……”他没再说下去。

我替他说完：“要不是吉拉德·菲茨威廉在下半场受了伤。”

他抬起头，看着我，眼睛亮亮的。“那是亚当·麦克贝的过错。”他不屑地说，摇着头。

“他其实不应该打中锋的。”我说道。他笑了，笑得很大声，像卡通剧里的人物。我在他家的录像里看了很多遍，他的家人也经常提到。这样高八度的滑稽的笑声立刻让我也咯咯直笑。

“哇，”他喘了口气，“你跟她很熟。”

“鲍比，你信吗？要知道这些，是不用同你妈妈很熟的。”

杰克坐在玛丽·斯坦利的家里，喝着咖啡，看着玛丽的儿子鲍比的家庭录像。

“看这儿。”她突然向前移了移，咖啡溢了出来，洒在了牛仔裤上。她猛地一退，苦着脸。杰克以为她被烫了，连忙上前帮忙。

“就是在这儿出问题的。”她生气地说。

杰克这才意识到，她是指电视，便又在沙发上坐好。

“看到他了吗？”她指着电视，咖啡又洒了出来。

“您当心。”杰克提醒着她。

“没事，”她摸摸腿，看都没看，“就是在这儿，出问题了。要不是那小子，我们会赢这场比赛的。”她又指着，“吉拉德·菲茨威廉在下半场受了伤。”

“原来是这样。”杰克说。他一边抿着咖啡，一边看着屏幕上上下跳动的比赛片段。录像拍得很不专业，大部分时间只能看到一片模糊的绿地，还有鲍比头部的特写。

“是亚当·麦克贝的过错。”她不屑地说，摇了摇头，“他其实不该打中锋的。”

鲍比带我上了一段旋转的小楼梯，楼上是他住的地方。我坐在起居室里的一张很气派的皮沙发上，他给我端来一杯橙汁和一个羊角面包，我贪婪的胃咕咕地谢谢他了。我猜想，这个沙发可能也是什么人丢的，说不定失主已经不耐烦地等了四五个礼拜。

“我还以为都要在食堂用餐呢。”我说，并抓起羊角面包吃了起来，满手都是碎末。

“跟你说，大厨师对我有点心软。她在东京的儿子跟我差不多大。她时不时会塞些东西给我，我会偶尔跟她开开玩笑，让她很生气，再做些她儿子也能做的事。”

“不错嘛。”我小声说，脸上尽是点心的碎末。

鲍比看着我，他盘中的食品却一动未动。

“啊？”我的嘴塞得满满的，他继续看着我，我强咽一口，“我脸上有东西吗？”我抹了一下脸。

“再对我多说些吧。”他说道，阴沉着脸。

我贪婪地看着剩下的食物，真想先吃完。但看到鲍比的样子，我知道这得感谢他的母亲，于是赶紧说。

"还想知道你妈妈的情况吗?"我就着橙汁,把碎屑冲了下去。

"不是,我想了解你的情况。"他好好地坐在沙发上。可就在我张大嘴看他时,他突然坐立不安。

"我听说你开了一家演艺社。你是通过演艺社结识我妈妈的吗?"

"不是,真的不是。"

"不会吧。"

"你什么意思?"

"你没开演艺社,是吧?你看上去不像那档子人。"

我微张着嘴巴,感觉很怪,像被冒犯了。"怎么了,开演艺社的通常是哪类人呢?"

"不像你。"他笑了,"你到底是做什么的?"

"搞搜查,"我也笑了,"到处找人。"

"找天才吗?"

"就是找人。"

"是找有才能的人吗?"

"我找的人都有某一类型的才能,却拿不定你有什么才能。"看着鲍比稀里糊涂的样子,我也不再说冷幽默,好取得他的信任,我对他说,"鲍比,我开了一家寻人社。"

一开始,他蒙了,半天才缓过神来,浅浅一笑,慢慢又咧着嘴大笑,嘴越张越大,简直狂笑起来。这是我听过的最过瘾、最滑稽的笑声,于是我也跟着笑起来。

他突然停下了。"你到这儿是带我们回家还是就是来玩的?"

我看着他眼巴巴的表情,立刻很难过:"都不是。不幸的是,我也陷在这儿了。"

在生活中最糟糕的时刻,有两件事可以做:一是精神崩溃,绝望,寻死觅活,被拳打脚踢得趴在地上;二是哈哈大笑。我和鲍比选了后者。

"好吧,在这儿,是要这样做。千万不要对其他人讲。"鲍比说。

"不会,除了艾伦娜和约瑟夫,没有其他人知道。"

"很好,我信得过他俩。演戏的主意是艾伦娜出的吗?"

我点点头。

"聪明。"他说,"桑迪,你真要当心,今早食堂里有人在说这事。"

"难道食堂里不准说话吗?"我调侃道,把剩下的面包塞进嘴里。

"好了,当真点。大家都在谈你。排演的演员肯定会把你的话告诉这儿的家人和朋友,这些人又转而告诉其他一些人,所以大家都在传。"

"他们就是知道,真会很糟吗?我的意思是说,如果大家全都知道我过去是专门找人的,能有什么害处呢?"

鲍比睁大眼睛:"你疯了吗?绝大多数人已经在这儿定居了,即使你给他们钱,也不会回到原来的生活中去。不仅仅因为钱在这儿完全没用,还因为有些人,就像我刚来时那个样子,这些人没适应这里的环境,还在寻找往外的路。如果你不守口如瓶,到时候这些人会成天缠着你。"

"艾伦娜跟你说的一样。出过这种事吗?"

"天哪,这种事怎么没出过?当然,情况不完全一样。"他挥挥手,举止没那么夸张,"几年前,我刚来,有个老家伙就说不断有东西丢掉。依我看,不是东西,而是他的魂丢了。这话很快传开了,无论他到哪儿,都有人跟着,连上个厕所都有人跟着。他到食堂,大家就拥向餐桌,还跟他到商店,甚至在他家门外等着。这些人简直疯了。最后他的工作也做不成了,终日被一大群人围着。"

"他是干吗的?"

"邮递员。"

"邮递员?在这儿吗?"我歪着头问。

"这有什么好奇怪?我们这儿最需要邮递员了。大伙需要把信件、消息、包裹传给周围村子里的人。虽然有电话、电视,还有计算机,但没有联网,所以都是空架子,动都不能动。就这样,总是有那么一大群人跟着,他再也不能骑车进村了。人们渐渐精疲力竭,而跟他的人还以为他会神奇地找到出去的路。"

"后来呢?"我问,急忙朝前坐了坐。

"他疯了,比过去还厉害。他一个人哪儿都不能去了。"

"现在他在哪?"

"谁知道呢。"鲍比突然很厌倦,"他消失了,或许隔几个镇子住着。约瑟夫应该知道,他俩很要好。你该问他。"

我一阵寒战,禁不住发抖。

"你冷吗?"鲍比问道,有些不信,"我觉得上面一直很热,简直在流汗

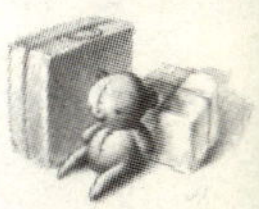

了。”他收拾起我俩的杯子和盘子。

或许他在装酷,但我看出来了。我从眼角望过去,只见他走出房间,长长地望了我一眼。他想看看那颗种子埋下没有。不用担心,埋下去了。

第三十六章

“走吧，我们边走边聊。”鲍比说着站起身来，把我也拉了起来。

“我们去哪儿？”

“当然是去排练场。现在最要紧的是，这只演出的云雀你可要看好了。不管你注意不注意，大家都会关注你。”

我又一阵寒战，抖了一下。到了楼下，鲍比把衣服扔给我。

“你要干什么？”

“如果你要扮成水手辛巴的样子，大伙会更把你当回事。”他递给我一条灰色条纹的裤子和一件蓝色上衣。

“这些尺码倒是对的。”我说，看着标签，有些惊讶。

“当然，不过我忘了你的腿很长。”他咬咬嘴唇，打量着我的腿。

“唉，这是我致命的痛。”我眼睛一转，把裤子递了回去。

“没问题，有合适的。”他跑向铺子的那头，“这条杆子上的，全是长腿人穿的。”看着他挂满衣服的衣架，我就像一个小孩进了糖果店，从来没享受过这样的奢华。

“天哪，真要待在这儿，或许会开心的。”我摸着一件件衣服。

“接着。”他递给我一条跟刚才一样的裤子，不过要长些，“快穿上。我们不要迟到了。”

我俩走到外面明晃晃的太阳下。刚从阴暗发霉的胡桃木楼里出来，我的眼睛有些发痛。外面，大家正忙着做买卖，很热闹。不同语言（有些我听都没听说）的吆喝声、讨价还价声、笑声、招呼声此起彼伏。鲍比把店锁了，四个妇女转过身来，看着我们。我穿着新衣，站在门廊上，像在表演，她们在一起窃窃私语。

“就是她……”我听到一声，声音不小，难道她以为我听不到吗？她们相互推让，结果那个说话的女子给推了出来，急匆匆向我们走来。

“嗨！”她挡住我们下台阶的脚步。

鲍比拉我绕过她，但她往左一跳，挡住我们。

“你好！”她又说了一声，看着我，不管鲍比。

“你好！”我答道，那伙人正在看我。

“我叫克里斯汀·泰勒，明白吗？”

我纳闷，这算一个问题吗？

“嗨，克里斯汀。”

接着，是一阵沉默。

“我叫桑迪。”我想进一步与她沟通。

她眯着眼，巡视着我的脸，像是寻求我的认可。

“需要我帮你什么吗？”我客气地问。

“我到这儿两年半了？”她又问了。

“哦，这样。是……”我朝鲍比看着，他抬眼望着天，我回答道，“嗯，有一段时间了。”

她还是仔细地看着我：“我过去住在都柏林。”

“是吗？都柏林是个不错的城市。”

“我有三个兄弟和一个姐妹。”她想刷新我的记忆，说道，“安德鲁·泰勒、”眼睛像要在我脸上搜出点什么，“马丁·泰勒、”沉默，“格文·泰勒，”仍沉默，“我姐妹叫罗馨·泰勒，”她还在搜寻，“她是博芒特医院的护士。”

“我明白了……”

“你知道他们中的一个吗？”她满怀希望地问。

“不，对不起，我不知道。”我真的不知道，“不过，很高兴见到你。”我们要走了，她突然抓住我的胳膊。“喂，干吗？”我叫了起来，想甩掉她的手，她抓得更紧。

“好了，放开她。”鲍比走过来。

“你知道他们，对吧？”她朝我靠近。

“不知道！”我说着，往后退，她把我的胳膊抓得很紧。

“我的爸爸妈妈是查尔斯和桑德拉·泰勒，”她的语速更快，“你可能也认识他们，只要告诉我……”

“放开我！”我用劲把胳膊拽了出来，周围的人群静了下来，转过头看着我们。

那个女人不再说了，转向她的好友，她们望着我。

“对不起，但是我们要排练，已经迟了，必须走了。”鲍比拉着我酸痛的胳膊走了。我给震住了，于是让他拉着我，连走带跑地穿过人群，那些眼睛就像刻到我的脑髓里面了。

终于到了社区会堂，门口排着一条小队。

“桑迪！”有个人喊了出来，“就是她，桑迪！”其他人也叫了起来，把我团团围住。我觉得鲍比又用力拉我，把我往后拖，社区会堂的门啪地在我背后关上了。整个剧组围坐在一起，全转过来望着我和鲍比。他上气不接下气，我俩都紧靠着门站着。

“什么？”我喘不过气来，声音在大厅里回荡，“这就是那个该死的魔幻世界吗？”

看到我，艾伦娜吓了一跳，赶忙念起台词：“多萝西掉到奥兹国时这样说道‘谢谢你，桑迪。’同大家分享第一句台词。”接着她体谅地点点头，“这是给古老的故事一个现代的意外转折，”艾伦娜解释道，“‘谢谢你，桑迪’，你看，多么富有戏剧性。”

鲍比一年级的学校表演结束了，玛丽终于按下停止键，把录像带倒出来。看了两个小时，杰克都想把它给烧了。他一口气喝下剩的冷咖啡，免得睡着了。

“玛丽，我今晚真的要回利默里克。”他看看手表说道。陪她这么长时间，还没提到桑迪。他感觉，先是自己被打断了，被带入玛丽的生活，然后才能谈其他事情。在客厅里，四周堆着相框：新生儿的小鲍比，蹒跚学步的鲍比，第一次骑自行车的鲍比，第一天上学的鲍比，领圣餐、施坚信礼和装饰圣诞树的鲍比，还有暑假跳进游泳池被定格的鲍比。从光光的脑袋，到淡黄色、再到褐黄色的秀发；从没牙，到换牙，再到长出齐刷刷坚硬的牙齿。房间里没有钟表，仿佛从最后一张鲍比十六岁生日和妈妈的合照起，时间就凝固了，不再滴滴答答，时间印刻在每张照片上。

三十八岁的玛丽，住在她的义卖店楼上的公寓里。铺子里有衣服、鞋子、书籍、小玩意儿、家庭装饰品，还有其他能想到的东西。二三手的衣服、被很多人翻过的图书、早都不用的古老玩具，散发着一股子霉味。上面就是玛丽和鲍比相依为命十六载的空间。

玛丽站了起来，问："再来些咖啡？"

"好的。"杰克跟她到了厨房，那边墙上的照片更多，在窗台上排成一条线，"那些我打过电话的人会来开会吗？"

杰克一直盼着弄个小聚会。

"这么急的通知，他们可能赶不回来。彼得同两个孩子住在多内加尔，克拉拉和吉姆住在科克。不过，他们最近离婚了，也不大可能一块来。真让人伤心，他们的女儿敖拉已经失踪六年了，这可能也是他们分开的原因。"她又倒些咖啡，"像这样的事情，生活中大的变故会有磁铁般的效应。它们要么把人分开，要么把他们带到一块来。不幸的是，他们遇到了前者。"

杰克马上想到格罗娅，豆诺的失踪也有不良的磁化效应，令他俩相互厌倦。

"不过，一遇到具体的事情，需要他们时，大家都会赶来帮忙。这一点我毫不怀疑。"

"这些人，桑迪都帮过吗？"

"杰克，桑迪还在帮大家。她还没走，她是个特洛伊战士。我知道，你还没看到行动中的她，但她每个礼拜都会跟我们联系。即使这么多年过去了，她每周都会打电话，告诉大家有没有什么进展。当然，大部分时候，尤其是最近，打电话就是问候大家。"

"这个礼拜有没有接到她的电话？"

"没有。"

"那这反常吗？"

"不完全反常。"

“有些人跟我说,她会时不时地消失,失去联系,这没什么反常。”

“她一直这样,但她会从藏身的地方打来电话。如果桑迪一直坚持什么,那就是工作。”

“听上去,那是唯一的。”

“是呀,如果是真的,我不会吃惊。”玛丽点点头,“桑迪过去是,现在也是,”她纠正道,“很少泄露什么。她很忠于职守,不谈自己,也很少提及家庭或者朋友。我认识她三年了,一次也没听她提过。”

“我想她可能没有。”杰克说道,靠着餐桌,又端了一杯咖啡。

“可是,她有我们。”玛丽接着说,“你跟特纳警官没有任何进展吗?”

杰克摇摇头:“我今天跟他说了。如果亲戚朋友都说是正常的举动,他也无能为力。桑迪对她和别人都不是威胁,所以失踪也没什么好怀疑的。”

“车子扔在荒郊野外,她人没了,东西都在里面,这没什么可怀疑的?”玛丽吃惊地问。

“如果她总是这样,也没什么。”

“那你找到的手表呢?”

“表链断了,可见她经常弄掉。”

玛丽叹了口气,摇摇头说:“可怜的女孩会因为先前古怪的行为而受到惩罚。”

“我想跟她父母谈谈,看看他们的想法。我很难搞懂,五天没有音讯了,家里人却没什么担心。”杰克心里明白,这完全可能。他跟豆诺并不是特别亲近,甚至在豆诺失踪这件事上,家里其他人也没有。除了茱蒂,他们好几个礼拜都不怎么联系,还是他妈妈事后三天才报警。

“你要的话,她有他们的地址。”玛丽起身离开餐桌,在橱柜里翻将起来,“有次很意外,桑迪叫我寄些东西到她那儿去。”她在里面翻着,说话的声音沙哑,“我猜可能是她在家过圣诞节时跟家里人闹僵了,急切地要找些活来做,以求解脱。”她笑了,“可是圣诞节不就那么回事嘛。来,给你。”她的头终于钻了出来。

“我不能不打招呼就上门。”杰克说。

“为什么不呢?大不了他们不睬我们,但值得一试。”她把里特林的地址递给他,“你如果愿意,今晚就别走。现在去里特林,再去利默里克,太晚了。”

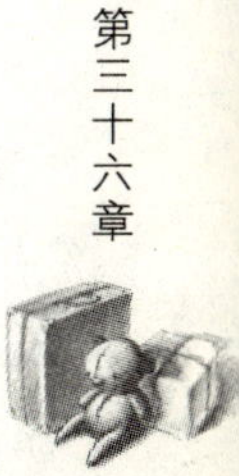

“好的，谢谢。与桑迪明天还有一个面谈，我想在都柏林多待一会，看她来不来。”杰克笑了，看着小鲍比在万圣节扮成恐龙的样子，问玛丽，“现在轻松些了吗？”

玛丽长叹一声：“现在或许没那么难受，但从没轻松过。不管是醒来还是睡着，他无时无刻不在我的脑海中。开始的心痛还没消失，仿佛蒸发到四周的空气中，环绕着我，趁我最不留意时，哗地倒了下来。心不痛时，愤怒就取而代之。怒气蒸发了，孤独就溜进来。情感像一个无休止的轮回，这个刚消失，那个就登场。不过儿子们是体会不到的。”她苦笑一下，“我过去对生活的奥秘很感兴趣，虚幻的、未知的东西，这些是人生旅途中不可或缺的，”她伤感地笑笑，“不过我再提不起兴趣了。”

杰克点点头，两人都陷入沉思。

“不管怎样，也不是走投无路。”玛丽振作了一下，“但愿桑迪这次跟往常一样，能明早回家。”

“最好还能带着鲍比和豆诺。”杰克补充道。

“是呀，希望如此。”玛丽举起杯子，与杰克的杯子碰了一下。

第三十七章

当天晚上，杰克睡在鲍比箱子式的卧室里。卧室四周贴满了跑车和半裸美女的招贴画，天花板上粘着小星星和航天飞船，夜里也能发光，不过现在和鲍比一样，只能发出微弱的光。过去贴在门上的招贴画和褪色的墙纸也掉了，画上的男子汉没了宝剑，鲍比·杜克少了牛仔帽，达斯·韦德[1]掉了头盔；海军蓝的羽绒被上排列着环绕地球的太阳系，每个星球的位置一目了然，除了被鲍比压着的地球。

书桌上堆着高高的CD碟片，还有放碟机、扬声电话机以及关于汽车、美女的杂志。角落里有些学校的课本，它们的地位就没那么重要了。书桌上方的架子上，挤满了CD、DVD碟片，以及杂志和足球赛的奖牌和奖杯。杰克猜想，自从鲍比永远离开这个房间起，这个房间就没再动过。杰克尽可能少碰东西，踮着脚尖走过地毯，不想留下什么痕迹。屋里的一切都是那么珍贵，这是活生生的一座博物馆。

透过汽车和裸体美模招贴画的缝隙，可以看到“托马斯机车”的墙纸。

---

① 达斯·韦德是《星球大战》系列电影中的重要人物之一。——译者注

童年就在下面,同少年时代隔了薄薄一层纸。这个房间的主人告别了童年,刚步上人生的发现之旅,正在少年的纯真和成人的醒悟之间徘徊。

杰克觉得又像回到童年,回到了一段静止不动的时光。门牌上写着:"鲍比的房间:不许进来!"房门紧闭,里面的一切宝贝都曾被锁了起来,像是装在保险箱里。杰克想,鲍比是生活在其他地方吗?他还是原来那样吗?是玛丽想保持的样子吗?他人生的旅途结束了吗?他会永远这样,既非男孩也非男人,处在夹层之中,既没实现什么,也没完成什么吗?

他不愿对豆诺的失踪放手不管,伯顿大夫说,他不过是用一个寻找,替代另一个没有结果的寻找。从理论上说,或许是这样,但他决心坚定,不是没有能力继续下去。他可不像玛丽,绝不能这样想。玛丽靠回忆活着,情系于一个早已消逝的时刻中。他把天鹅绒被蒙到头上,躲开屋顶的星星和头上的银河。事实上,他找桑迪不见得就能找到豆诺,但心头的某种念想让他不能停下。

明天就是星期五,桑迪如果再不现身,前后就消失六天了。他需要马上决定,是往后撤,打开生命的闸门放走停滞的时间和记忆,继续下去,追回丢失的一切,还是开足马力追查下去,虽然这样奇怪而又反常。他想到了家里的格罗娅,想到了他们的感情、生活和未来的虚无。他拿定主意,要像这个房间的主人鲍比一样,开始踏上探索之旅。他听到玛丽关上电视,拔掉厨房用具的插头。灯光突然从窗帘的小孔钻到房里,在红色法拉利的招贴画上投下一小束灯光。杰克知道那是门廊的灯光,他很快被一种奇妙的安静气氛所笼罩,他端详着墙上的灯光,不知不觉睡着了。

第二天早上,8 点 45 分,手机的铃声把他叫醒了。

"喂?"他咕哝道,眼睛看着四周,像是回到了少年时代,像在妈妈的房子里醒来。妈妈……他心中一阵孤独。

"见鬼,你在干什么?"姐姐茱蒂生气地问,后面传来小孩的哭闹声和狗的叫声。

他叹了口气:"我才醒。"

"是吗?"她冷冷地问,"旁边是谁呀?"

杰克往右一转,看到一个差不多只穿牛仔帽和靴子的金发美女。"来自得克萨斯州休斯敦的堪迪,喜欢骑马,自制柠檬水,还有遛她的查尔斯狗。"

“什么？”她尖叫起来，小孩哭得更凶了。

杰克笑起来：“放松，茱蒂。我在一个十六岁男孩的箱子式卧室里，用不着担心。”

“你说什么？”他听到了枪响声。

“詹姆斯，把电视调小声点！！”

“哦，天哪！”杰克移开电话。

“怎么了，几百里外的响声吓住你了吗？”她愤怒地说。

“茱蒂，你今天怎么这样心焦气躁？”

她叹了口气：“我以为你到都柏林是去看大夫。”

“没错，不过回家之前，我得四处打听一下。”

“还在找那个寻人社的女人吗？”

“没错，是桑迪·肖特。”

“杰克，你要干什么？”她轻轻地问。

他头靠在墙上的贴画上面，说道：“我在修复自己的生活。”

“是要先把它撕碎吗？”

“还记得我们每年圣诞节会一起玩矮胖子的拼图游戏吗？”

“亲爱的，他疯了。”茱蒂唱了起来。

“别起哄。你记得吗？”

“我哪里能忘？第一年一直到 3 月份才完成，因为克欧神父突然来访，妈妈慌慌张张地清理餐桌，于是把它收了起来。”

他俩都笑了。

“克欧神父离开后，爸爸进来帮我们重新开始，记得吗？他教我们先是全部分开，然后面朝上，接着才拼起来。”

“然后他们说‘国王所有的马匹和国王所有的士兵’，”她叹了口气，“所以你把生活的碎片都搜集起来。”

“一点没错。”

“我的哲学家小弟，那你跑到酒吧里，讲那些下流的笑话，这算哪档子事呢？”

他笑了：“但那些童年的点滴我没忘。”

茱蒂突然严肃了：“你的经历和你的事情，我都能理解。可是你为啥要自己单干，不告诉其他人呢？这个周末有节庆活动，你能不能至少回家一

趟？今晚我跟威利和孩子们要出去，会有户外乐队的演奏，还有小孩子的比赛，星期天晚上跟往常一样，有烟火表演。你过去可没漏掉过。”

“我尽量赶来。”杰克没说实话。

“我不知道格罗娅怎么那样有耐心。你一直这样，她倒能沉住气。你肯定在考验她，难道要故意把她气走吗？”

杰克又要辩白了，不过没说出来，想变个说法，又没词儿。“我不知道，”他叹口气，“大概是，不知道。”

“早上好！”玛丽唱着歌，敲了敲门。

“请进。”杰克大声说，把睡衣裹在身上。

门把手往下压，传来咔嘟嘟的声音。玛丽推开门，端着早餐盘进来。

“哇！”杰克叫道，贪婪地看着早点。

玛丽把餐盘放在书桌上，但那些杂志和碟片动都没动，情愿让它摇摇晃晃地放在桌子边上。什么都不要碰。杰克有些惊讶，她居然让他睡在床上。

“多谢，玛丽。这些可真棒。”

“你太客气。时不时地我会允许鲍比在床上用早餐。”她看看四周，搓着手，“睡得还好吗？”

“是的，谢谢。”他客气地答道。

“不是吧。”玛丽说，往门那边走，“鲍比失踪后，我没哪个晚上能睡好。我打赌你也一样。”

杰克笑笑，很庆幸自己不是唯一的失眠者。

“我要开店营业了，你不要急，我给你留了一块毛巾在浴室。”她笑笑，又深情地看了看房间，走了出去。

杰克很高兴。在把桑迪的日记本交还给伯顿大夫之前，他把她未来的约见都记录下来。今天是“基督教青年会，奥吉尔街，中午 12 点，四号房间”。她没提是什么场合，不过他注意到她参加过，做过笔录，一个月一次。他打定主意，不提前打电话，而是直接去。

他没考虑到都柏林糟糕的交通，12 点过了 10 分他才走进大楼。他靠着书桌，左右张望，喊了一声，可没用。他面前有很多门，布告栏上贴满了广告，有健身课程的、招保姆的、电脑课程的、心理咨询的和招募工人的。他在想，四号门后该有什么呢？想必又是心理咨询。但不管是什么，只要不是健身课就好。他希望是教电脑课程的，学电脑还行。他轻轻敲了门，看看有没有什么标志，他更希望桑迪在里面。

门开了，一位和蔼的女士开了门。

“你好！”她笑着说，声音很小。

“不好意思，打扰了。”杰克小声说道。不管门后是什么，肯定很安静。瑜伽，他希望不是瑜伽。

“没关系。不管什么时间，都欢迎加入。你要加入吗？”

“嗯，行……其实我是来找桑迪·肖特。”

“啊，我明白了。她向你推荐的吗？”

“是的。”他用力地点点头。

她把门打开了些，一圈子人转过身来望着。没有垫子，他松了口气，不是瑜伽。他心跳得厉害，一边找着桑迪，一边想她会不会认出他。如果她正看着他，能认出他吗？他如果找到她，她是会生气地躲起来，还是会感谢他，有些欣慰，好歹有人发现她不见了？

“欢迎你，请过来坐。”这位女士伸出手臂，指向圆圈。有人从小屋的那边取下一把椅子，拿了过来。杰克走过去，想看有没有桑迪。随着他的走近，圆圈放大了，就像一把伞慢慢撑开。他有些恐惧，惊慌地坐了下来。桑迪真不在这儿。

“你看到了，很遗憾，桑迪今天没跟我们在一起。”

“是的，我看到了。”他用力咬着牙根，嗓子一阵疼痛。

“我是特瑞西。”那位女士微笑着说。

“你好，”杰克紧张地咳了一声，众人都望着他，打量他、观察他，分析他尴尬的一举一动，“我是杰克。”

“你好，杰克。”他们异口同声地答道。

他停下来，张大眼睛，催眠似的声调让他很吃惊。很长的沉默，他在座位上不安地晃动着，完全不知道来这儿干什么。

“杰克，这一次别人先讲，你愿不愿意下次说说你的故事？”

“我的故事？”他看着其他人，有些人腿上放着笔记本和钢笔，房间一边的白板上写着“书面作业”，上面还画了圈，里面有“情感”、“思想”、“关注”、“创意”、“语言”、“表达”，“语气”，还有其他，他不能全部记下，最后断定这极可能是一个教创作的课程。

“可以，”他松了口气，“我想先听大家发言。”

“好的，理查德，你能开始说说这个月怎么过的吗？”

“喂，这个也许有用。”杰克身旁的女子悄悄说，同时递过来一个小册子。

“谢谢。”他放在腿上，想等理查德说完故事再翻一翻。理查德的故事很荒谬，说的是一个让人望而生厌的家伙，总担心自己过于冲动，情感用事。他嗡嗡地说着，很痛苦、很可怜的样子，像是在背诵一个同样可怜兮兮的男人，因为担心别人的安全，到了不敢自己开车的地步，生怕自己开车会撞到别人的故事。杰克会时不时摇摇头，大笑一声，觉得这有点像黑色喜剧。不过看到所有人都怪怪地看他，他很快就不敢了。

几分钟就像过了几个小时，理查德嗡嗡的声音还回荡在房间里，每个词听一次都很烦了，却要在耳边响两下。故事越来越压抑了，主人公的行为让他失去了妻儿，杰克最后听腻了，便翻开压在他湿冷的手下的小册子。

他聚精会神地看着薄册子光鲜的封面，放松的身体又僵硬起来。数秒之间，脖子冒出一阵火辣辣的气浪，直蹿到他赤黄色的头发上。封面上赫然在目的是：“欢迎加入依赖性强迫症无名患者协会”。

杰克静静听完余下的故事，尴尬地坐在那儿，为自己刚才的举动感到愧疚。时间到了，他低着头，想顺着人群溜出房间。

“杰克！”特瑞西大叫一声，他僵住了，看着大伙一个个走出去。他们像要离开安全之网，独自一人向世界和怪兽挑战。伯顿大夫怒气冲冲地等在外面，抱着双手。杰克不想见他，便后退了几步，朝特瑞西走去。

特瑞西正要追上来，伸出手要与他握手。“谢谢你今天来，”她笑了笑，“你知道，来这儿是治愈的第一步。这是一段崎岖的旅程，会很难，但请记住，在这儿大家都会帮你的。”杰克听到伯顿大夫冷冷的笑，“我们先前提到的十二个步骤，是由‘无名酗酒者协会’发起的，我们‘依赖性强迫症患者协会’做了修改，很有效的，的确能削减甚至完全消除偏执、虚妄的念头，所以下次一定要来。”特瑞西拍拍他的肩膀，做出鼓励的样子。

“谢谢。”他难堪地清清喉咙，觉得自己口是心非。

“你跟桑迪熟吗？”她问。

他退缩了一下，不希望当着伯顿先生的面谈这个问题。“有点熟。”他难受地咳了一下。

“如果见到她，告诉她要回来。她过去很少不来的。”

杰克又点点头，这话伯顿先生能听见，他心中暗自高兴。“我会尽力而为。”

“听到了吧？”特瑞西一走远，他就对伯顿大夫说，“她说桑迪很少不来的，她去哪儿了？”

第三十八章

我每个月都去参加“强迫症无名患者会议”，只为了能跟格里高利待在一起。

“桑迪！”格里高利叫我，我正在他屋子的楼下。凌晨 2 点 10 分，我半裸着身子，翻着前夜背的挎包。一般我进门时，会先把包放在门口。

“桑迪！”他又叫一声。

他砰地下床，穿过卧室，头顶上的地板发出吱吱嘎嘎的声响。我心跳加速，感觉格里高利走了过来。我发疯似的找，把挎包翻倒过来，东西扔了一地。我捡起来一些，又扔开，抖开每件衣服，翻转每个口袋，把衣服平摊在地板上，用手摸遍每个细小的角落，想摸出下面的硬块。

“你在干什么？”他突然站在我后面，我猛地站了起来。我的心怦怦直跳，像被逮个正着的小偷、骗局被揭穿的骗子，肾上腺素直往上蹿。他让我觉得做错了什么，真讨厌。如果其他人也是这样的表情，我早就躲开了。可奇怪的是，换作他，我却没走。当然不完全是这样，我也离开他好几次了。

房间里充满了剃须爽肤水的味道，这是一起过圣诞节时我给他买的，有六个年头了。我没有回答,把海军蓝的警服铺在地毯上,一点点摸着,看有没有地方鼓了起来。

“喂,”他高声叫道,“我在叫你。”

“没听到。”我回答。

“你在干吗?”

“你看呢?”我很平静,一点点摸着海军蓝尼龙裤子的裤腿。

“你像是在给衣服做深层按摩。”他走近一些,在我前面的沙发上坐下,裹着这个圣诞节我给他买的睡袍,穿着去年圣诞节买的彩色格呢的拖鞋。“我很吃醋。”他小声说,看着我把口袋理顺。

“我在找牙刷。”我解释道,把化妆包也倒了出来。

“这样啊。”他看着我,静静地坐在那儿,看得我很不舒服。他双眼暗含指责,仿佛我在地板上吸毒,而不是仅仅在找东西。几分钟后,我一无所获。

“你知道楼上的浴室里有一把牙刷吗?”

“我今天买了新的。”

“旧的不行吗?”

“毛太软了。”

“我以为你喜欢软毛呢。”他摸摸浓密的小胡子。

我冲他笑了笑。

他又看了一会。

“我去倒杯茶,你要吗?”他跟我父母一样,假装轻松的样子,好像一切都很正常,让我不要因掉了东西而产生负面情绪,不要紧张。可现在我长大了,从格里高利身上,我知道他不是为我放松气氛,而是为他自己。我不找了,看他在相连的厨房里转悠,像是每天凌晨2点都会倒两杯茶一样。我半裸地坐在地毯上,为了一把牙刷倒空了包,其实牙刷就在楼上的杯架上。他像在玩过家家,假装自己的女友完全正常,没有任何问题。我看着他假装的样子,笑了,原来我从未觉察到他的这个缺点,就爱上了他。

“可能掉在车外了。”我说,更是对自己说。

“桑迪,外面在下雨。你不会要出去吧?”

何必问呢?他知道答案,但他还在做戏。他正在想,自己永远忠诚的全职女友要冲到潮湿的夜里去找什么东西。这多么特别呀,怪得好可怕,傻得多迷人,多好玩呀。

我看看客厅，想找条毯子或者外套披上。什么都没有。这种时候，虽然我表面平静，可内心却怒吼着、叫喊着，到处看着，巴不得要走、走、走。我想跑上楼去抓件什么衣服，但嫌太远，会耽误珍贵的几分钟。我看着格里高利，他正把开水倒进我上个圣诞节买的一个咖啡杯里。他显然觉察到我绝望的眼神，我默默盼他伸出援手。

“好吧，好吧，”他举手投降，“给你睡袍。”

我其实没想到他的睡袍。

“谢谢。”我站了起来，朝餐厅走去。

他解开腰带，无所谓地脱下来，递给我。他站在那儿，身上只有花呢拖鞋和他四十岁生日时我送他的一条银链。我笑了，接过来。可是他没有松手，紧紧地抓着袍子。他突然严肃起来。

“桑迪，不要出去。”

“格里高利，不要这样。”我咕哝着，拽着睡袍。我不想再争论下去，不想把一样的事情再过一遍，其实除了在主要问题上相互羞辱，绕着圈儿吵，什么都没解决，最后是无谓的道歉。

他苦着脸说：“*求*你了，桑迪，我们去睡觉吧，我只能睡四个小时了。”

我没再拽睡袍，看着他，光溜溜地站在我的面前，脸上反倒清楚些。不管是他的表情，还是他看我的样子，还是他求我不要离开的样子，都像在说两人在一起比什么都重要，内心就不再那么翻腾了。

我松开袍子。“好吧！”我不再倔犟，“好吧！”我又说了一遍，更像对自己说，“我去睡了。”

格里高利有些吃惊，松了一口气，还有点不明白。不过他既没勉强，也没多问。他想留住那一刻，不想让那个梦想毁于一旦，不想让我再溜走。他搀着我的手上了楼梯，衣服和化妆包丢在地板上，撇开不管。我第一次没有扭头就跑，而是回过头来。这可能是格里高利带着我的缘故。

在床上，我头枕着他温暖的、起伏的胸膛，脸颊触摸着他的心跳和呼吸，沉浸在爱抚和安宁中，还有什么比这样的生活更完美、更精彩呢？睡觉前，他轻声说要记住这种感觉。我以为他是指我们在一起。可夜色慢慢溜走，我心里的小疙瘩还是没解开，才感觉他要让我记住的是出走的决定和原因，把它珍藏于心，每当那个念想一抬头，就能重温记忆中的这一刻。

当晚我辗转不宁。我到楼下只是想整理一下东西，然后在收拾的时候，我只是要到潮湿的户外去找我的车，但是没有找到。就这样，在格里高利的怀里，在格里高利的床上，我忘了他让我牢记于心的感情。

那天早晨，他醒来，独自一人摸着床，手搭在冷冷的被单上。一想到他会怎么想，我内心一阵酸痛。在他还躺在床上，做着同床共枕的梦时，我却跑回冰冷的卧室，这才发现牙刷就在桌上，包装都没拿掉。这次我没有丝毫的慰藉，内心更加没有着落。我跟格里高利在一起时，找到的越多，内心就越失落。离开了我爱的也爱我的男人，离开了他温暖的床，凌晨 5 点我独自躺在床上。就这样，从此他不会再接我的电话。就这样，一个花了十三年了解我所有一切的男人终于放弃了，什么都不想再知道了。

有一阵子，我也不理他，假装对无所谓的人的一大串无所谓的事非常关心，而对具体人的具体事无所谓，直到自己倍感孤独、疲惫和酸楚。那天早上，我对自己说，一定不要丢开那个瞬间，要记住自己怎样傻乎乎地抛开温暖，独自走在寒冷和可笑的孤寂当中，却什么都没得到。

他提出重新接受我的一个条件，就是要我承认问题的存在，参加每月一次的“依赖性强迫症无名患者协会”的聚会。在这里，首先要知道，只能做你自己，而不是其他人。从一开始，这就是一个谎言。每参加一次聚会，就能与格里高利再待一个月。格里高利越发开心，对我的进步很满意，他设计了十二步来让我康复。他又在自欺欺人，那里的每个人都看得出我的行为没有任何变化。我明白，我跟班上其他人不一样。有些人要擦洗好几个小时，都要擦出血来，才肯晚上睡觉，早晨上班。有些女人用刀片在手臂上切出小口子，还有些男人会把路上的各色各样的小东西先摸一下，做个统计，再整理好，末了还要收集、储存起来。格里高利把我看成是他们的同类，真够荒谬的。我可不像他们，我的奉献与痴迷夹杂在一起，但是有区别，我不一样。

我年复一年地参加聚会，但二十一岁的我没变，那个女孩每个礼拜坐在伯顿大夫办公楼对面的水泥台阶上，胳膊肘子撑在膝盖上，双手托着下巴，看着匆忙的世界，等着穿过马路。

每一次，格里高利都会穿过马路，站在我的身边。我这才发现，我从来没在半中间碰到他，从未谢过他。

但现在我要说对不起。在*这儿*，我一天喊上一千遍，可他听不见。我说“谢谢”、“对不起”，我的嘶喊声穿过深林，越过高山，我的爱浸透湖水，我的亲吻在风中飘荡，这些他能感觉得到吗？

我每个月都去参加“强迫症无名患者聚会”，如果我想那个月跟格里高利待在一起。

可这个月我没去。

第三十九章

结束了下午在社区会堂的排练，我、艾伦娜、约瑟夫和鲍比围坐在他家的松木桌子旁。小婉达坐在我对面，头只比桌面高那么一点，露出乱糟糟的黑色发卷。她模仿我坐的样子，相当费力地紧扣双手。约瑟夫刚刚宣布，委员会明晚会召开一个会议，事由只有坐在桌边的人清楚。他这样一说，大家都静悄悄的，像是大难临头的样子。

不知道为什么，我总觉得这个地方每天的运转很滑稽。无论他们的世界和问题有多重要，我很难把它当回事。看着他们急得面面相觑，我偷偷捂着嘴笑，完全置身事外。我觉得无论有什么事，也是出在他们身上，而不是我身上。他们的问题似乎跟我无关，因为我是局外人，出于自愿，而且会尽量保持这个立场，尽量避免在*这儿*定居的残酷现实。现实似乎没什么选择，所以我坐在桌旁，觉得待在这儿只是短暂的，没必要关心影响他们世界的事情。这是他们的世界，而不是我的。还没人说话，所以我想打破这肃穆的气氛。

“那么有什么大不了的问题，需要召开会议？”

“是你。”婉达还挺得意的。她晃着小肩膀，双腿也在桌底下晃来晃去。

我一阵冷战，没睬她。小孩子听大人谈话还不安静些，我有些生气。不经意间，她把我从舒服的局外抓了回来，我好像从黑绵羊变成了一头小猪，成了对峙的焦点。我望着桌边的一张张脸，他们还在担心地打量，什么都没说。唯一正眼看我的还是婉达。

"你为什么这样说？"我见没人纠正这个五岁的孩子，就问她。这是大家的共识，还是小孩的胡言乱语？真希望是后者。

"从我们离开社区会堂到这儿，一路上大伙看你的样子就知道了。"

"够了，亲爱的。"艾伦娜轻轻地说。

"怎么了？"婉达抬头看着艾伦娜，"你难道没看见大家都不说话，还给她让路吗？她就像个天仙公主似的。"她讨厌地笑笑。胡闹，你这个小疯子，我暗暗骂她。

"好了。"艾伦娜拍拍她的胳膊，示意她停下来。婉达没再说什么，双腿也安分了许多。

"这个会是因我而开，"我思索着，"真是这样吗，约瑟夫？"我很少会因什么事感到紧张。自己倒真有些好奇了，还夹杂着一点奇诡好玩的感觉。这真是发生在一个滑稽地点的一件滑稽事件。

"我们不知道是否跟你有关，"鲍比跳出来，保护我，他看着约瑟夫，"不是吗？"

"我也什么都不知道。"

"大家是不是定期召集有关新到人员开会？这是惯例吗？"我追问，像是要从约瑟夫这块"石头"里轧出"水"来。

"惯例？"他挥起手来，"哪里有什么惯例？原来世界的人自以为无所不知，可这个世界的人不也一样吗？哪里有什么惯例？"他站起来，靠近大家。

"那么，我该担心吗？"我问道，希望他至少得让我安心。

"齐沛欧女孩，人永远不需要担心什么。"他把手放在我的头上，暖暖的，我的头痛舒缓了些，"明天晚上 7 点大家都到社区会堂，到时再考考大家对正常和惯例的理解。"他微微一笑，走出去。艾伦娜也跟着出去了。

"他叫你什么？"鲍比不解地问。

"齐沛欧！"婉达高声念道，两腿又使劲晃了起来。

我凑到桌前，婉达吓了一跳。"什么意思？"我咄咄逼人，急着想知道。

"不告诉你，"她撅着嘴，两臂交叉放在胸前，"因为你不喜欢我。"

“别傻了，桑迪当然喜欢你。”鲍比说。

“她说过不喜欢。”

“肯定是你听错了。”

“她没听错，”我说，“是我直接跟她讲的。”鲍比愣住了，于是我举白旗投降，“好吧，告诉我‘齐沛欧’是什么意思，我就喜欢你。”

“桑迪！”鲍比大叫一声。

我朝他“嘘”了一声，婉达想了一会，皱起眉头。鲍比踢了一下我的腿，示意我往前靠一靠。“婉达，不用担心。”我尽量柔和些，“我不喜欢你，不是你的错。”鲍比在我后面不屑地哼了一声，叹了口气，“如果你再大十岁，我可能就会喜欢你。”

她两眼一亮，问道：“到时候我该多大呢？”鲍比对我摇摇头。婉达兴奋地跪在椅子上，胳膊肘子撑在桌上，向前靠近我。

“你就十五岁了。”

“跟鲍比差不多大吗？”她满怀希望的样子。

“鲍比十九岁了。”

“比十五大四岁。”鲍比客气地解释。

婉达像是很高兴，朝他羞涩地笑笑，很傻的样子。

“可是你十五岁的时候，我就二十九岁了。”鲍比接着说，我看见她脸一沉，“你每长大一岁，我就老一岁。”他笑了，见她脸色难堪，以为她听不懂，“我永远会比你大十四岁，明白吗？”看到她越来越不高兴，我暗示鲍比别再说了。

“好吧。”她小声说着。

无论多大，都有感伤。从那时起，我开始喜欢婉达。

我讨厌在这个叫*这儿*的地方睡觉，讨厌夜里从家里传来的弥漫在大气中的声响。我想捂住鼻子，挡住各种气味；我想闭上眼睛，就不用看见刚到的流浪者。我害怕，每个动静都似曾相识，每个响声都是我被遗忘的一部分。我和鲍比一样害怕，我俩聊到很晚，聊着被遗弃的世界：音乐、体育运动、政治，还有其中的种种。不过谈得最多的还是他的妈妈。

在强迫症患者聚会会场，杰克遇到伯顿大夫后，两人再次恶语相伤。大

夫威胁要控告他追踪、骚扰他人，说了所有能让杰克退缩的话。在这之后，杰克回到玛丽·斯坦利家。他在都柏林市区逛了一下午后，给格罗娅发了一个声讯电话，说他还有几天才能回来，事情很复杂但也很重要。他知道她是能懂的。伯顿大夫的警告让他有些退却，他只好推迟去里特林。他打算先把自己的想法和担心对玛丽说一下，然后再调查下去。他得看看要不要继续下去，他是不是在追逐自己的影子。如果了解、熟悉桑迪的人都不在意，那么自己的寻找到底有什么意义呢？

杰克能回来再待一个晚上，玛丽表示欢迎。他们坐在客厅里，观看鲍比六年级时排演的一出学校剧《奥利佛》。他发现，鲍比笑得很特别，他是由里而外咯咯咯地笑，令周围的人还有观众受到感染，跟他一块笑。玛丽关了录像后，杰克不由得也面带笑容。

"他是一个很开朗的小伙子。"杰克说。

"没错，是这样。"她兴奋地点点头，抿了一口咖啡，"他真是这样，总是爱开玩笑，爱扮演小丑。他因为话多闯祸，不过哈哈一笑，又没事了。大家都喜欢他。"她笑了一下，"他的笑声……"她看着壁炉上鲍比一张快乐的照片，他半张着嘴笑着，"跟他爷爷的一样，极富感染力。"

杰克笑了，也看着照片。

玛丽的笑容慢慢退去："不过我要坦白承认一点。"

杰克沉默了，不知道该不该听。

"我再也听不见笑声了。"她很小声地说，就像再大一点声，会真是那样，"过去房间里满是他的笑声，我的心、我的头，每时每刻都能听到、记起他的笑声。怎么我再也听不到了呢？"

从她那空洞的眼神看，杰克知道不需要回答。

"我还记得过去的感觉，记得只要简单地哈哈一笑，房间里的那种氛围。我记得大家的反应和表情。我重放录像的时候能听到，他照片上的面孔也能让我看到，我甚至在别人的笑声中听到他的影子。可是如果没有这些东西，没有录像、相片和回声，我晚上躺在床上，什么都记不起来了。我努力听，可没用。脑子里是一团混杂，那是回忆里混杂拼凑的声音。我越是寻找，记忆就流失得越多……"慢慢没声了。她又看看壁炉上的照片，侧着耳朵，像是听着什么声响。最后她往地上一瘫。

我和鲍比都缩在艾伦娜家的沙发上。所有人都睡觉了，只剩下婉达偷偷摸摸地藏在沙发后面，特别兴奋的样子，因为亲爱的鲍比今晚也会待在艾伦娜家。我们知道她在那儿，也没睬她，但愿她听烦了就会去睡觉。

“你担心明晚的会吗？”他问。

“不会，我甚至连担心的原因都不清楚，况且我也没做错什么。”

“你什么都没错，可是知道得太多了。你太了解大家各自家里的情况。他们想知道你是怎么知道的，又为了什么。”

“那我就跟他们说，我社交圈非常广，穿梭在爱尔兰各种社交场合，同失踪人员的家人、朋友有过很多的交谈。”我无可奈何地说道，“这样行了吧，他们能把我怎么样？难道会指控我是个巫婆，把我捆在木桩上烧死？”

鲍比轻轻一笑：“这倒不会，可何必让生活如此难受呢？”

“我跟所有遗失的东西混在一起，已经够难受了，还能比这更难受吗？”我疲惫地揉揉脸，咕哝一声，“要是能回去，我肯定要做一下心理治疗。”

鲍比咳了一声：“你回不去了。从一开始，你就不能有这样的想法。如果你在会上这样说，肯定会倒霉。”

我不屑地挥挥手，不想再听。

“或许你可以重新记日记。你好像挺喜欢这个的。”

“你怎么知道我记日记？”

“这个嘛，铺子里的一个箱子里有本你的日记。我是在店后的河边捡到的，看到上面写着你的名字，就拾了回来。我还花了点时间给你修补好了。”看我没什么反应，他连忙撒谎道，“可是……我保证没读过。”

“你肯定在说其他人。”我强打了一个哈欠，“那儿没有日记。”

“有的，”他坐起身，“是紫色的封皮……”他没再说下去，努力回忆。

我开始扯裤子褶边上的一个线头。

他猛然打了一个响指，我吓得跳了起来，后面的婉达也跳了起来。“没错，是紫色的。封皮带点绒面，不过湿透了，我费劲地弄干净了。我说了，我没看，就是翻开了前面几页，上面胡乱画满了心形图案。”他又想了想，“桑迪爱——”

我又扯出更多的线。

“格莱姆，”他继续说，“不对，不是格莱姆。”

我把那根细线紧紧缠在小拇指上，望着挤出来的肉，血直往上涌。

“是格文还是加瑞斯呢？好了，桑迪，你肯定记得。写了那么多遍，你不会忘的。”他还在想，我继续缠着线，绕得越来越紧。

他又来了一记响指。“是格里高利！没错，‘桑迪喜欢格里高利’。本子里面写满了。你肯定记得。”

我静静地说：“鲍比，箱子里没有。”

“就在那儿。”

我摇摇头：“我花了好几个小时，全翻了一遍，肯定不在，我不会忘掉的。”

鲍比一脸糊涂，恼怒地说：“见鬼了，绝对在那儿。”

听到这里，婉达在沙发后面大喘一口气，跳了出来。

“你怎么了？”我问。她看看我又看看鲍比。

“又掉什么了，你？”她小声说。

“没有，我没有。”我连忙否认，感到一阵胆怯。

“我不会告诉任何人，”她小声说，瞪大了眼睛，“我保证。”

沉默。我盯着黑线不断绕下去。刹那间，我听到鲍比完全失控地爆笑一声，这是我听到的最精彩、最大声的一笑。

“鲍比，谢谢你，一点也不好玩。”

鲍比没有回答。

“鲍比……”背后传来婉达孩子气的声音。

我抬头看着鲍比，他脸色煞白，嘴巴半张着，刚才声带本想传出声音，却在最后一分钟缩成一团，恐惧地闭住嘴唇，没能蹦出来，他满含泪水，下嘴唇颤抖着。我这才明白刚才那一笑压根不是从嘴里冒出来的，它是从另一个世界飘来的，是被风传送经过树梢带到*这儿*，在我们这里着陆的。我正想理清这些，客厅的门开了，艾伦娜穿着睡袍，睡眼蒙眬地走了进来。她头发蓬松，脸上满是担心的表情。她停在门口，观察着鲍比，想搞清楚她听到的话没错。鲍比的样子说明了一切。她走了过来，直接往沙发上一坐，伸开双手，把他抱到怀里，像哄婴儿一样晃着他。他哭着，喃喃地说着自己怎么被忘掉了。

我坐在沙发的另一头，还拉着那根线。我不断绕着这根线，一点点拆，拆下的更多了，却同缝隙断不开。

第四十章

个体生命中许多的失衡会带来世俗层面全面的平衡。我的意思是说，不管某样东西如何不公平，把它放到更大的背景中去看，就能明白其合理之处。爸爸说得对，世上没有免费的午餐，一切都有代价，有时是别人付出，但更多的时候，是我们自己付出的。无论何时我们得到什么，它总是从某个地方来的；如果失去什么，它总去了那个可能去的地方。还有一些通常的哲学问题：为什么倒霉的事情往往会发生在好人身上？每件坏事都有它的益处，每件好事也包含坏的部分，虽然不太可能说明白其中的道理。作为人类的我们是生命的体现，而生命就包含平衡：生与死、男人与女人、好与坏、美与丑、成功与失败、爱与恨、遗失与发现。

我五岁时，爸爸在里特林武器俱乐部的竞猜中获胜，得到了一只圣诞节火鸡。除此之外，爸爸这辈子再没赢过什么大奖。珍妮·媚·芭特勒失踪那天，爸爸赢了五百英镑的大乐透刮刮卡，或许是某个方面欠了他什么好东西。

那是暑假的一天，还剩一周就要返校了，想着我就害怕、焦虑。我好几个月都没有早起上学，时间意识也淡化了，周一到周五同周末是一个样。那几个月里，星期天晚上同星期五、星期六一个样，用不着害怕。有一个星期天的晚上，有点特别，那是个恐怖的星期天。晚上6点40分，天还没黑，孩子们还在胡同里玩耍，开心得忘了日子，只知道不管是哪天，肯定是不错的一天，因为明天也是一样。妈妈跟奶奶、爷爷在前面的花园里，享受最后几缕温暖的暮色。我坐在餐桌旁，焦急地等着门铃响，喝着牛奶，看着衣服在洗衣机里打转，辨认着每件一闪而过的衣服，算是动脑子。

爸爸在电视机房和客厅之间来回走动，他其实在减肥，他小心翼翼地看着我，抓着他不该吃的食物。我不知道，他是在暗中监视我，还是看我是不是监督他有没有偷吃东西。不管怎样，他问我怎么样问了三次，我耸耸肩，什么也没说。这种时候，最好还是什么都别说。他不时地看着我，发现门铃一响我就会跳起来。（其实是妈妈忘了把门锁上。）他冲我做着鬼脸，一口吞下好些饼干，像是逗我开心，而不是满足自己的胃。我敷衍地笑笑，他像很得意，走到了电视机房里，偷偷地用袖子藏着一块雅法橘蛋糕。

其实我在等珍妮·媚过来。

她挑战我打国王－王后的比赛。这是用网球在路上玩的比赛，每个人站在沥青路上画的粉笔格子里，先是在自己的格子里把球弹一下，然后传到别人的格子里。别人也是一样，如果没接住球，或者在自己的格子里先没弹起来，或者出界了，那么他就出局了。能到最上面的国王格子，就算赢了。珍妮·媚始终都在那个位置上。大家都说，瞧她打得多好，她多聪明、多有办法，既快又准，让人拍手叫绝。可是她那副狂妄的样子让我恶心，没什么好说的。有时，她不让我和朋友伊默打比赛，我们只能作壁上观。一天，我对伊默说，珍妮·媚总能赢，因为她总是从最上面的格子开始，不像其他人一点点往上爬。

然后呢，我这话不知被什么人偷听到了，传到珍妮·媚的耳朵里。第二天，我正和伊默坐在墙垛上，踩着砖墙，从柱子上把瓢虫弹出去，看能弹多远。这时珍妮·媚走了过来，双手放在屁股上，周围是她的保镖，要我说清楚点。我回答了，她满脸通红，一副狼狈的样子，于是她说："那咱们比试比试。"我说过了，我从没玩过这游戏，而且非常清楚珍妮·媚很会玩这个。我那话的意思是，她没大家说的那么好。珍妮·媚能让大家感觉她具有其实她并不具有的品质。我遇到过一些那样的人，也总想起她。

不过她聪明，她要让大家清楚，如果我不出现，那么她自然而然就是冠军。我突然希望，如果能早一天去可怕的莱拉阿姨家就好了。

弄堂里每个人都在传珍妮·媚向我发出了挑战，他们都会来，就坐在路边上观看。这还包括科林·菲茨帕特里克，这人很酷的，从不会在路上瞎晃悠。他跟街角的人一块玩滑板，其他人可捞不着跟这些人一块玩。据说，滑板帮都会来看比赛。

头天晚上，我一夜都没合眼。我下了床，在睡衣外面套上跑步服，沿着外面花园的墙根练习国王－王后的游戏。但这没什么用，因为球总是碰到坑坑洼洼的墙面，到处乱飞。最后隔壁的史密斯太太推开卧室的窗户，伸出头来。她头上满是发圈，真奇怪，第二天头发倒是直直的。她打着哈欠，叫我别再打了。我回到床上，没怎么睡。睡着的时候，我就会梦到众人把珍妮·媚举过肩膀，她头戴王冠的样子。我还会梦到史蒂芬·斯本瑟踩着滑板，用涂着指甲油的手指指着我，哈哈大笑。天啊，我一丝不挂。

由于珍妮·媚要同我比试，这才让她父母发觉，她失踪了。暑假时，我们自由自在。大家成天在外面玩，很少在家里，有时还会在别人家里吃午饭。所以也不能怪她父母没注意，她一整天都不见踪影。没人怨他们，我想大家都明白。他们深知，每个人都可能摊上这样的事，可能会是他们的孩子有几个小时不见。

珍妮·媚的家就在我家对面。祖父母和妈妈走进屋来，外面的太阳已经落到芭特勒家房子的后面。所有的小孩都坐在路牙子上，等着我和珍妮·媚来到路的中间。爸爸看看窗外，走了过来。他终于明白怎么回事，会意地朝我笑笑。他坐到我身边，把饼干放在桌子上，大声咀嚼着。

终于到7点了，大家在外面叫了起来。有些人在叫我的名字，但喊珍妮·媚的声音把它给压了下去。可能我俩差不多，但我只听到喊她的名字。从来喊她的声音都比喊我的声音要大。一阵欢呼声突然响起，我以为珍妮·媚来了。但欢呼声停了下来，接着是唧唧喳喳的声音，接着越来越静，最后完全静了下来。爸爸看着我，耸耸肩膀。门铃响了，我没立刻跳起来，觉得有什么不对劲的地方。爸爸拍拍我的头。我听到妈妈开了门，还是一样友好和愉快的声音。接着我听到芭特勒太太的声音，可没那么平和、友好。爸爸听出来了，起身离开房间，走到门厅里。声音变得关切起来。

我不知道为什么自己没有离开桌子。我坐在那儿，想着怎样才能逃脱这次比赛，但同时奇怪的是，觉得自己不用找什么借口。我能感觉到，气氛

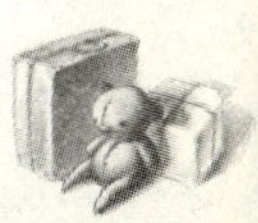

不大对头。但我又松了口气，就像到了学校，发现老师生病，用不着害怕。过了几分钟，厨房门开了，爸爸、妈妈还有芭特勒太太走了进来。

“宝贝，”妈妈轻声说，“你知道珍妮·媚在哪儿吗？”

虽然问题一清二楚，但我皱皱眉头，不知所措。我来回打量着他们三人的脸，爸爸一副关切的样子，妈妈鼓励地点点头，芭特勒太太像要哭了，好像她的生命取决于我的回答。从某种意义上来讲，是这样。

见我不说话，芭特勒太太连忙说：“外面的孩子们说一天都没见她了，她跟你在一起吗？”

“珍妮·媚会跟我待一天？”我突然想笑，但知道不对劲，于是摇摇头。芭特勒太太挨家挨户问有没有见到她的女儿，一家家地敲门，她起初还有些尴尬，接着像是下定了决心，最后是——恐惧和担心。

我见过购物中心里妈妈们找不到小孩时表情转变的过程。我像着迷一样，聚精会神地望着她们。回想起来，我妈妈从没这样的神情。当然不是她不爱我，而是我太高了，鹤立鸡群，她不会找不到我。我有时想玩失踪，就能看看她的表情。我会闭上眼睛，绕个圈，随便朝什么地方走去。有时在超市里，我故意等她绕过拐角，到隔壁一排去。我躲在冰冻食品旁发抖，等数到二十，觉得她应该走远了，但大部分时候，我一拐过去，准会看到她在那儿研究食品包装后面的卡路里成分，就像没发现我不在。她如果发现我没穿来穿去，后面没有一个瘦高个，不到五分钟就能找到我。她只要一抬头，就能看到我躲在衣服杆子后面；一低头，就能看到我的超大脚尴尬地从架子后面伸了出来。

通过对母亲的观察，我明白为什么她们不经意扭头的第一眼会那样惊慌失措，行动敏捷，从头到脚都抓狂失态，然后扔下购物车跑去寻找唯一能填充灵魂所失的东西。担心、惊慌、恐惧和冲动。有人说，母亲为了救孩子，足可以抬起一辆小轿车。我想，那个礼拜，芭特勒太太为了找到珍妮·媚，可以抬起一辆大巴。但随后的第二个月，她的眼睛连地面都抬不过了。珍妮·媚似乎带走了她大部分的生命。

我居然是最后几个见到她的人之一。爷爷奶奶来的那天中午，我开门迎接他们时，看到珍妮·媚骑车过去。她扭头看了我一下，是我最讨厌的那种样子，我不禁有些畏缩。她像是说：“我就是比你强，今天的国王－王后比赛，你输定了。史蒂芬·斯本瑟就能明白，你不过是个又高又瘦、一无是处的傻瓜。”我拥抱奶奶的时候，从肩膀那儿看到珍妮·媚骑车过去，头扬得高高的，下巴和鼻子向上翘着，一头金黄色长发垂到腰部。而我却希望她能消失，也许，谁都会这样做。

当天爸爸赢了五百英镑的大乐透刮刮卡，甭提有多高兴了。他陪我坐在餐桌旁，克制住笑容，但我能看出他嘴角上翘。妈妈陪芭特勒太太在隔壁，我们能听到她的哭泣声。他握着我的手，我知道他在想：“运气真不错，我这当爸爸的运气真不错。芭特勒太太一家倒霉了，我赢了大乐透，女儿也没丢。”我呢，也蛮开心的，我没走失。而且，珍妮·媚没来，我肯定是国王-王后游戏的冠军，这无可争议。珍妮·媚不在了，我也能多交些朋友。我家运气太好了，芭特勒一家简直倒霉透了。那几个晚上，爸爸妈妈睡得很晚，感谢上帝对他们的眷顾。

可我的内心产生了不同的感受，珍妮·媚的最后一眼偷偷带走了我生命的一部分。那天，失去孩子的不仅仅是芭特勒太太和先生。

我说过，这个世界总体上是平衡的。

第四十一章

杰克不顾伯顿大夫的威胁、反对，决定继续完成他的使命，起程到里特林。他在小鲍比的房间里又过了一夜，再次萌生了找到豆诺的冲动，其实说不上什么念头的萌动。他一直睁大眼睛，机警地四处寻找，每一次心跳都是为了答案、线索和意义。他仍然相信，找到桑迪是唯一的出路。他的大脑超负荷运转，桑迪是唯一的安定剂。他也说不清是为什么，可他很少有这样本能的冲动，而且这种冲动这样强烈，弥补了豆诺带走的那份生命的空虚。他像一个盲人，靠嗅觉指引道路，凭借触觉辨认方向，通过声响倾听自己的心灵。杰克虽然失去了豆诺，失去了对生活的憧憬，但是他获得了生命新的方向。

即使桑迪父母在家，愿意给出一天的时间，他却不知道见面时应该说些什么。他跟着内心的指针，那指针无形中取代了豆诺。中午他到了桑迪家住宅区附近的街角，坐在车里，深深吸了几口气。这是星期六，小巷却静悄悄的。他下了车，在街上溜达着，尽量不要太引人注意。可小路这么安静，他像是在棋盘上走动，完全不对劲。

他在四号门前停下，车道上停了一辆双门的小型车，从内到外都闪着光。前面的花园整洁、干净，蜜蜂和小鸟忙得不亦乐乎。各色的夏季花儿争相怒放，茶花和薰衣草散发着甜腻腻的芳香。四周是平均一英寸高的草丛，同泥土相接处形成了一道刀切似的直线，像能切碎掉落的花瓣。门廊外面悬挂着一个花篮，矮牵牛花和天竺葵随风摇曳。里面是个雨伞架子，旁边放着惠灵顿长靴和钓鱼器具。门口的柳树下藏着一个小矮人，拿着“欢迎你”的牌子。杰克稍稍放松了些。还好，不是他最担心的案发现场，窗板没有挡起来，没有狗叫，也没有被烧毁的汽车。

他推开柠檬色的大门，在前门和窗棂的衬托下，这像一座可以吃的糖果房子。跟他想的不一样，没有嘎吱嘎吱的响声。他踏上光滑的石板路面，一根野草都没有。他咳了一声，按了门铃，“丁零零”，响得也没那么吓人。他听到脚步声，从暗花的玻璃里看到一个人影。他猜这就是桑迪的母亲。虽然很和善，可面对门口的陌生男子，她没有推开门廊的移门。

“肖特太太吗？”杰克笑了，尽量显得和善。

她放松了些，靠近门廊，可还隔着移门：“是的，你是？”

“我叫杰克·罗托，很对不起，打扰您了。我是想问桑迪在家吗？”

她的目光一扫而过，打量着这位找她女儿的男子。她推开移门：“你是桑迪的朋友吗？”

如果说不，她肯定又会把门关上。“是的，”他笑笑，“她在家吗？”

她向他笑笑：“对不起……先生，刚才您说您叫什么来着？”

“杰克·罗托，叫我杰克就好了。”

“杰克，”她欣然一笑，“她不在家。我能帮您什么忙吗？”

“能告诉我她在哪儿吗？”他面带微笑。这个时刻会很尴尬，毫不相识的人问母亲孩子在哪儿。

“她在哪儿？”她又说了一遍，若有所思的样子，“我不知道，杰克。是她要我告诉你吗？”

两人都笑了笑，杰克不安地摇了摇头。“好吧，我不知道怎样才能让您相信。”他认输地伸出手，“是这样，我也不知道来这儿干吗，可我想试一试。非常抱歉打扰您。我能给她留个信吗？您能告诉她我在找她吗？还有……”他停顿了一下，想说些什么，能让躲在屋里的她悄悄出来，听听他要说的话，“请您告诉她，没她的帮助，我做不了这事。她会明白我的意思。”

桑迪的母亲点点头，观察了他一会儿。“我会把话带到的。”

“谢谢您。”停顿,杰克准备就此打住。

“听你的口音,你不是里特林人?”

他笑了:“是利默里克的。”

她想了一会儿:“她上周要去见你吗?”

“是的。”

“我女儿到葛林的路上,打过电话,我只知道这个。”她笑笑,但笑容马上就没了,“她是要为你找什么人吗?”

杰克点点头,像是对着夜总会的保安,一言不发,希望能混进去。

肖特太太什么都没说,想着该怎么做。她来回扫视着街道,街对面的邻居向她挥舞着园艺手套,她也挥挥手。可能放心些了,她终于拿定主意。“进来吧。”她从门边移开,招呼他进来,向后厅走去。

杰克也扫了一眼街道。那个邻居望着他,不情愿地走进房间。他难为情地笑了笑。他听到肖特太太在厨房噼里啪啦收拾杯子、碟子,水壶烧着水。房间里面和外面一样一尘不染,前门直接连着客厅,能闻到家具抛光剂的味道。所有的窗户像都打开了,空气清新,花园里的馨香弥漫其间。屋里一尘不染,地毯被吸尘器清扫过,银具铜器闪着光芒,就连木材也是光洁的。

“我在这儿,杰克。”肖特太太叫了一声,仿佛两人是多年故交。

他穿过去,厨房也亮堂堂的。洗衣机转动着,后面放着爱尔兰国家广播电台1号线,水壶的响声渐渐达到最高点,水开了。厨房的法式落地门通向后花园,跟前花园一样,整理得很有条理。一个很大的鸟笼里,养了一只很馋的大知更鸟,每叼起一颗籽,它就会呀啦啦地唱歌。

“肖特太太,您的家太可爱了。”杰克说着在餐桌旁坐下,“谢谢您的邀请。”

“可以叫我苏珊,别客气。”她将茶壶加满开水,盖上盖子,在一边等着。杰克自从妈妈去世后,就没再这样喝过茶。苏珊虽然让杰克进了房门,可还是很小心。她靠着餐台,一手放在茶壶盖子上,一手晃着茶包。“从桑迪少年时起,你算是她第一个到家里来的朋友。”她若有所思。

杰克不知道怎么回答。

“之后大家会更了解对方的。”她笑笑,“你跟桑迪很熟吗?”

“不是很熟。”

“不会吧,”她更像对自己说,“我想不是。”

“我天天都在找桑迪，天天都有新的发现。”

“你在找她吗？”她皱着眉头。

“肖特太太，这也是我为什么在这儿。”

“请叫我苏珊，”她面呈苦色，“一听到这个名字，我就到处找我老公哈罗德的妈妈，还会想起白菜的味道。那个老太太的一切就是白菜、白菜，还是白菜。”她想起什么，笑了笑。

“苏珊，”他笑笑，“我来这儿，真不想让您担心。但我上周应该跟桑迪见面，她却没来。从那时起，我费劲周折要联系上她。”他故意没提找到车和手机，“我肯定她很好，”他坚持说，“但我真要，”他接着说，“我真的要找到她。”不能让桑迪的母亲惊慌失措，他不愿这样。他屏住呼吸，等她的反应。她脸上露出一丝疲倦的微笑，但还没爬到眼角，就伤感地滑了下去。杰克松了口气。

“杰克，你说得没错，你的确不怎么了解桑迪。”她转过身去，倒了杯茶，“我来告诉你我女儿的另一点。我很喜欢她，可她能非常专业地躲起来，就像袜子藏在洗衣机里一样。没人知道袜子在哪儿，也没人知道她在哪儿。可她要回来时，我们就在这儿等她。”

“这个礼拜，所有人都这样跟我说。”

她轻轻一转：“你还跟谁谈了？”

“她的房东、客户、医生……”他愧疚得没再说下去，“其实，我真的不想来找您。”

“她的医生？”苏珊问，她毫不介意她被放到最后，似乎对女儿的医生更有兴趣。

“是的，伯顿大夫。”杰克慢慢说，不知道该不该把桑迪的隐私告诉她。

“是吗？”苏珊忍不住笑笑。

“您认识他？”

“是不是格里高利·伯顿？”她有些激动，也没掩饰住。

“是他，但他对我没兴趣，我担心您会跟他说。”

“是这样的。”苏珊若有所思地说，没听进他的话，“是这样的。”她又说了一遍，眼睛亮亮的，像是在回答杰克不想打听的问题。显然她很高兴，突然记起杰克在房间里，回过神来，母亲的潜意识取代了她的兴奋。“你为什么要那样急着找桑迪呢？”

“她没来葛林见我，我就开始担心。接着联系不上，我更担心。”是这样，但说得太没底气，他知道。

苏珊也觉察到了。她皱皱眉头，没精打采地说：“我等管道修理工巴尼来修下水管，等了三个礼拜，也没想到要找他的妈妈。”

杰克看看她的水池，心不在焉地说：“桑迪在找我的弟弟。我甚至联系上利默里克的一个警官。”苏珊一惊，叫了一声，他脸红了，“他叫格莱姆·特纳，可能会打电话。”

苏珊笑了：“刚开始的时候，我们报过三次警，现在知道不用这样了。特纳警官如果四处问问，就明白用不着向下调查。”

“他已经这样做了。”杰克神情严肃，然后皱皱眉头，“苏珊，我搞不懂这些。我不知道她去哪儿了。我也搞不懂，她怎么就这样聪明地失踪了，既没人知道她在哪儿，也没人想要知道她在哪儿。”

“我们都有隐藏的空间，都能容忍亲人的一些古怪的小举动。”她用手撑着头，像是看着他。

他叹了口气：“是吗？”

“你什么意思呢？”

“就这样吗？人不见了，没人管了吗？什么问题也没有吗？想来就来，想走就走？一会飘进来，一会又飘走。消失，出现，然后再失踪？还没问题！”他笑笑，有些生气地说，“居然没有人担心！家里爱你的人，为你担心得要死的人，都不要再管他们了？”

沉默。

“你爱桑迪吗？”

“什么？”他扭着脸问。

“你说……”她没说下去，“没关系。”她抿了一口茶。

“我只跟桑迪通过电话。”杰克慢慢说，“我们之间没有关系。”

“所以找到我女儿，就能找到你弟弟吗？”他没来得及回答她问题，“你认为你弟弟会跟桑迪藏在一个地方吗？”她问了一个大胆的问题。

问题就在这儿。一个素不相识的人，见面不到十分钟，用一个问题将各种可笑的想法一网打尽。苏珊等了一会，接着说：“杰克，我不了解你弟弟失踪的情形，但我知道跟桑迪的情况不会一样。那是另一个教训。”她轻轻说，“这么多年，我和哈罗德一直在接受这个教训。洗衣机里的那只袜子从没找到，虽然找得不算积极。”她无所谓地挥挥手，“自然而然就出来了。拼了命地找，你会疯掉的。无论你如何保持生活中的整洁卫生、井井有条，都无济于事。”她停了一下，伤感地笑了笑，“我很假。我自欺欺人，以为家里干干净净，桑迪就会经常回来。我想，如果她什么都能看到，什么都井然有序，就不用担心掉东西了。”她看了看整洁的厨房，“就是这样，不管你怎么用心地注意这些事情，还是没办法控制。有时，东西没了，人也走了。”她挥挥手，“就像这样。”她安慰地把手放到他的手上，“千万不要为了找什么东西而毁了自己。”

他们在门口道别。苏珊像要掩盖内心的难堪，说道：“说到冒出来的东西，如果你在我们之前先碰到桑迪，一定要告诉她，找到带蝴蝶的紫色日记本了。就在她过去的卧室里，挺怪的。那个衣橱我清理了十几次，从没发现过。”她皱皱眉，“不管怎样，这得让她知道。”

她抬起头，往街那边挥挥手。杰克转过去，看见一个跟苏珊差不多大的妇女。“那是芭特勒太太。”她说，虽然这跟杰克没什么关系，“她的女儿珍妮·媚十岁时失踪了，跟桑迪一样大。好可爱的小姑娘，大家都说她是个天使。”

杰克突然来了兴趣，又看看她：“那找到了吗？”

“没有，”苏珊伤心地说，“从来没有。芭特勒太太每个晚上都会亮着门廊的灯，留了二十四年了。她很少出去休假，害怕跟她女儿错过。”

杰克慢慢走回汽车，感觉同一个小时前走进肖特太太家门的那个人换了个身体，奇特而迥异。他停下，望着天空，想着桑迪妈妈说的那些话。他笑了笑，放松地大叫了一声，就像瀑布袭过身体。一年了，他第一次觉得终于可以停止了。

生活将重新开始。

第四十二章

鲍比因为前一个晚上空中的笑声，心情不好，不愿再聊什么，不过他也用不着说什么。他的情绪就像放掉气的气球，只剩下干瘪的外壳。见他那样，我很伤心。就像高高飞在天上的鸟儿被打到地面，翅膀折了，再也飞不起来了。我有几次想提这事，他反倒更安静了。他没有啜泣，没有泪水，沉默地吼出他不能或不愿说的话。他先把注意力集中到我的问题上，直到觉得合适时才解决自己的问题。对我而言，这不能不算是怪异的处事方法。

“你怎么总把包靠门放着？”我们走进他的店铺后，他第一次开口说话。

我看看鲍比，他看着我放包的地方。其实是芭芭拉·郎利的包，我不经意地放在门边上。就像西部片里牛仔把马停在沙龙门口，可以尽快逃离某个环境，缓解同不舒服的人在一起时产生的幽闭、恐惧的感觉。这包括我父母、格里高利，我自己的家。我很少在什么地方自己拿着包。我会望着门口，看到包，有安全感，知道有条出路，我的东西就可以证明自由的出口就在不远处。

我耸耸肩：“习惯而已。”我的生命中，所有的纠缠不清、一切的复杂怪癖，竟然被压缩成一个耸肩和寥寥数语。

鲍比心情不好，没再问下去，于是我们回到放了我的箱子的库房内。

“那么……”我打破沉默，看着鲍比。他的眼神若有所失，像从没到过这个房间。“我们回来干什么？”我问。

“把箱子倒空。”

“为什么？”

他没回答。他不是不睬我，而是像没听到我的声音。他现在要听的很多。他开始把顶上的箱子空出来，很小心地把帕布斯先生放在地板上。他把每件东西放在两墙之间成排放着，依次排列下去。我帮他，虽然不明白为什么。二十分钟后，我在*这儿*的东西在胡桃木地板上被整齐地排成六排。低头看着每件东西，我忍不住笑了。每样东西，从没人情味的订书机到私密的帕布斯先生，所有物件像是开启了尘封的记忆。

鲍比看着我。

“怎么了？”

“你发现什么了？”

我回头看着地板，一排排看着。帕布斯先生、订书机、T恤衫、二十只单只的袜子、刻字的钢笔、我遗失的工作文件……他什么意思呢？我疑惑地看着他。

“护照呢？”他死气沉沉地问。

我看着地板，笑了起来。十五岁时，爸妈计划到奥地利远足度假，可就在动身前的那个晚上，我的护照到处都找不着。我本来就不想去，也埋怨好几个月了。出去一个礼拜，就会错过同伯顿先生面谈的两次机会。不仅因为这，任何的担心、任何非理智的恐怖都影响正常的活动。因为担心掉东西，我很难享受外出旅行。我从没去过奥地利，也不大可能再回到奥地利，如果东西掉在奥地利的什么地方，那我究竟该怎么才能找到呢？护照掉的那天晚上，我的心情突然起了变化。我突然忘了同伯顿先生的两次约见，想找回护照，想去旅行，想做所有不要再掉东西的事情。

后来旅行取消了，因为来不及了，没时间办新护照或者临时护照。不过那次，爸妈真的和我一样惊慌失措，发疯般地和我一起找。这么多年了，居然能在这儿找到。护照本破旧不堪，但我十一岁时照的傻乎乎的相片居然还在，真令人难以置信。可我又看了一遍地板，笑容消失了，护照不见了。

我走过一排排的东西，急匆匆地走到纸盒那边，不小心踩到一些东西。

鲍比离开房间,可能是给我一个单独的空间。不过他拿着一台宝丽来相机走了回来。他示意我往一边靠,我照做了。他把相机对着地面,拍了一张,取出正方形的相片,晃了晃,看了一眼,又放回塑料盒子里。

"几年前找到这个相机,"他说道,语气很伤感,"可很难找到胶卷暗盒。我甚至不知道还有没有生产,还好我又碰到了对得上的型号。拍这些照片时,我很小心,一张都不能浪费。小心点没有问题,可很难知道生命中的哪一秒更特别。常常你刚意识到那些时间多么宝贵,就已经晚了,抓不住了,就这样过去了。这些我们知道得太晚了。"他沉默了一会,若有所思,一动不动,就像能量耗尽了。我碰了碰他的胳膊,他抬起头来,吃惊地看到我在房间里。他低头看着手中的相机,很惊讶的样子。他像又来了精神,眼睛亮亮的,接着说:"就这样重新装上,从今往后,你每天早上给这些东西拍照。"他递给我,补充道,"我建议你开始拍其他的照片。"然后向外走去。

"什么其他照片?"

他突然在门道上停下来,显得比十九岁的模样还要小,就像个迷路的小孩。"桑迪,我对这儿的情况了解得不多。我不明白,为什么大家都在这儿,怎么来到这儿,甚至也不知道我们该做些什么。我在家跟妈妈在一起时,也不知道。"他微微一笑,"但是依我看,你此时在此地,是你的东西把带你来的。东西一天天慢慢消失,我不知道它们去了哪儿。我的建议是,无论你在哪儿,无论那些东西在哪儿,你得有证据,证明你在那儿的证据。我累了,桑迪。我要上床睡觉,7 点钟委员会会议上见。"

第四十三章

芭芭拉·郎利二十年前的纽约之行注定很失败,行李掉了,落到这儿。但话又说回来,谁知道呢?

我决定躲开社区会堂的彩排。我没什么兴趣,晚点去就行了,艾伦娜一人可以统筹全局。一整天我都在打点鲍比的小店,他知趣地在床上躺着。我忙里忙外,乐此不疲。我在长腿人衣服区翻腾着,头扎在特价衣服桶里乱翻,凶猛得就像闯进野餐公园的狗熊。如果我翻到和记忆中家里一样的外套,就兴奋地拽出来,欣喜地叫着。大概是个子太高的缘故,我试的衬衣只到手腕,T恤衫勉强盖住肚脐,裤脚勉强到地。其实我习惯裸露皮肤,多穿一丁点衣物,就有一种奇怪的感觉。在寒冷的早晨,我站在巴士车站,拽一拽套头毛衣的袖子,就能忍住生气的冲动。那短短的一英寸,对大多数人来说微不足道,对我而言却等于全部。它能影响我那天的心情,决定着我内心的宁静和外表的烦躁。其实我也想同大多数人一样,可是……唉,如果我矮那么几英寸,反而会增添几英寸的开心、满足和温馨。

每过一会儿,门铃就会响,就像在学校玩得正高兴,游戏时间却戛然而止。那天大部分来逛店的顾客都有一个目标:看看我,见见这个听说知道很多的人。来自不同国家的人会盯住我的眼睛,希望我能认出他们。如果我没有认出他们的话,他们会失望地离开,肩头沉甸甸的。每次铃声响起,又有一双眼睛直愣愣地看着我,我就越发紧张。不管我有多么不愿意,墙上的挂钟照旧滴答地走着,指针气咻咻地转动着,夜色突然间降临了。

看上去,整村的人都来参加在社区会堂举行的委员会会议。成群的人穿过巨大的橡木大门,我和鲍比挤过拥堵的人群。“有人知道家里人的所有情况。”这样的传闻让成百上千个不同民族、种族和不同信仰的人拥进大楼。火辣辣的、金黄的太阳消失在松树林后,放射出探照灯似的光芒。我们踏着轻快的步伐走了过来,头顶上苍鹰在低空盘旋,从树冠上一掠而过,险象环生。在我四周,有无数眼光落到我的身上,像要随时扑过来。

巨大木门上的雕刻——“肩并肩”一分为二,众人鱼贯而入。大剧院刚由非正规的排练场改装过来。我好像上了当,这才明白它不仅仅是会堂,还有其他的功能。此时此地,它被装饰一新,高大宽阔,典雅而高贵,原先的“奴仆”竟成了“王室成员”。舞台下有几百排的座位,红色天鹅绒的幕布被结实的金色纽结向后挽着,流苏飘逸,翻下来的毛须浮在地面上。舞台上的代表们坐在阶梯座位上,有些穿着自己民族的传统服饰,有些则是现代打扮。三件套的西装旁有绣花的伊斯兰长袍、缀着亮片的披风、丝质和服、犹太礼帽、印度头巾、穆斯林长袍、彩珠、骨质的或金银的首饰,还有非洲妇女身着图案精致的衣服,上面绣有我不懂的斯瓦西里的智慧谚语,还有身穿考究的韩服的男子。从巴基斯坦草编拖鞋到周仰杰牌的女鞋,从千里牌凉鞋到泡沫凉拖,以及做工考究的系带皮鞋,总之,一切应有尽有。我看到约瑟夫坐在第二排,他身穿滚着金边的紫色长袍。会场里,文雅考究的服装并排组合成一幅精美绝伦的图画,好看极了。当晚我心里疙疙瘩瘩的,但还是举起宝丽来相机,拍了一张照片。

“喂,”鲍比从我手中抢过照相机,“不要浪费胶卷。”

“浪费?”我喘了一口气,“看这儿!”我指着不同国家的代表,他们坐在气派的舞台上,望着海一样的村民。这些村民期待地望着他们,心急火燎地等待来自故国的消息。我们坐在大礼堂中间,免得自己处于第一排的火线上。艾伦娜在大厅的前面,急切地在人群中搜寻着什么,那样子不知是关切还是担心。鲍比以为她在找我们,用力挥舞双手。我没动,僵硬地坐在那儿,内心充满新的恐惧。剧院里的人很快成百上千,人声鼎沸。我往后扫了一眼,越来越多的人站在后面，找不到位子，堵住了出口。随着砰的一声，大门关上锁好，大厅里的人立刻安静下来。背后一个男的发出很大的呼吸声，前面一对在窃窃私语，而在我听来却像扩音器放出来的。我的心像小鼓一样敲着。我看着鲍比，想让内心安稳点。头顶上投下刺眼的灯光，什么都藏不住，一切都很亮堂。

门关上了，艾伦娜只得坐下来。四周静了下来。我尽量提醒自己，这不过是屁点大的地方，大家傻得可怜。这只是人们的想象、虚构，一切都是梦，不是真的生活，一切都微不足道。但无论我怎么掐自己，怎么决心置身事外，仍然被拉回盛大的氛围中，仿佛一切和心跳一样真实。

一个妇女带着一筐耳机，在外间的过道里走着。最后一排的人取了耳机，一排排传递过去，就像教堂的募捐箱。我不解地看着鲍比，他演示使用方法，就是把头戴式耳机插入前面椅子的插座里，他接着戴上耳机。有个人站在舞台上的麦克风前面，他开始说日语，我一个字都听不懂。这样的景象让我呆若木鸡，居然忘了戴上耳机。鲍比用胳膊肘推推我，我一惊，马上将耳机戴到头上，听到口音很重的英语翻译，不过没赶上开头的部分。

"……星期天晚上。大家很少能聚到这里，感谢大家的出席，今晚这么多人聚到这儿是有原因的。"

鲍比又推推我，耳机掉了下来。"这是高濑一郎，"他小声说，"他是轮值主席，每几个月就换一次。"

我点点头，又戴上耳机。

"……汉斯·立文希望同大家谈谈重修磨坊的计划，不过在谈这个之前，我们会谈谈这么多人来到这里的原因。爱尔兰代表格蕾斯·彭斯将作相关说明。"

一个五十多岁的妇女从座位上站起来，朝麦克风走了过来。她留着红色的波浪形长发，穿着深黑的商务套装，五官分明，像是刚从岩石上拓采下来的。

我摘下耳机。

"大家晚上好。"听她的口音，她应该是爱尔兰北部多内加尔人。很多非爱尔兰但说英语的人又戴上耳机听翻译。"我简单说一下，"她说，"这个礼拜很多爱尔兰社区的人来找我，他们说，一个刚从爱尔兰来的人带来了很多村民的家人的消息。尽管风言风语很多，但是想想爱尔兰的大小，这也没什

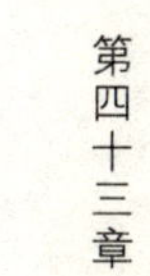

么奇怪的。我还听说，这个人的一件物品，可能是她的手表，不见了。”她说道，一副就事论事的语调。

能听懂英语的人立刻大口喘着气，虽然他们中的大部分已经知道了这事。过了几分钟，伴着翻译，又是一阵喘气声。大厅里，大家开始交头接耳，爱尔兰代表举起手，让大家保持安静。“我清楚这则消息对整个村子的影响。这样的传闻会破坏我们的正常生活，大家希望平息这样的谣言。”

我的心跳开始没那么夸张了。

“今晚召集此次会议，是向大家保证，我们已经开始着手处理此事。我们会像往常一样，尽快把结果通知给社区。新来者就在我们当中。”她大声说道，“我希望同此人谈谈。”

我的心立刻剧烈地跳动起来。四周的人东看西看，交头接耳，兴奋地说着外国话，怀疑、指责地看着对方。我震惊地望着鲍比，他也目瞪口呆地看着我。

“我该怎么办?”我小声说，“他们怎么会知道手表?”

十九岁的他耸耸肩，瞪大眼睛。

“我们所有人认为，最好私下里悄悄处理此事，这样此人可以不被人知。”

人群中传来一阵责难的嘘声，有些人笑了起来，我身上直起鸡皮疙瘩。

“我看没必要演戏，”格蕾丝说了下去，还是一副公事公办、没有废话的语气，“如果新来者交出据说失踪的物品，可以立刻放弃这个案子，永不再提。这样一来，大会就能像往常一样，恢复高效的方式，支配宝贵时间。”她勉强笑了笑，室内传来蔑视的笑声，“如果此人明早能到我的办公室，并把手表带来，那么此事将不公开，并迅速得以解决。”

观众席上传来更多的嘘声。

“好，现在大家可以就此事提几个问题，接下来将讨论进一步发展风力农场的方案，这更加重要。”可以看出她对整个事件故意摆出极不耐烦的样子。整村的人都跑来，就是想听听我的故事，想了解我是怎么知道得如此之细。她寥寥数语，将这些一带而过。大家不满地相互看看，一场风暴正在酝酿。

很多人举起手来，代表向其中一个点点头。一位男子站了起来：“彭斯女士，不将这一事件公开，并不公平。今晚出席会议的人数清楚地表明，这个问题比你选择讨论的事件更加重要。你是故意削弱此事的重要性。”一些人鼓起掌来，“据我所知，刚才所提那人是个女子。我建议，今天晚上，就在这里，就现在，请她让大家看看手表。我们亲眼看了之后，才能安心，才能将此事放下。”

这一建议赢得一片积极的掌声。

彭斯代表有些不安，转而看着她的同事。有些人点点头，有些摇摇头，还有些人一副不耐烦的样子，剩下的则耸耸肩膀，让她自己决定。

“欧马拉先生，我只是关心此人的幸福。”她对他说，“她这周才来，就要面对这个问题，这很难说是公平的。不能说出她的名字，这非常重要，你肯定懂得这点。”

她的这席话没有赢得多少人的支持，不过还是有少许的鼓掌声。我默默感谢他们，可格蕾斯证明了我的性别，我诅咒了一句。

刚才提问的男子旁站着一个妇女，她猛地站起来说：“彭斯女士，我们的幸福，所有村民的幸福更重要。如果听说又有人丢了物品，我们难道没有知情权吗？难道这不重要吗？”

人群中传来支持的声音。

格蕾丝·彭斯把手放到额头上，挡住刺眼的舞台灯光，想看看说话的是谁。“可是凯瑟琳，明天此人见过我后，我可以向你透露相关细节。无论什么结果，一切都会处理妥当。”

“这并不只是爱尔兰社区的事情。”一个南美男子喊出声来。大家四处张望，是一个站在后面的男子。“大家还记得上次传出有东西掉了吗？”

有不甚清楚的同意声，有些人也在点头。

“这儿的人还记得一个叫詹姆斯·费雷特的人吗？”他朝大厅吼道。

有人大声说“是的”，有人在点头。

“几年前，他出了同样的事情。代表们当时采取的措施跟现在一样。”他对着那些不甚了解的人说，“大家敦促费雷特先生按照所说的做，同今晚无名女士的一样，可他后来消失了。谁都不知道，他是跟其他东西一样消失了，还是代表们最后处理了这个事情。”

大厅里响起一阵吵闹声，他朝那边吼道：“趁此人还没溜走，至少让我们处理此事。不是说伤害到她，而是我们有责任知道。”

大厅里响起巨大的鼓掌声，整个社区骚动起来。他们不愿放过又一个

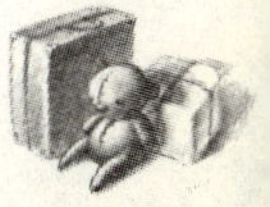

回家的机会。整个会场沸腾起来，代表一时没有话说。她做了个安静的手势，大家慢慢静下来。

“那好！”她朝麦克风大声说道。这两个字在我心头蹦来跳去，我不知道是该笑还是要晕过去。

我望着鲍比。“掐我一下，”我笑笑，“太荒谬了，我是不是在做最最可怕的梦？前几天你还笑话我的。”

“桑迪，可没那么好笑，”他警告道，“什么都不要说。”

我忍住笑，可心却怦怦直跳。

“桑迪·肖特，”代表大声说道，“您能站起来吗？”

第四十四章

杰克离开桑迪·肖特家之后，驱车来到一个叫“里特林武器”的当地酒吧。虽然已是凌晨，但酒吧里还是黑糊糊的，墙上亮着几盏灰蒙蒙的灯，深红色的彩色玻璃挡住了自然光。地上铺着石子，凹凸不平。木凳上铺着佩斯利坐垫，磨破的四角吐着海绵。酒吧里总共有三个人，有两个人面对面坐在吧台顶头，各拿一杯啤酒，伸长脖子看着屋顶上悬挂的电视上的赛马比赛。酒吧招待站在吧台后面，很显眼。他手搭在熄灯号上，抬着头，目不转睛地看着比赛。每个人都在急切地等待什么，显然是被赌局的金钱的魅力所吸引。解说员操着浓重的科克口音快速地播报着比赛的每一秒钟的情况，语速之快，惹得几个人连大气都不敢出，紧张的氛围系于一丝悬念。

酒吧招待注意到有人进来。杰克要了一杯吉尼斯黑啤，然后避开所有人，坐到远点的角落里，他有更重要的事要做。

酒吧招待放下着迷的比赛，干自己的正事。他不再看电视，一门心思要倒一杯完美的黑啤。他以四十五度的倾斜角度拿着杯子，免得上面聚起泡沫。他拧开酒桶的龙头，装满四分之三杯，然后把黑啤放到吧台上，放一会，再把剩下的装满。

杰克从袋里抽出豆诺的警方文档，铺在桌面上，一页页打开。这是最后的告别。结束了，再看一眼过去一年每天研究的东西。结束寻找，开始新的生活。最后一次给弟弟倒杯酒，最后再干一杯。他扫过警察报告，警方投入的漫长时间，每一页都勾起他对前一年的回忆，希望和失落，如潮水般进退。这一年真是漫长而艰辛。他将目击者的口述笔录一字排开，这些是那天晚上跟豆诺在一起的朋友们的口述笔录。为了记起每一个模糊的细节，他们付出了焦虑和眼泪、失眠和绝望。

杰克把豆诺的照片放在对面的高脚凳上，跟弟弟最后一次干一杯黑啤。他对他笑笑："我尽力了，豆诺。我保证，我尽力而为了。"他第一次相信，他已经无能为力。想到这儿，他松了一大口气，低下头看着照片。阿伦·欧扣诺的脸庞回视着他，这是贴在一角的护照照片。他是另一个濒临崩溃的人，生活也给毁了。那天阿伦远没达到杰克所希望的。杰克失去了弟弟，一个他应该熟悉却并不了解的弟弟，可阿伦失去了他最好的朋友。他瞟了一眼报告，这份报告他已经看了不下千次。阿伦全面而详尽地描述了那个倒霉的夜晚，跟安德鲁、保罗还有盖文的口述，此外还有他们在速食店遇到的三个女孩的报告相符合。他们几乎记不起那个晚上开始的样子，更不要说第二天早上凌晨几点的了。报告的语言含混不清，矫揉浮夸，十分生疏。报告缺少感情，仅仅陈述事实、时间和地点，谁在哪儿，说了些什么，看不出当晚的事件怎么让一伙朋友挣扎、难过。

"*星期五晚上大概12点半，我和安德鲁、保罗、盖文、夏娜还有豆诺离开毫利湾(Howley 's Quay)的克劳西餐馆，接着去了同一幢楼上的'新宾'夜总会……*"杰克略过夜总会细节那一部分，"*我和安德鲁、保罗、盖文还有豆诺大概是在早晨2点离开夜总会，走了两个街区到了欧康内街的'超级马克'。夏娜碰到了一个在夜总会见过的女孩，我们都不认识，跟她回家了……*"他略过几行，"*我们坐在速食店右手边靠近柜台的座位上，吃着汉堡和薯条。我们跟店里的三个女孩说了话，这样就有八个人：我、安德鲁、保罗、盖文、豆诺、蔻来特、萨曼莎和菲奥娜。豆诺坐在外面，在菲奥娜旁边，我在对面。我们打算到菲奥娜家举行一次聚会……*"杰克跳到最重要的部分，"*我问豆诺要不要去聚会，他说要去，这是当晚我们最后一次聊天。他没有告诉我他要离开速食店。我开始跟蔻来特聊天，当我转过身来，豆诺不见了，大概是凌晨3点钟。*"

他们的讲述都大差不差,就是一个普通男生的星期五之夜:酒吧、夜总会、速食店,再普通不过,除了伙伴失踪了,没什么值得记住。豆诺的每个朋友对最后一次谈话有不同的叙述。除了那个叫菲奥娜的女孩,没人注意到豆诺离开速食店。她坐在他旁边,只是当她转过身时,发现他不见了,然后看他走出速食店。她说,他出去时撞到门框上,旁边的几个女生还笑了起来。后来,那些女孩也只能说出这些。速食店里挤满了被夜总会同时赶出来的人,闭路摄像没有拍到豆诺的座位,只有柜台旁的长队,还有找不到位子的、站在近处的人的口袋。除了豆诺走出速食店,肩膀撞到门框上,大家都看到的,其他什么都没有。还有个闭路摄像机拍到他在附近的自动取款机上取了三十欧元,然后一颠一簸地往亚瑟码头走去,接着他的行踪就消失了。

杰克回想起上次跟阿伦交谈,逼他再回忆一些,心里还有些愧疚。警察局已经从阿伦那里逼出最后的一点细节。杰克曾觉得,弟弟的走失从某种意义上是阿伦的过错。作为哥哥,他应该做些什么,做些弥补的事情。妈妈去世时,他也感到阿伦担同样的责任。有不责怪自己的人吗?他想到同阿伦的对话,仅仅几天前,他也是这样承认的。

“杰克,我盼你找到他。我一次次想起那个晚上,真希望自己跟他一块走。”

吧台上,吉尼斯啤酒的奶油部分跟深色部分分开了,虽然还是絮状,不过透明些了。

“我一次次想起那个晚上,真希望自己跟他一块走。”

杰克的心像卡在喉咙眼儿了。他连忙翻过文件,找到阿伦的口述:*“我们打算到菲奥娜家举行一次聚会……我问豆诺要不要去聚会,他说要去,这是当晚我们最后一次聊天。他没告诉我他要离开速食店。”*

酒吧招待把龙头向前推了推,加满酒杯,酒几乎就要溢出来了。

杰克笔直地坐着,专心致志,继续顺着原来的思绪走。各种想法浮出水面,他感觉离什么地方近了些。他一边反复念着警察局的报告,一边回想几天前同阿伦的对话。啤酒没溢出来,也没顺着杯子淌下来。

杰克控制着呼吸,压住心里的恐惧。

酒吧招待把酒送到小包间这边,在门口犹豫了一下,见到满桌乱七八糟的文件,不知道该把酒放在哪里。

“随便放哪儿都行。”杰克说。招待拿着酒在空中绕了个圈，没想好放在哪儿，最后还是放在桌上。外面的人朝电视吼了起来，催着马快跑，招待赶忙跑回去。杰克上下打量着宝石红的酒体，一眼望到酒杯底部。招待把酒放在阿伦的口述报告上，旁边就是那句他看了很多遍的话。一切都指向那句话：“*我问豆诺要不要去聚会，他说要去，这是当晚我们最后一次聊天。他没告诉我他要离开速食店。*”

杰克颤抖着，不知道为什么。他摇晃着把酒杯举向空中，晃着头向弟弟的照片笑笑。他把杯子贴到嘴唇上，喝了一大口，浓浓的液体顺着喉咙滑了下去。阿伦接下来的那句话突然在他脑子里冒了出来。

“*你知道吗？我真觉得如果他当时坐出租车，就不会有问题。*”

吉尼斯啤酒卡在喉咙里了，他咳嗽起来，身体侧过桌子，干咳起来。

“你没事吧？”招待在那边大叫起来。

“太好了，干啊，小伙子们！”酒吧里的两个人鼓掌欢呼，庆贺着赛马的胜利。杰克吓了一跳。

杰克的脑海中闪过无数的借口、辩护和失误。他听错什么了吗？他想到桑迪的日记里，大写字母的红色标注。他想到欧扣诺太太担心的表情。“*他闯祸了吗？*”她知道，她什么都知道。杰克泛起一阵鸡皮疙瘩，血管鼓起来，他砰地把酒杯放在桌子上，酒杯里留下一圈白沫。他愤怒而又恐惧，腿软得站不起来。

他差点忘了离开酒吧，忘了同阿伦的见面，忘了按照预定时间回到利默里克。他想起这些，这才意识到，除了别人说的，他对那个夜晚一无所知。阿伦凄凉的声音在耳边萦绕，这是他唯一能想起的话。“*我一次次想起那个晚上，真希望自己跟他一块走。你知道吗？我真觉得如果他当时打个的，就不会有问题。*”前后矛盾的话越来越大声了，“*我问豆诺要不要去聚会，他说要去，这是当晚我们最后一次聊天*”。

“*我们最后一次聊天。*”

他说谎了。他为什么要这样做呢？

第四十五章

我从座位上站了起来，成百上千的人转过头来看着我，打量着我，讨论我，要审判我，要吊起我，要把我烧死在电线杆上。我看到前面的艾伦娜，她显然被这出“戏”弄得很难受。她双手紧扣放在胸前，像是在祈祷，晶莹的泪花快要溢出来。我朝她笑笑，替她难过，是的，替她。她使劲朝我点点头。舞台上的约瑟夫也是一样的举动。我不知道要害怕什么，这可能也是我为什么不害怕的原因。我不知道到底怎么了，为什么我的东西掉了会这样严重？为什么正常的事态会转变为负面的事态？我只懂一点，在这儿待得长的人都替我捏把汗，这就够了。过去几天已经够让我难受了，有人四处跟着我，问我知不知道他们的家人，我不愿事情进一步恶化。

爱尔兰代表直愣愣地看着我。“欢迎你，桑迪。我知道，这样公开对你并不公平。但你也看到了，只能这样做。”

我点点头。

“我必须问你，关于你掉了东西的传言，”她停顿了一下，显然不愿提出这个问题，“你能证实这不是真的吗？”

“你的问题有导向性！”一个人大叫起来，其他人叫他安静。

“这不是法庭。”代表生气地说道，“请让肖特女士自己说。”

“这个传言，”我看着周围几千张脸，有些人听着耳机里的翻译，“绝不是真的。”又是一阵议论纷纷的声音，于是我提高声音，“虽然我知道是从哪里传来的。当时我正在向某人挥手，表从手腕上掉下来，落到了附近的田里。我请了一些人帮我找，真没什么。”

“那么他们找到了吗？”格蕾斯·彭斯问道，显然松了口气。

“找到了。”我谎称。

“我们要看看。”有个男的大吼一声，几百个人呼应着。

格蕾斯叹了口气：“你现在戴了吗？”

我一动不动，低头看着空空的手腕。“嗯，没有，因为表带断了，掉在地上，还没有修好呢。”

“把手表带来！”一个女的吼起来。

“不行！”我也吼了一声，大家安静下来，鲍比吃惊地望着我，“出于对大家的尊敬，我觉得这不过是一出‘找巫婆’的荒诞滑稽戏。我已经跟你们说了，我的手表没有掉，但我不会把表带到这儿，让你们继续这样的猜谜游戏。我才来，并不了解你们的这些举动。但如果大家真的要欢迎我，那么，我说的话足够了。”

效果并不很好。

“肖特女士，请你，”格蕾斯不安地说道，“我建议，你最好离开大厅，找回手表。杰森会陪你的。”一位身穿黑色西装的男子，体态瘦削，举手投足无懈可击，只可能来自军队，站到了我那一排的顶头。他将胳膊伸向门外。

“我不认识这个人。”我抓住最后的稻草，“我不会跟他走的。”

格蕾斯起先有些糊涂，然后现出一副谨慎的样子。“这样，不管你是否乐意，你都得把表带过来。你觉得谁陪同你最好呢？”

我急中生智：“坐我旁边的人。”

鲍比猛地回过神来。

格蕾斯吃力地看了看，认出人来，她点点头。“很好，他们两人陪同你去。你们离会期间，我们将继续下面的议程。”

荷兰代表走上台来，讨论修建更多磨坊的计划，但没人睬他。我们穿过长长的过道，所有人都看着我们。站在后排的人给我们让路，穿过巨型大门时，我们像被吞没了。一到外面，鲍比睁大眼睛看着我，不想在我俩的同伴面前说话。

“我们得从鲍比的店铺里取回手表，”我平静地对杰森说道，“是他给我修理表带的。”

鲍比点点头，终于理解了我的意图。

我们三人到了失物招领店的门口，还是两只不成对的袜子，明晃晃的。外面黑压压一片，村子像个鬼城，所有人都在社区会堂里等着我，等着消息，看能不能离开*这儿*。

“我想就在这儿等鲍比。”我停下脚步，站在凉台上，面对着黑森林。杰森什么都没说，两手交叉，和我站着等。

“你是干吗的？秘密警察吗？”我挑逗他，上下打量着。他一笑不笑，只是望着别处。“《变形矩阵》里的坏蛋？黑衣男子？还是爱钱的约翰尼？”他什么都没说，我叹了口气。“你来是确保我不逃走吗？”我问。

他什么都没说。

“如果我真的要逃，你会开枪吗？”我机敏地问道，“让你陪我，”我不屑地问，“他们把我当什么人？罪犯吗？”我转向他，“你记住，我讨厌你在这儿。”

他直愣愣地望着前面。

鲍比砰地把门关上，打破了难堪的安静。“好了，找到了。”

我从他手上接了过来，仔细看着。

“是你的吗？”杰森开口说话，仔细看着我的脸。

这表是银色的，珍珠母的表面，除此之外，就没相似之处。表带不是连起来的，而是一整块。表面不是长方形的，而是圆的。

“是呀，”我十拿九稳的样子，“的确是我的手表。”

杰森把表放到手里，绕在我的手臂上，太大了。“鲍比，”杰森疲惫地揉揉眼睛，“给她再找块手表，这次找一块大小正好的。”

我们两个都吃惊地看着他。

“这就是我来的目的。”他机敏地说道，回到凉台上。

鲍比连忙走回小店，杰森在后面说道：“还有，表带一定是断的。你不是说，表带断了，所以不能戴了吗？”

我无语地点点头。

“然后呢，闭上嘴，什么都不要说了。”他说道，并回头看着森林。

我、杰森和鲍比一言不发，很快返回了社区会堂。我把表紧握在手里。杰森正要拉开大门，我连忙拉住他。

“现在会怎样？”我问，越发焦急。

“嗯，我想你就进去，”他想了想，最后耸耸肩膀，“别说真话。”他拉开大门，几千张脸转了过来。

荷兰代表的发言戛然而止，格蕾丝·彭斯走到麦克风前面，一脸的忧心忡忡。鲍比和杰森停在门口，鲍比用力点点头，于是我往前走去，穿过长长的通道，走到顶头的舞台。如果不是紧张，这样啼笑皆非的场面肯定会让我哈哈大笑。格里高利肯定会想尽一切办法让我闯过去，他的礼物手表终于获胜了。

我到了台上，把手表递给格蕾丝。她仔细看着，但我想问，她究竟要怎样才知道这是不是我的手表。太可笑了。全在作秀，就是让那些不安心的人更有安全感，这样他们就不会起来闹事，要求出去。

“我们怎么知道这是她的表呢？”一个女的叫了起来，我双眼一转。

“她的名字刻在后面！”有人叫起来，我的血都凉了。只有几个人知道这个。我立刻望着约瑟夫，不过从他的表情看，我知道不是他。他愤怒地望着艾伦娜，而她更生气地看着——琼。琼脸红红的，坐在前面，她旁边的男子就是那个大叫的人。她肯定偷听到什么。她抱歉地望着我和艾伦娜。我望着别处，不知道什么感受，不知道会有怎样的后果。

“真是这样吗？”代表注视着我。

“保证是这样的。”那个男的又大叫起来。

我的脸色说明了一切，我肯定。

格蕾丝转过表来，看着背面的名字。她像是很开心：“‘桑迪·肖特’的确刻在背面。”

观众席上响起很大的叹息声，还有很多人的交谈声。

“桑迪，谢谢你的合作。现在你可以走了，但愿你能和大家一起快乐地生活。我希望，从今往后，大家对你会更热情友好。”她露出温暖的笑容。

我目瞪口呆地接过手表，怎么都不相信，鲍比竟能在这么短的时间内刻上我的名字。我连忙往回走，有人鼓掌微笑，有人道歉，还有人仍然不相信，或许永远不信。我抓着鲍比的手，把他带出了大厅。

“鲍比！”我们离开社区会堂，走出一段安全距离后，我立刻笑了，“你他妈的怎么做到的?”

鲍比一脸的恐慌:“做到什么?”

“这么快就刻上我的名字!”

“我没有!”他吓了一跳。

“什么?”我把手表翻了过来。

“快点,进去!”鲍比说道,打开小店的门,怀疑地看着四周。

阴暗处响了一下,杰森走了出来。

我吓了一跳。

“对不起,吓着你了。”他说,语调像机器人一样。“桑迪,”他走进门廊亮灯的地方,全身舒缓,有些动情地说,“我就是想问问,你认识我的妻子艾莉森吗?”他有些不好意思,“艾莉森·赖斯。我们是高尔威人,斯皮德。”他猛地咽下一口口水,放下咄咄逼人的架子,脸上写满了关切。

他的突然出现让我吓了一跳,我还没缓过神来,名字在脑里转了几遍,还是没想起来。我慢慢摇摇头:“对不起。”

“没事。”他咳了一声,提起精神,恢复刚才冷峻的外表,就像这个问题从没说出口一样。“格蕾丝·彭斯让我转告你,她明天头一件事,就是在办公室同你会面。”说完,他消失在夜色中。

第四十六章

杰克血管中涌动着怒火，脸部的肌肉在皮层下抽搐，一跳一跳地像要战斗。他强忍怒火，压着呼吸，咬着牙根，咬得牙龈跳动。他双颊红涨，同全身一起跳动。他正穿过拥挤的利默里克城中酒吧，一松一紧地捏着拳头。

他看到阿伦独自坐在一张小桌前，面前摆着一瓶黑啤，前面空着一张凳子，是给他留的。阿伦抬起头来，挥挥手，脸上浮起微笑。杰克仿佛看到了那个每天到他家的十岁孩子。他准备向阿伦发火，但克制住了。他转而向洗手间走去，站在水池边，把水泼到脸上，急促地喘着气，像刚跑了马拉松一样。他只能做这些，这样才不会冲出去，亲手杀了阿伦。

他干什么了？阿伦到底干了什么？

第四十七章

珍妮·媚·芭特勒失踪的那个礼拜，警察局的人来到国立里特林学校。大家都有点兴奋，我们的校长大人很少召见我们这些谦逊的下等人，而且是在教室里接见。一看到他那张严肃的脸，大家虽然没做什么错事，但都忐忑不安，希望不要有麻烦，这就是校长的威力。我们兴奋，主要是他中断了宗教课，在沙利文女士耳边大声咕哝着。老师在教室里交头接耳肯定是发生了不得了的事情。那个早上，我们不用上课，在门口排成一队，手指放在嘴唇上。对老师而言，让我们把手指盖在嘴唇上不见得有预想的效果。手指就是手指，不是拉链，不适合做静音器。而且手指是我们自己的，想拿开就拿开。但进入学校大礼堂时，没人说话，室内鸦雀无声，前面站着爱尔兰警察局的两个人，一男一女，一身的海军蓝。

我们坐在地板上，和其他四年级的学生一起坐在中间。前面几排坐着小不点学生，越大的就越往后面坐。六年级学生总是很酷地在后排坐下。大厅里很快就挤满了人。老师们像狱警一样，在外通道的墙边一字排开。一看到有谁小声说话，有谁不安分地在冰冷、肮脏的体操地板上扭动，他们就会弹着响指，生气地看着那个学生。

校长大人向我们介绍了两名警官,他们在当地警察局工作,来谈一个很重要的问题。他告诉大家,老师稍后会就他们的发言问我们问题。我偷偷望着老师,发觉有几个人突然提起精神,听他说些什么。接着男警官介绍自己是罗杰斯警官,他的同事是布莱尼根警官。罗杰斯警官双手背在后面,慢慢穿过教室前面的场地,走了过来。他说,不要相信陌生人,不能进他们的车,即使他们说是爸爸妈妈让来接的。我想起星期三下午弗莱德叔叔接我时,我又吵又叫,就是不进他的车。他还说,如果有人向我们走来,或者看到他们向别人靠近,应该马上告诉老师或者家长。当时我十岁,记得七岁时看到乔伊·哈里森被一个很怪的人接走了。我当时告诉老师,她说那人是他爸爸,批评我不懂礼貌。

当时我十岁,快十一岁了,安全讲座已经是老生常谈。不过那个安全讲座是特别为五六岁的小孩子们举办的,他们坐在大厅的前排,抠着鼻孔,抓着头发,看着天花板,真是一群小蚂蚱。当时我还不想加入警察局。不是那天的免费治安课打消了我的雄心,而是奇数不成对的袜子。我明白那场讲座跟本周珍妮·媚的失踪有关。老师有好几次一看到她的空位,就含着眼泪离开教室。我暗自高兴,也知道这样不对,可那是几年来我在学校最平安的一周。第一次我的头不会被吸管吹来的纸团击中,第一次我上课回答问题时背后不会有人窃笑。我明白,发生的一切的确很悲惨,但我并不伤心。

她消失后最初几周,每天早晨我们祈祷,为珍妮·媚的安全,为她的家人,还为能找到她而祷告。一周周过去,祈祷越来越短。突然有个礼拜一,我们周末回去,沙利文女士一言不发地离开,教室里面重新安排了座位,一切恢复正常。我觉得这比珍妮·媚失踪还要奇怪。头几分钟,大家疯一样背着诗歌,看我没背,老师还骂我,其实那首诗我头天晚上已经花了两个小时记住了。她后来又不断找碴惩罚我。

罗杰斯警官讲完后,轮到布莱尼根警官具体讲珍妮·媚的事情。她轻声告诉大家,如果在过去几个礼拜或几个月,看到什么,知道什么,了解什么,就请到教员休息室旁的四号教室,她和罗杰斯警官当天都在那儿。我的脸滚烫,觉得她是在对我说。我看着四周,像得了妄想症,仿佛整出戏都是演给我看,让我忏悔、坦白。没人奇怪地看着我,除了詹姆斯·梅博里抠下胳膊肘上的伤疤,往我这边弹。老师向他竖起手指,没什么效果。他已经受伤了,不害怕,也不在乎手指的响声。

讲座结束后,老师再次敦促我们去四号教室同警官谈谈,接着才是午餐休息时间。这个想法真蠢,谁会跑去跟警官报告而错过在操场游乐的时间?我们回到教室,沙利文女士叫我们把数学书拿出来,大家突然齐刷刷地举起手来。沙利文女士还能怎么办?就这样,警官发现门外排了一条长队,有不同年龄的学生,有些压根就没见过珍妮·媚·芭特勒。

四号教室被戏称为审讯室,每个学生进去出来后,跟伙伴们讲的故事也越来越夸张。有那么多学生说自己知情,警官不得不第二天再来。于是每个班级都出了一个严厉的通知,一是感谢大家通力协助,二是警官时间宝贵,同学们只有真正重要的信息,才能到四号教室。第二天,我两次要求去四号教室,都遭到老师的拒绝,第一次是历史课,第二次是爱尔兰语课。

“可我喜欢爱尔兰语,小姐。”我提出抗议。

“很好,那你肯定愿意留下来。”她厉声说道,然后让我读完书上完整的一章。

我没办法,只好在星期五下午的美术课上举起手。大家都喜欢美术课。沙利文女士惊讶地看着我。

“小姐,我能走吗?”

“上卫生间吗?”

“不,去四号教室。”

她惊讶地看着我,终于把我当回事了。伴随着其他人的嗡嗡声,我离开了美术课课堂。

我敲了敲四号教室的门,罗杰斯警官开了门。他肯定有六英尺高。我当时十岁,有五英尺五英寸高,算很高了。看到有人比我高,我很开心,虽然他穿着警察制服,很凶的样子,我打算跟他讲心里话。

“又是数学课吗?”他张大嘴笑着。

“不是,”我声音低得自己都听不清,“美术课。”

“是吗?”他惊讶地皱起眉头。

“我有责任。”我说得很快。

“很好,没问题。缺一次数学课不见得你就不负责任,当然不要告诉老师是我说的。”他摸摸鼻子。

“不是,”我说,深吸了一口气,“我的意思是,珍妮·媚的失踪,我有责任。”

这次他没笑，而是敞开了门。“快进来。”

我看看房间四周，压根就不像这两天风传的样子。洁米沫·贺兹说，有人跟她的朋友说，有人被禁止离开房间去上厕所，结果那人都尿裤子了。房间并不吓人，靠墙放着一张沙发，中间有张小桌，对面是把塑料的学校的椅子。没看到一把湿淋淋的椅子。

“就坐那儿吧，”他指着沙发，“放松些。你叫什么名字？”

“桑迪·肖特。”

“矮个小姐，就你的年龄来讲，你个子很高。”他笑了，我礼貌地笑笑，虽然听了不知多少次，他停下来，“那么告诉我，你怎么觉得对珍妮·媚的失踪负有责任呢？”

我皱皱眉：“怎么说呢？”

“好吧，我们也不是特别确定……我的意思是没有什么线索，”他叹了口气，“只要告诉我，为什么你觉得自己有责任。”他挥挥手，让我多说些。

“嗯，珍妮·媚不喜欢我。”我慢慢说道，突然紧张起来。

“是的，我肯定不是真的，”他和蔼地说道，“你怎么会这样想？”

“她过去骂我是‘瘦高的婊子’，还向我扔石子。”

“好吧。”他不说话了。

我深吸了口气：“然后，上个礼拜，她发现我告诉好朋友伊默，我觉得她玩国王－王后比赛不怎么样，她特别生气，向我们提出挑战。其实不是我们，因为她什么都没对伊默说，只对我说了。她也不喜欢伊默，但她更不喜欢我，而且话是我说的，所以第二天我和珍妮·媚就要玩这个比赛。谁赢了比赛，谁就毫无争议地成为冠军。这就是证据，不会有人说他们不行。她也知道，我暗暗喜欢史蒂芬·斯本瑟，所以她总是朝我大吵大吼，这样他就不会喜欢我。可我知道，她也喜欢他。他们躲在路那头的树丛中，好几次大着胆子玩法式接吻。可是我觉得他并不真的喜欢她，他俩好不起来。现在她不见了，他独自一人，还挺高兴的。可是我不是说他做了什么，让她失踪。不管怎么样，我们应该比赛的那天，我看见珍妮·媚·芭特勒骑着自行车从我家房前的路上经过。她狠狠看了我一眼，我知道，那天的国王－王后游戏她肯定会赢，而且以后事情会更糟的。”我停了下来，嘟起嘴唇，不知道还要说什么。

“桑迪，出什么事了？”

我猛地咽下一口口水。

“你做什么了？”

我点点头，他凑近了，往椅子边挪了挪。

“你做什么了？”

“我……我……”

“没关系，告诉我。”

“我希望她消失。”我说得有些快，感觉像是从皮肤上揭下一张膏药。

“对不起，你怎么了？”

“我希望她消失。”

“消灭机？是什么武器吗？”

“不是，是希望，我希望她消失。”

“这样，”他突然醒悟过来，慢慢坐回去，“我懂了。”

“没有，你这样说而已，但你不是真懂。我真的希望她消失，比我这辈子希望什么东西不见了还要厉害。弗雷德叔叔在跟伊莎贝尔阿姨闹翻后，在我家待了一个月，他吸烟、喝酒，把我家熏得臭烘烘的，我真希望他滚蛋。可这还没有我希望珍妮·媚消失那么严重。在我这样祈愿后几个小时，芭特勒太太来到我家，告诉我们珍妮·媚不见了。”

他又向前靠：“所以在芭特勒太太到你家之前的几小时，你见过珍妮·媚？”

我点点头。

“什么时间呢？”

我耸耸肩。

“有什么能提醒你当时的时间？回忆一下啊，你在做什么？周围有什么人？”

“我正好在给爷爷奶奶开门。他们过来吃午饭，我抱了奶奶一下，接着就看到她骑着自行车过去……只是当时我许了这个愿。”我退缩了一下。

“所以是在午餐时间。她跟谁在一起？”他又坐在凳子边上，没理会我希望她消失，他接二连三地问，“她在干什么？她跟谁在一起？她当时什么样子？她穿了什么？她看上去往哪边去？”许许多多的问题翻来倒去地问，问得我头痛，我几乎什么都不能回答。我居然对他们很有帮助，因为我是最后一个看见她的人，他们还让我那天早点回家。这是珍妮·媚失踪的另一个

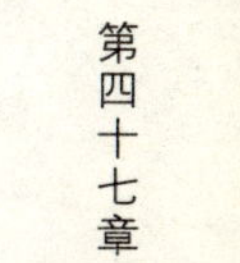

好处。

警官到学校来之前的几个晚上，我开始对珍妮·媚的失踪感到内疚。我和爸爸看过一个纪录片，是关于安排华盛顿特区的十五万人口同时有积极正面的想法，这样犯罪率会下降。这说明，积极和消极的思考的确能产生作用。不过，当时罗杰斯警官告诉我，珍妮·媚·芭特勒的失踪不是我的过错。希望什么事情发生不一定会真的发生，所以后来我就更加诚实了。

二十四小时后，我站在格蕾丝·彭斯的办公室外面，正要敲门。现在同十岁时的感受一样。我同样觉得，我需要对自己力所不能及的东西负责。我同样还幼稚地相信，自打十岁起，我就秘密地、默默地、潜意识地希望能发现一个像这样的地方。

第四十八章

“杰克，还好吧？”阿伦问道。杰克刚在吧台对面的位子上坐下来。

“我还行。”杰克回答。他放下酒杯，靠在凳子上，压着声音里的火气，显出迷惑的样子。

“你他妈好个屁，简直像一堆屎。”阿伦的眼神落到杰克腿上，见他的腿抖个不停。

“一切都很好。”

“真的？”阿伦眯着眼睛。

“没错。”他喝了一大口黑啤，想起上次喝这个酒的味道以及阿伦的谎言。

“出事了吗？”阿伦说，“在电话上怎么火急火燎的？有重要的事要跟我说？”

“没有，没急事。”杰克看着四周，回避着对方的目光，尽量克制自己，不要猛地挥出一拳。他需要妥善处理这事，尽量放松。他没再抖腿，而是往桌子边靠，望着黑啤。“上个礼拜，我一直在找豆诺，一切又都回来了，懂不？”

阿伦叹了口气，也看着黑啤酒：“没错，我知道。我没哪天不想的。”

“关于什么?”

阿伦连忙抬起头:“你什么意思?”

“我的意思是,你每天都在想什么方面的事?”杰克尽量不用审问的口气。

“我不懂你的意思。当然是想整件事情了。”阿伦皱着眉。

“唉,我想过,我多么希望当晚在那儿,多么希望我更了解豆诺。因为如果我,或许……”杰克抬起双手,“或许,或许,或许,或许我知道该看哪儿,或许我知道他会在哪儿找什么人寻求平安,说着贴心话,类似这样的,你知道吗?他可能在躲着什么人,跟他纠缠在一起的人。我们聊私事聊得不多。我每天都想,如果我这个哥哥更好些,我或许就能找到他了。说不定他现在和我们坐在一起,喝着啤酒。”

两人自然而然地看了看旁边的空凳子。

“杰克,不要这样想。你是个很好的哥哥……”

“不要……”杰克打断他,提高声音。

阿伦吃惊地停下:“不要什么?”

杰克直视他的眼睛:“不要撒谎。”

阿伦脸上露出恐惧、犹疑的表情,杰克知道他的直觉是对的。阿伦不安地看看周围,但杰克制止了他。“你不用告诉我,我是个好哥哥。我知道不是。不要撒谎,让我好过些。”

他这样回答,阿伦像松了一口气。“好吧,你是个浑蛋哥哥。”他笑了,两个人都笑了。

“我为自己当晚不在那儿感到难过,但是我明白,即使我在那儿,同样的事可能还是会发生,因为我知道你很支持他,你永远都很支持他。”

阿伦伤心地笑笑,喝了口酒。

“上次我们聊天,你怪自己当晚没有跟豆诺一起离开。”杰克拿起一个浸湿了的啤酒垫,把外面的商标一点点撕下来,“我知道,这样像责怪你,不好。我一直在见一些人,帮我理顺思路。”他别扭地挠挠头,“所有人都对我说,责怪自己是正常的。这很重要,趁喝着啤酒,我得跟你说。”

“多谢,”阿伦平静地说道,“很感激你。”

“是啊……至少他走之前,你跟他还有交谈,对吧?”

阿伦的表情像是说,他不清楚这话的意思。杰克还是平缓的声调,他完全平静下来，把猜测丢在一边。

“你运气好，其他几个人都没看到他走。”

“我也没有。”阿伦开始有些坐立不安。

“不会，你看到了，”杰克说，“上个礼拜你这样说来着。”他又喝了一大口吉尼斯黑啤，看看周围，尽量保持轻松，“真想不到，还不算到晚上，这儿就这么忙。”他看看手表，晚上六点。从见到桑迪妈妈起，不过才几个小时，倒像过了好几天了。“上个礼拜，你说希望跟他一块走，还觉得他如果打的走那条路，会安全些。”

阿伦一副不舒服的样子：“我没……”

“你说了，伙计。”杰克打断他，大声笑了，“我可能是疯了，但我的确记得那个。不过听到这，我很开心。”

“是吗？”

“是啊，”杰克高兴地点点头，“你知道，这意思是，他不是在瞎逛。有人知道他朝哪个方向走去，知道这个你肯定也好受些。其他几个人什么都没注意，都很失望。他们怪自己没看见他走，你至少不会有这样的歉疚。”

阿伦有些不安。“是呀，我想是这样。”他从衬衣口袋里取出一包烟，“我到外面抽支烟，一会儿就回来。”

“等一等，”杰克说，“我喝完这杯黑啤，跟你一块出去。”

“你不吸烟。”

“我也到外面透透气。”他可不能让阿伦溜掉，只有一次机会，“今晚怎么会这么忙？”他说着，看看四周。

阿伦松了口气。“不知道，”他撕去包装，一根根抖着里面的香烟，“可能是礼拜六。”

“我们应不应该打个的士，今晚沿着亚瑟码头兜一圈？”杰克轻松地说道，“我的车放在家里了。”

“什么意思？”

“不是你说豆诺往那儿走，去找的士的吗？”

阿伦鼻子哼了一下，吞了一口唾沫，在清理鼻孔时发出什么声响，没回答问题。他慢慢在双手间揉着香烟，看得出他在想什么，想弄清楚。杰克看得出来。

“现在提这个，可能不是很好。”杰克有些生气。

阿伦停下揉香烟的动作,看着杰克。"杰克,出什么事了?"

"我脑子里闪过一些事。"他用大拇指挠挠额头,发现手指气得在打战。阿伦抬起头来,也看到了。他眯起眼睛。"有个女的帮我找豆诺,但我跟她失去了联系。"杰克解释道,声音打战,可他控制不住,"我快要疯了。但我最烦的是,"他咬牙切齿地说,"你跟警察和我家的人说,没看到豆诺离开。上周你跟我说,你看到他走了。事实上,你跟他说过话,还告诉他在哪里才能打到的士。"

杰克说着说着,发现阿伦的眼睛越睁越大。他的手不住打战,身体不安地在座位上扭动,嘴唇上冒出一层汗珠。

"阿伦,这样说不通。可能没什么大不了的,但你能不能告诉我为什么你撒了一年的谎?为什么你叫我弟弟,你最好的朋友,走到一个导致他失踪的地方去打的?"他的火上来了,声音越来越大。

阿伦开始发抖:"这跟我没有关系。"

"跟什么没关系?"

"豆诺的失踪,跟我一点都没关系。"他站了起来,可是杰克伸出手来,按住他的肩膀,使劲往下按。阿伦的香烟撒了一地毯。杰克牢牢抓着他的手。

"那好,是谁干的?"杰克愤怒地说。

"我不知道。"

杰克用手指戳向阿伦的肩胛骨,他瘦得只剩皮包骨头。

"耶稣基督呀,非要在这儿做这些吗?"阿伦痛苦地扭动,想摆脱杰克紧握的手,但没成。

杰克凑近一步。"在这儿做什么?你还想去哪儿?是警察局吗?"

"我什么都没做,"阿伦小声嘟囔,"我发誓。"

"那你为什么撒谎?"

"我没撒谎,"他眼睛睁得大大的,像从没说过实话一样,"我也不是绝对地一清二白,警察局可能会认为我跟这有关联。"

他们的脸现在只隔了几英寸。"跟我说实话。"

"我已经说了。"

"阿伦,豆诺可是你最好的朋友。在你需要时,他总是在那儿。"

"我知道,我知道。"他打断杰克,颤抖着烟熏的手指,捂着头,眼泪在眼眶里打着圈。他愣愣地看着桌子,全身都在颤抖。

“你要么给我讲清楚,要么我去找警察。”杰克厉声说道。

像等了半天阿伦才鼓起勇气说话。“豆诺卷到什么事里了。”他的声音很小,杰克靠得更近了,两个人的头差不多挨在一块了。

“你在说谎。”

“我没说谎。”阿伦突然头一抬,杰克看出他这次是在说实话,“我在为那些家伙工作……”

“什么家伙?”

“我不能说。”

杰克伸过手去,一把抓住他的领口。“什么人?”

“杰克,我已经尽力帮你了。”阿伦声音沙哑,脸通红。

杰克把手松开一点,让阿伦喘口气,他继续往下听。

“他们让豆诺给他们的电脑编点程序,是我推荐他的,他拿了学位。可是一些不该知道的东西被他看到还听到了,他们就火了。我告诉他们,豆诺什么都不会说,可他却说了。”

“关于什么?”杰克像气炸了。他不能相信,经过一年的调查、搜寻,答案就在家里,真相就在弟弟最好的朋友身上。

“我不能告诉你。”阿伦说,牙齿咬得咔咔响,嘴两边溢出唾沫,“我劝豆诺,不要告密,但没用。他非要我遵纪守法,但他不懂那些人多么厉害。他什么都不听。”他全身发抖,杰克满眼的泪水,阿伦断断续续地、羞愧地小声说,“他们本来只是要给他一点点颜色看,教训他一下,吓唬他一下。”

杰克的眼里像是落了红椒粉,火气砰地蹿了上来。“是你把他绕进去的。”他声音沙哑,砰地从椅子上跳起来,手抵住阿伦的喉咙,一用劲把他从椅子上拽起来,将他往墙上一撞,阿伦头后面的镜子哗地碎了。酒吧里立刻安静下来,有些人赶忙从两人中间蹦出去。杰克又猛地把阿伦的头往墙上撞。“他现在哪儿?”他吸着气,仰起脸怒视着阿伦。

阿伦咳出声来,杰克把他掐得更紧了。阿伦想张口,杰克想起什么,这才松了一下手。“他人在那儿?”

拿到他要的答案,杰克才松开手,往后一退,像扔掉一块肮脏的毯子一样甩甩手。格莱姆·特纳警官坐在一旁,他会接管这里,杰克于是离开酒吧去找弟弟。这次能好好说再见了,这次弟兄俩终于安宁了。

第四十九章

“你好，桑迪。”格蕾丝·彭斯坐在书桌后，向我笑笑。她的办公室在规划处后面的展示厅，里面陈列着周边地带未来规划的房屋模型和整体布局图。

我在她的桌前坐了下来。“谢谢你保护我躲过昨晚的暴徒。”我开个玩笑。

“没什么，”可她立刻就不笑了，“桑迪，告诉我到底出什么事了。你的表不见了吗？”

我同约瑟夫、艾伦娜和鲍比聊了很晚，谈该怎么办，他们都说不要说实话。我并不赞成。

“是呀，是掉了。”我回答道。她睁大眼睛，在椅子上坐直了。“但我绝不愿意让事态扩大，”我提醒她，“它怎么不见了，我说不清，就像我不清楚自己怎么到了这儿一样。不管你的同事、科学家还是自认为专家的人问多少问题，都不管用。我也不要军警到处跟着我。我什么都不知道，你必须答应我，不要说出去，因为我不会合作的。”

“我懂，”她说，“我在这儿的时间里，一些人也有相似的报告，但一无所获。我们的研究也没找到大家是怎么来这儿的。因为走漏了消息，有的人处于众目睽睽之下，在村里很难待下去，只好搬到镇上住。还有人假装‘狼来了’，随便找个什么搪塞过去。我们实际上只秘密协助过两个人，但他们没提供任何有价值的东西。他们对到底发生了什么和怎么发生的都一无所知。大家才明白，这是不可知的。”

“他们现在在哪儿？”

“一个去世了，还有一个住在另一个村子里。你肯定手表掉了吗？”

“真的掉了。”我向她保证。

“这是唯一消失的东西吗？”

这次我没说真话，我点点头。“相信我，没有人比我更擅长找东西了。”趁她打量我的时候，我看看四周。

“桑迪，你在家是干什么的？”她托着下巴，目不转睛地看着我，想解开这个谜团。

“我开了一家寻人社。”

她笑了，但看到我没笑，连忙收起笑容。“你找失踪人员？”

“帮大家团圆，找失散多年的亲人、领养孩子的亲生父母，类似这样的。”我噼里啪啦说了一串。

她慢慢睁大眼睛。“你的情况肯定跟我说的其他人很不一样。”

“这或者是巧合。”

她想了一会，没说什么。“所以你才这么了解这儿的人。”

“只有一些人，就是那些参加演出的人。顺便说一下，彩装排练是今天晚上，艾伦娜让我邀请您。”我想起早上出门前艾伦娜怎么反复跟我说的，“艾伦娜跟大家强调，是《绿野仙踪》，但不是音乐剧。是她和丹尼斯·欧西叶的解读，”我笑笑，“敖拉·基娜扮演多萝西一角，我对这出戏非常期待。”我这才明白，“我提出排戏，是想找个机会跟潜在的演员谈谈，而不引起怀疑。这总比敲开门，跟他们聊家里的故事要聪明些。不过我们可能应该更谨慎些。我没想到那么快就传开了。”

“风声传得很快。”格蕾丝答道，还是迷惑的样子，她探过身来，“你到这儿时是在找什么人吗？”

“豆诺·罗托。”我说，我还是希望找到他。

“没有，”她摇摇头，“这个名字不熟。”

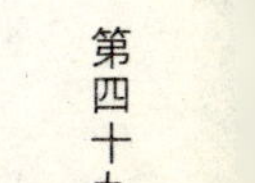

“他应该二十五岁了,从利默里克来,应该是去年到的。”

“他肯定不在这个村子。”

“恐怕他压根就不在这儿。”我说道,突然挺同情起杰克·罗托。

“我来自多内加尔的基利贝格斯,你知道吗?”格蕾丝又向前靠。

“我当然知道。”我笑了。

她的表情放松了。“我在这儿成家的。但我的娘家姓欧窦诺休。我的爸爸妈妈是托尼和玛格丽特·欧窦诺休。他们已经去世了。六年前,我找到的一张报纸上有我爸爸的讣告,我还保留着。”她看了一眼壁橱,“卡罗尔·邓普西。”她又说下去,“你知道卡罗尔吗?我想她也在剧里。她也是多内加尔人,你知道的,几年前她来的时候,说我妈妈去世了。”

“我很难过。”

“唉,是呀……”她轻声说道,“我是独生女,但还有一个叔叔豆尼。我落到这儿的前几年,他就搬到都柏林去了。”

我随着她点点头,等着故事的开始,但她停了下来,看着我。我这才明白,她告诉我这些,是想让我回想起什么东西。我不安地在位子上动了动。

“对不起,格蕾丝。”我轻声说道,“那可能是在我开寻人社之前发生的。你在这儿有多久了?”

“十四年了。”可能看到我有些怜悯的表情,她连忙说,“不要误会,我喜欢这儿。我丈夫很好,我有三个很棒的孩子。我不会一冲动就跑回去,但我也在想……”她没再说下去,“对不起。”她又坐直了,平静下来。

“没什么,可是我也想知道,”我轻轻说,“但你提到的人,我不熟悉。对不起。”

我们都没说话,她可能伤心了。不过她又没事似的说了起来。

“是什么原因让你想找人呢?这个职业可不一般。”

我笑了。“我有一个问题,”我想起最初的缘由,“就几个字——”我笑了,“珍妮·媚·芭特勒。我小的时候住在里特林,她住在路的对面,但她十岁就失踪了。”

“是的,”格蕾丝一笑,“珍妮·媚是个很好的理由。那真是个人物!”

我一时没搞懂她的意思,突然一惊,心就蹦到嗓子眼儿。“什么?刚才你说什么?”

第五十章

“快开门，鲍比！”我大声叫道，把头伸到失物招领店门里面。

“什么？”他在楼上喊道。

“快拿上相机、钥匙，锁上门，走吧。马上就走！”门转着关上了，我在凉台上走来走去，耳边还响着格蕾丝的话。她知道珍妮·媚。她告诉我怎么走，我必须马上就去找她。我在外面不耐烦地等着鲍比，兴奋像过了沸点，四处漫溢。我需要他带我去找树林中珍妮·媚的家，但我没耐心解释要干吗。

鲍比稀里糊涂地到了门口。“见鬼，你要干吗？”一看到我的样子，他就停住了，“出什么事了？”

“鲍比，赶快拿东西。”我经过他身边，进到店里，“路上再解释。带上相机。”我跳来蹿去，他笨手笨脚地去拿那些东西，尽量赶上我喝令的速度。等他把门锁上的时候，我已经冲到灰蒙蒙的街上了。昨晚社区集会后，现在看我的人更多了。

“等等，桑迪！”他在后面气喘吁吁，“见鬼了吗？就像大火烧着了你的屁股。”

“可能是。”我笑了，还是向前冲。

“你要去哪儿？”他跟我一路小跑。

“这儿。”我把路线指南扔给他，还是往前走。

“等等，慢一点。”他说，一边跟我走，一边念指南。我的一大步等于他的两步，但我还是照走不误。“停下！”他在集市上大吼一声，所有人都转过身来看着。我终于停了下来。“如果要我看明白指南，必须说清楚你到底要干什么！”

我只好三下五除二跟他说了个大概，语速比任何时候都快。

“好吧，我明白了，”鲍比说，虽然还有些糊涂，“但我从没往那个方向去过。”他又看看那张地图，“我们得问问艾伦娜或者约瑟夫。”

“不行！没时间了，必须马上走！”我像个不耐烦的小孩一样哭着闹着，“鲍比，我等这一刻已经等了二十四年了。现在离我这么近，别耽搁了。”

“没错，我的多萝西，可不是沿着黄色砖块路就能到的。”他挖苦道。

我有些沮丧，但还是笑了。

“我知道你很焦急，但如果让我带你去，可能要再过一个二十四年才能到那儿。我不熟悉林子里这个地方，从没听说这个叫珍妮·媚的人，也没什么朋友住在那么深的地方。如果我们迷路了，麻烦就大了。让我们先找艾伦娜帮忙。”

这孩子虽然只有我一半大，但他说得在理。我只好勉强地拖着腿朝艾伦娜和约瑟夫家走去。

艾伦娜和约瑟夫坐在房子前门外面的长凳上，享受着轻松的周日午餐。鲍比知道我很焦急，便径直走到艾伦娜和约瑟夫跟前。婉达在地上玩，她跳了起来，向我跑过来。

“嗨，桑迪！”她说。她一边抓着我的手，一边随我蹦跳着走向房子。

“嗨，婉达！”我有些烦躁，不想露出笑来。

“你手里拿着什么？”

“这叫‘婉达之手’。”我说。

她眼睛一转：“不是，另外一只。”

“是宝丽来相机。”

“为什么？”

“为什么是相机吗？”

“不是，你为什么要拿这个？”

“因为我要给一个人拍张照片呀。”

“谁呢？”

“我过去认识的一个女孩。”

“是谁？”

“一个叫珍妮·媚·芭特勒的女孩。”

“她是你的朋友吗？”

“不算是。”

“那你为什么要拍她的照片？”

“不知道。”

“是因为你想她吗？”

我刚要说“不是”，但没说出来。“我的确想她，非常想。”

“你今天要去见她吗？”

“是的，”我笑了，抓住婉达的两只胳膊，把她晃荡起来，让她非常开心，“我今天要去见珍妮·媚·芭特勒。”

婉达狂笑不已，唱了一首她假装认识的珍妮·媚的歌曲，显然是她当场作的，这让我忍俊不禁。

“我跟你一道去。”艾伦娜说着打断婉达的歌唱，在她头上吻了一下。我趁她们没注意，拍了一张照片。

“不要浪费胶卷。”鲍比大叫一声，我也对着他的脸按了一下快门。

“不用，艾伦娜，你不用来的。”我在空中挥干了照片，然后将它们放到衬衣口袋里，“你今晚还要彩排，这个更重要。告诉鲍比在哪儿就行了。”我又开始紧张起来。

她看看表，我也想起我的表。“才1点多，彩排7点才开始，我们能按时回来，而且我想跟你去。”她轻轻摸了一下我的下巴，眨眨眼，“这更重要。况且我知道往哪儿走，那块空地距离我们上个礼拜第一次碰面的地方不远。”

约瑟夫给我让了路，他伸出手来：“一路平安，齐沛欧女孩。”

我不解地握着他的手：“约瑟夫，我会回来的！”

“希望如此，”他笑了，另一只手搭在我的头上，“你回来的话，我会跟你讲什么是齐沛欧女孩。”

“骗人！”我眯着眼说。

“行了，我们走吧。”艾伦娜说，搭了一条青灰色的披肩在肩膀上。

我们往林子走去，艾伦娜在前面带路。到了林子边上，出现一个年轻女子，她正疑惑地看着周围和村庄。

“欢迎你来！”艾伦娜对她说。

“欢迎你来！”鲍比也开心地说道。

她稀里糊涂地看看他俩，又看看我。“欢迎你来。”我也对她笑笑，给她指了指登记处的方位。

艾伦娜挑了一条在林间开辟的、很多人踩过的小径，四周的氛围让我想起独自在林子里的那几天。松树散溢着浓郁的香味，青苔、树皮和潮湿的树叶的味道混杂其间。树叶腐烂的味道和野花的芳香混合在一起。一群群的蚊子绕着圈，红松鼠从一个枝头跳到另一个枝头。鲍比会时不时从路上捡起一个好玩的东西。依我看，我们走得还不够快。昨天我还觉得不可能找到珍妮·媚，可今天我就沿着来的路往回走，去找她。

格蕾丝·彭斯说，珍妮·媚是跟一个法国成年人到村子里的，此人在丛林深处住了很多年。多年前，珍妮·媚刚到时，她敲开门向他求救。他在*这儿*住了四十年，极少到村子里来。但是二十四年前，他把一个叫珍妮·媚·芭特勒的女孩带到登记处，这个女孩只信任他，一定要他做她的监护人。虽然此人离群索居，但他同意照顾她。他把家安在林子里，但保证珍妮·媚每天都到学校上课，结交朋友。她的法语很流利，即使在村子里也说法语，这样没有几个爱尔兰社区的人知道她的祖籍。珍妮·媚坚持照顾她的监护人，一直到他十五年前去世。她一直住在村外，住在他留下的小屋子里，很少回村。

过了二十分钟，我们经过初次相遇的那块空地，艾伦娜一定要休息一下。她从随身携带的水罐里喝了点水，然后递给我和鲍比。天很热，但我既不渴也不热，只想着珍妮·媚。我想一直走，不停地走，直到我们到达她那儿。过后我不知道会发生什么。

“天呀，我从没见你这样，”鲍比说，他奇怪地望着我，“是不是蚂蚁爬到你裤子里了？”

“她一直那样。”艾伦娜闭上眼睛，扇着淌汗的脸。

我在艾伦娜和鲍比旁边走来走去，又蹦又跳，踢起树叶，拼命想压制住身上涌动的肾上腺素。我这样折腾，他们也急了，终于起身要走。我很高兴，不过有点愧疚。

我们又走了一段，比艾伦娜想的要远。过了三十分钟，我看到不远处的空地上有座小木屋。只见烟囱里冒出烟来，顺着高高的松树向上飘，飘过树顶，一直飘上无云的碧空。

看到不远处的小木屋，我们停下脚步。艾伦娜一脸通红，看到她疲倦的样子，我更内疚，天这么热，还拉她赶路。鲍比有些失望地看着小屋，他可能希望看到更茂密的景象。我呢，恰恰相反，兴奋无比。眼前这一处简陋的处所让我屏住了呼吸。这就是那个女孩的家，一个曾经吹嘘自己有多少东西的女孩的家，但是对我而言，这就是一个美梦，一幅完美精巧的图画，就像珍妮·媚一样。

高高的松树在两侧守护着小屋，一大片空地的前面是一个小小的花园，有小块的灌木丛、漂亮的花朵，还有从远处看像是菜地或者芳草园的土地。苍蝇、蚊子在阳光下盘旋，一团一团的到处都是。阳光从树林间倾泻下来，中间的空地宛若被照亮的一个“中央舞台”。

“嗨，快看。”艾伦娜说道。她正要把水递给鲍比，这时小屋的前门开了，从里面跑出一个淡黄色头发的女孩。她的笑声环绕着空地，被暖风带了过来。我捂住嘴，可能是尖叫了一声，但我却没听见，虽然鲍比和艾伦娜立刻望着我。我热泪盈眶，望着那个女孩，大概五岁，就是跟我第一天一起上学的那个女孩的样子。屋子里传出女子的声音，我的心抖动着。“黛西。”

然后传出男人的声音：“黛西。”

小黛西绕着前面的花园跑，咯咯地笑着，打着转，柠檬色的裙子在风中飘舞。然后一个男子从前门走了出来，开始追她。她银铃般的笑声开始变成高兴的尖叫。他在她后面发出吓人的声音，吓唬着要来抓她，她的笑声更大了。最后他抓住她，把她放在空中旋转，孩子尖叫起来：“还要，还要，还要！”直到两人都喘不过气来，他才停下，把她抱在怀里朝屋里走去。他在门口停下，慢慢转过身，看着我们。

他朝里面叫了一声，又听到女子的声音，但没听见她说什么。他站在那儿，直接看着我们。

“要我帮忙吗？”他大声说道，把手搭在额头上，挡住阳光。

艾伦娜和鲍比望着我。我看着这个男人和他怀里的孩子，哑口无言。

“是的，谢谢。我们在找珍妮·媚·芭特勒，”艾伦娜客气地说道，“我不

知道是不是这儿。”

我心想，肯定就是这儿。

“谁在找她？”他客气地问，“对不起，我在这儿看不清你们。”他又向前走了几步。

“桑迪·肖特在找她。”艾伦娜大声说。

门口突然闪出一个身影。

我听到自己的心跳，吸了一大口气。

金黄色长发，苗条，漂亮。她没变，虽然长大了，跟我一样大。孩子模样的她消失了。她穿一条宽松的白棉长裙，赤着脚。她举手遮住阳光的时候，一块茶点小台布落到地上。她的目光落到我的身上。

“是桑迪吗？”她的声音成熟些了，但也没变，声音颤抖着，不是很确定，既包含担心，也闪烁着快乐。

“珍妮·媚。”我回应着，音调跟她一样。

她慢慢走了过来，我听到她在哭泣。我走了过去，我听到自己也在哭。我俩越来越近，她真实地站在我的面前。我们像孩子一样哭了起来，细细打量对方的脸、头发、身体，回忆起往昔的故事，不管是好的还是坏的。我们相互拥抱在一起。落泪，拥抱，相互看着彼此的脸，抹掉对方的眼泪，再继续抱着，永远不想分开。

第五十一章

“杰克,”格莱姆·特纳警官吃了一惊,“你又回来干什么?法医的结果还要过几天才能出来,我保证一有消息就跟你联系。”

命运之神在他们来之前夺走了豆诺的身体,没有一丝怜悯。虽然官方鉴定还没做,但是他和家人心里都清楚,这就是豆诺。事发现场有鲜花,也有凋谢的花儿,这是一年来,阿伦每个礼拜放在那儿的。前一个晚上他向警察坦白了真相,但拒绝说出那个团伙的名称。未来几个月,他会接受审讯。杰克有些欣慰,因为妈妈不用看到她帮着拉扯大的小孩居然会参与谋杀她的小儿子。

在同家人讨论了那晚的事情后,已是凌晨时分,杰克回到凡纳斯。镇上的人还在庆祝咖啡节的开幕。他没理会轻歌曼舞,径直走进卧室,格罗娅睡得正酣。他坐在床边,望着她,又黑又长的睫毛覆在粉粉的双颊上端,嘴微微张着,鼻息轻微,洁白的胸部上下起伏。他探过身去,把手放在她肩膀上,轻轻把她叫醒,邀她进入他的世界。他们整夜谈论着过去一年,还有上个礼拜的事情,他终于累了,跟她一块儿睡了。

“我来跟豆诺无关。”星期天晚上杰克坐在警局里，“我们需要找桑迪·肖特。”

“杰克，”格莱姆疲倦地揉揉眼睛，他的桌子和四周的桌子上堆满了文件，电话响个不停，“这事我们不是从头到尾调查过了吗？”

“还不够细。听我说，说不定桑迪跟阿伦联系过，他害怕了。谁知道呢？说不定他们计划见面。他一紧张，怕她知道真相，搞不好他真干了什么。我不知道，我不是说谋杀。我想阿伦还不至于干这个，但是，”他停了一下，“其实，”他气得眼珠都大了，“可能是他干的，他走投无路，就……”

“不是他干的，”格莱姆打断他，“我反复问过他，他什么都不知道，从没听说过她，他不知道我在说什么。他只知道你跟他说的话，有个不知名的女人在帮你找豆诺。就这些。”他看着杰克，放松语气，“杰克，别管这事。”

“不管？就像我要找豆诺时，大家都叫我不要干了吗？”

格莱姆在座位上不好意思地扭动着。

“阿伦是豆诺最好的朋友，他隐瞒真相隐瞒了一年。对一个他压根无所谓的女人，他到底干了什么，会告诉我们吗？”杰克高声说。

格莱姆很长时间没说话，咬着快没了的指甲盖，突然决定：“好好。”他闭上疲倦的眼睛，凝神一想，“我们从她的车子被遗弃的地方开始找。”

第五十二章

我苦苦思念着同珍妮·媚在一起的那个瞬间，好几个小时，好几天，好几个晚上，久久不能释怀。但我不知怎么描述那天共度的时光。语言无法描述它，其中的意义存在于语言之外。

我俩偷偷从小木屋溜走，留下鲍比、艾伦娜、黛西和珍妮·媚的丈夫卢克一起聊天。我俩有太多要说的话，但我没法说清楚我俩的交谈，因为我们什么都没谈。记忆中那张漂亮的相片活生生走到我的面前，要我说清我的感受，会令快乐大打折扣。“快乐”，这个词不是很恰当；“欣慰”、“开心”、“欣喜若狂”，也不够贴切。

我跟她讲些当地人的情况，这些人恐怕也就她还有兴趣。她跟我讲她的家人、生活，我们分别后她做的一切。我也是一样。过去她怎么对我，两人都没提。是不是有点怪？我们一次都没提过去的样子。这是不是也有点怪？可能是，但这不重要。不是彼时彼地，而是此时此地，就现在，就今天。时间不知不觉溜走了，太阳落山了，月亮出来了。不知不觉，热气消退了，晚风拂过皮肤。这一切我们既没感到，也没听到，更没看到，只是相互传递故事、声响、大脑的图景。对别人这不算什么，对我俩却非同寻常。

可以这样说,当晚我的一部分自由释放了,我觉得珍妮·媚也是一样。当然谁都没说,但都知道。

第五十三章

艾伦娜对我俩大声说,她得返回村子去彩排。我和珍妮·媚道别时,我们把头凑到一起,看着手里的相机,笑了一下。我取下照片,放进衣袋里。珍妮·媚婉言谢绝了看戏的邀请,她更想同家人在一起。我俩说还要相见,但没约时间,不是因为过去的矛盾,而是有些事尽在不言中。她或许也是一样。知道她在哪儿就够了,她知道我在附近,也就够了。有时候只需知道这些,只要知道,就行了。

太阳藏到丛林后面了,我们沐浴在青蓝的夜光中。珍妮·媚借了一把手电筒给我们,艾伦娜带领着大家回去。最后我们只能在远处看着零星的灯光。我沉浸在幸福之中,从口袋里翻出照片,一边走,一边仔细看。我找到了两张,摸着第三张。不见了。

“不会吧!”我咕哝道,没再往前走,看着地上。

“怎么了?”鲍比停下来,叫艾伦娜停下来。

“我和珍妮·媚的照片不见了。”我开始往回走。

“停下,桑迪。”鲍比跟着我,看着地面,“我们差不多走了一个小时,掉哪儿都有可能。天都晚了,我们必须赶回社区会堂排演。等明天天亮时,再跟她拍一张。”

“不行，我做不到。”我绕着圈，借着夜光，使劲看着地面。

艾伦娜一句话都没说，走了过来。“你扔下的吗？”

我停住，抬头看着她。她表情严肃，语调严厉。

“我想是的。可能是蹦出来，自己跑掉了。”

“你该明白我的意思。”

“不，我肯定弄掉了。口袋敞着，看到了吗？”我指着胸口上浅浅的口袋，“你俩先往前走，我在这边看一看。”

他俩不知道该怎么办。

“再走五分钟就到了，回去的路我很清楚，很近的。”我笑笑，“真的，不会有问题的，我必须找到照片，然后才回社区会堂去看戏。”

艾伦娜疑惑地看着我，不知该帮我还是该去忙彩排的事。

“我不会丢下你的。”鲍比说道。

“桑迪，给你，拿着手电筒。我和鲍比从这儿能看到回去的路。我知道，照片对你很重要。”她把手电筒递了过来，我想我看到了泪花。

“艾伦娜，不要担心！”我一笑，“我不会出事的。”

“亲爱的，我知道。”她侧过身来，让我有些意外，她亲了亲我的脸，紧紧抱了一下，“小心点！”

鲍比站在艾伦娜后面，朝我笑笑。“艾伦娜，她不会死的。”

艾伦娜玩笑地拍了下他的头：“鲍比，跟我来。我要你赶快把所有的戏装从店里搬过来。你昨天答应我的。”

“好的，那是这儿的大卫·科波菲尔德被叫到社区会堂之前。”他辩解道。

艾伦娜瞪了他一眼。

“好的，好的。”他向后退了几步，“桑迪，希望你能找到。”他朝我眨眨眼睛，跟着艾伦娜向前走去。他们相互打趣了一会，声音慢慢听不见了。他们进了村子。

我转过身来，立刻在地上仔细寻找。来的路我记得还清楚，像是一条大道，没看到其他支路。我眼睛盯着地上，慢慢向林子深处走去。

艾伦娜和鲍比急忙跑到后台，放好演出服，抢着最后一分钟把断的拉链和裂缝补好，跟紧张的演员对台词，给恐慌的剧组打气。艾伦娜冲回大厅，在约瑟夫旁边坐好，终于松了一口气。

“桑迪没跟你在一起吗？”约瑟夫问，看着四周。

“没有，”艾伦娜说，没睬丈夫，直视前方，“她还在树林里。”

约瑟夫拿起妻子的手，小声说道：“在我老家的肯尼亚海滩上，有一片森林叫‘阿拉布克－索可可’。”

“是的，你说过。”艾伦娜说。

“齐沛欧女孩就在那里，她们是保护森林的蝴蝶仙子。”

艾伦娜抬头看着，她终于知道了这个绰号的意思。

他笑了：“大家称她们是森林的守护神。”

“她在林子里找她和珍妮·媚的照片，她觉得搞掉了。”艾伦娜眼睛湿润了，约瑟夫用劲地捏捏她的手。

大幕开启。

我以为借着月光，有时能看到照片白闪闪的部分。我从小径上走到野草丛和低矮木丛中，打着手电筒寻找，惊起小鸟雀和动物们。半小时后，我以为到了第一块空地，用手电筒照着四周，想看看有没有眼熟的东西，可除了树，还是树。我走得越来越慢，比想象的多走了一会。我决定沿着那个方向继续走。天黑了，猫头鹰神秘地叫着，归巢的动物遇到我这个深夜不归客，扑哧飞走了。我再也不想待在那儿。我颤抖着，凉凉的夜转冷了。我用电筒照着前面，感觉在靠近珍妮·媚家的地方掉了照片。

“我在哪儿？”敖拉·基娜装扮成多萝西·盖尔站在舞台上，望着当晚变成大戏院的社区会堂。几千人看着她。“这是什么奇怪的地方？”

三十分钟后，我沿着不同的方向小跑，出着汗，喘着气，昏昏沉沉的，我发现前面就是第一块空地。我停下脚步，靠在树上，站稳喘着气。我松了一口气，但又吓了一跳，才意识到自己竟然这么紧张，我对迷路的恐惧居然超出想象。

“我需要一颗心!”德瑞克唱道。“我需要大脑!”伯纳德夸张地宣布。“我需要勇气。”马尔柯斯没精打采地说。他们跟多萝西手挽着手,从右边的舞台上跳了下去。观众哈哈大笑。

空地上更亮了,没有树木的遮挡,月光如水。地面上蓝盈盈的,我看到中间有个白色的方块闪着光。我不顾劳累和胸部的疼痛,奔向那张照片。我在外面的时间比预想的要长,而且我答应艾伦娜要去看表演。照片找到了,还要去见艾伦娜和新的朋友,一时间各种情绪涌上心头。我什么都没想,傻傻地穿着芭芭拉·郎利的高跟鞋,摸黑飞快地向前跑着。我在一个石块上没有站稳,脚脖子扭住了,腿腾地痛了起来,整个人失去平衡。我摔到地上,挡都挡不住。

“你是说我能靠内力回家吗?”敖拉·基娜幼稚地问道。

“是的,多萝西,”卡罗儿·邓普西打扮成好仙女格林达的样子,温柔地说,“只要夹紧鞋跟,念这些咒语。”

艾伦娜抓紧约瑟夫的手,他也用劲捏了一下。

敖拉·基娜闭上眼睛,开始夹紧鞋跟。“哪儿都比不上家。”她说着,把大家拽进秘咒当中,“哪儿都比不上家。”

约瑟夫侧过脸来,妻子脸上滴下一滴眼泪,他伸出拇指给她擦掉。“我们的蝴蝶飞走了。”

艾伦娜点点头,又落了一滴眼泪。

一切像从我身下一晃而过,我的头在什么硬邦邦的东西上猛地撞了一下,脊柱腾地疼痛不止。眼前一片漆黑。

舞台上,敖拉·基娜最后一次把粉红的拖鞋夹在一起,然后钻进烟幕中,不见了。这是鲍比准备的烟花的好处。“哪里都比上家。”

第五十四章

“她不像在这儿。”在葛林的树林里，格莱姆朝杰克走去。远处凡纳斯的夜空放起烟花，村子里大家正在欢度爱尔兰咖啡节的最后时刻。两人停下脚步，抬起头。

“你可能是对的。”杰克终于承认了。刚才几个小时，他们一直在桑迪那辆车附近搜寻，找到一半，天就黑了，杰克要继续找。搜索的条件也不切实际，其他人不时看看表。“谢谢大家让我试了一下。”杰克一边说，一边往回走。

突然从哪里传出很大的响声，像有棵树倒在地上。砰的一下，传来一个女子的叫喊声。两个男人定在那儿，相互看着。

“从哪儿传过来的？”格莱姆问道，转着身，用电筒四处照着。他听到左前方传来痛苦的呻吟声，两人赶忙跑了过去。杰克的手电光落到桑迪身上，她躺在地上，腿骨像是错位了，手上淌着血，把衣服染红了。

“哦，天啊！”杰克冲了过去，跪在她身边，“她在这儿！”他向其他人大叫一声，那些人赶了过去，围在她的周围。

“好的，大家往后退，腾出点空间。”格莱姆发信号，传呼救护车。

“不要动她，她的头在大出血，而且腿也像断了。桑迪，跟我说话。”

她的眼睛吃力地睁开了。“你是谁？”

“我是杰克·罗托。”他说道，松了一口气，还好她的眼睛睁开了。

“杰克，别停下，快说。”格莱姆说道。

“杰克？”她惊讶地张大眼睛，“你也失踪了吗？”

“什么？没有！”他皱了皱眉，“没有，我没丢。”他担心地看着格莱姆，格莱姆打着手势让他往下说。

“我在哪儿？”她疑惑地问，看着四周。她想转过头来，但是痛得大叫。

“不要动，救护车就要来了。你在葛林，在利默里克。”

“葛林？”她又说了一遍。

“是的，还记得我们上个礼拜应该见面吗？”

“我在家吗？”她的眼里满含泪水，顺着脸上的泥巴往下流，“豆诺，”她突然止住眼泪，说道，“豆诺不在这儿。”

“豆诺不在哪儿？”

“杰克，我在这个地方。老天，所有失踪的人都在这个地方。艾伦娜、鲍比、约瑟夫、珍妮·媚……天啊，艾伦娜的戏，我错过了她的演出。”她的眼泪又哗哗地往下流，“我要起来，”她挣扎着要起来，“我要去看彩排的演出。”

“桑迪，不要动，你要等救护车来。”他回头看着格莱姆，“她神志不清，真见鬼，急救车怎么还不来？”

格莱姆又发出呼叫。“在路上。”

“谁干的，桑迪？告诉我谁干的？能抓到的，我保证。”

“没人，”她迷惑的样子，“我自己摔倒了。我告诉你，我在那个地方……我的相片，我掉了相片。天啊，杰克，我有些事要跟你说，”她轻轻说，“是关于豆诺的。”

“说下去。”他鼓励道。

“他不在那儿，没有跟其他人在那儿。他没有失踪。”

“我知道。”杰克难过地说，“今天早上找到他了。”

“真对不起。”

“你怎么知道？”

“他不在那儿，没跟消失的人在一起。”她有些口齿不清，眼睛又合上了。

“桑迪，挺住。”杰克急忙叫道。

我睁开眼，白晃晃的光线，眼皮沉沉的。我看着四周，但眼眶一转就会痛，头也沉沉的，我痛得叫了一声。

“亲爱的……”头顶上露出妈妈的脸。

“妈妈。”我立刻哭了起来，妈妈伸出手抱住我。

“没事，亲爱的，现在没事了。”她安慰着我，把我脸上的头发顺下来。

“我好想你，妈妈。”我不顾周身彻骨的痛，在她肩头大哭起来。

她停下手，我的话让她愣住了，然后她又慢慢抚摸着我。爸爸在我头顶上亲了一下。

“爸爸，我好想你。”我继续哭着。

“宝贝，我们也很想你。”他说着，声音颤抖着。

“我找到那个地方了，”我兴奋地说着，四周的声响和图景渐渐隐去，飘到遥远的地方，我渐渐笑了，“我找到了失踪的人和东西都去的地方。”

“没错，亲爱的，杰克跟我们说了。”妈妈担心地说道。

“没有，我没疯，不是我想象出来的，我真的在那儿。”

“没错，”她想让我安静，“你需要休息，亲爱的。”

“照片都在口袋里面。”我说道，想尽量解释清楚，但我的头发乱糟糟的，“不是我的衬衣口袋，是俄亥俄州的芭芭拉·郎利的衬衣。我找到了，放在口袋里。”

“宝贝，警察什么都没翻到，”爸爸轻声说道，不想让旁人听到，“没有照片。”

“肯定掉出来了。”我嘟哝了一下，累了，不想再解释，“格里高利来了吗？”我问。

“没有，要叫他来吗？”妈妈兴奋地问，“我是想叫他来，可你爸不让。”

最后我记得说了一声“叫他来”。

我醒了，躺在童年时住的卧室里，里面还是小时候贴的花样墙纸。十几岁的时候，我每天都要看着，当时都烦透了，巴不得看看墙纸后面的样子，但现在我感到异样的慰藉。我高兴地笑了，像是第一次回到家里。门口没有放着包，我也没感到幽闭、恐惧，不再害怕丢失东西。我在家三天了，补着睡眠，让疲倦、受伤的身体休息一下。我的腿折了，脚踝扭了，头上

缝了好几针，可是我在家，很幸福。我常常想到艾伦娜、鲍比、约瑟夫和婉达，想要跟他们在一起。我知道他们会理解发生的一切，但他们会明白整件事情吗？

响起敲门声。

“进来。”我大声说。

格里高利探探头，端着一碟吃的走了进来。

我抱怨着：“不能再吃了，你们非让我长胖不可。”

“我们要让你再好起来，”他神情庄重，把碟子放到床头，“芭特勒太太送了花来。”

“她真好。”我轻声说道。“你还觉得我疯了吗？”我问。

我刚感觉好些，就跟他讲了发生的一切。爸爸妈妈显然是让他跟我谈谈，像是议程上的头号问题，虽然他对心理辅导没什么兴趣了。再也不想了，此一时，彼一时。

他没回答我的问题。“我今天跟杰克·罗托谈了。”

“好呀，希望你道歉了。”

“肯定的。”

“好的，”我说了一遍，“如果不是他，我基本上就躺在什么水沟旁了。我自己的伴侣也不在乎，不一块来找我。”

“说老实话，桑迪，如果你每次不见了，我都跟大家一块来找，那……”他没说下去。他是想说笑话，可气氛不对了。

“嗯，再不会发生了。”

他有些不信的样子。

“我保证，格里高利，我已经找到了要找的东西。”我伸出手，摸摸他的脸。

他笑了，但我肯定，还要过些时间他才会信我。过去几天，我在想，我还能信我自己吗？

“杰克在电话里说什么？”

“他回到找到你的地方，去找你一直在说的相片，但什么都没发现。”

“他觉得我疯了吗？”

“可能吧，但他还是喜欢你，他相信是你和你妈妈帮他找到了弟弟。”

“他人真好。如果不是他……”我又说了一遍，没说下去，想故意气气格里高利。

“要不是你摔坏了一条腿，我非要替你打断一条。”他气呼呼地说着，然后又严肃了，“你知道你妈妈接到过辛氏一家的电话吗？就是很多年前买下你祖父母房子的人。”

“是的，”我扯下一片面包皮，塞到嘴里，“我当时就觉得奇怪。我不相信他们打电话过来就是说要搬家了。”

格里高利咳了一下：“哼，其实，他们不是为那个打电话。那故事是你爸爸编的。”

“什么？为什么？”我放下面包，感到不饿了。

“他不想让你担心。”

“跟我说，格里高利。”

“是这样的，你的父母不会同意我这样做。但我觉得这很重要，你得知道。其实他们找到了你的一个泰迪熊，帕布斯先生就躺在空置房间的床下，它的条子睡衣上有你的名字。”

我喘了一口粗气：“东西又开始冒出来了。”

“他们也觉得很奇怪。那个房间好几年一直是储藏室，上个月才改成卧室，他们从没注意到那只泰迪熊。”

“为什么没人告诉我？”

“你父母不愿又让你不安，你一直在说那个失踪的地方……”

“不是失踪的地方，是所有不见的东西和人都到的地方。”我生气地说，再次意识到这有多傻。

“好的，好的，安静一下。”他挠着头发，胳膊肘子靠在膝盖上。

“怎么了？”

“没什么。”

“格里高利，你什么时候不对劲，我都知道。快跟我说。”

“嗯，”他搓着双手，“知道这个电话后，我又想了想你的……理论。”

我眼睛一转，有些沮丧：“你觉得我现在又是什么紊乱？”

“让我说完。”他提高声音。一阵生气的沉默，过了一会，他又说道：“我在清理你的住院包时，在你的衬衣口袋里找到这个。”

他从上衣口袋里往外掏出什么，我屏住呼吸。

我和珍妮·媚的相片。

我从他的手上接了过来,仿佛这是世界上最脆弱的东西。相片的背景是树。

“你现在信我了吗?”我小声说,摸着照片上她的脸庞。

他耸耸肩:“桑迪,你知道我的思维是什么样的。对我来讲,这样的想法毫无意义。”我生气地看着他。“不过呢,”我还没来得及说,他就坚定地说,“这的确很难解释。”

“你现在这样说就可以了。”我将照片靠近自己,表示接受。

“芭特勒太太肯定想看这个。”他说道。

“你想是吗?”我还拿不准。

他沉思片刻:“我想,她是唯一能看这张照片的人,她是唯一应该看这张照片的人。”

“但我怎么解释呢?”

他看着我,摊开手,耸耸肩:“这一次,你是唯一有答案的人。”

第五十五章

有时,就在我们眼前,有人会消失。有时,你会被重新发现,即便那些人一直关注你。有时,我们一不留神,会丢了自己。

几天后,我觉得可以拄着拐杖到户外去了。在格里高利和爸妈的注视下,我一蹦一跳地穿过马路去芭特勒太太家,口袋里揣着她女儿的相片。灯笼形状的门廊灯给门涂上一抹温暖的橘黄,吸引着我,仿佛火焰对飞蛾的吸引。我深吸了一口气,敲敲门,再次感到一种责任,我知道自己一辈子都等着这一刻。

我们难免会有迷失的时候,有时是自愿的,有时是我们无法控制的。何时我们懂得灵魂渴望未知,何时路就在脚下。有时其实有出路,可我们漫无目的地闲荡,越走越远,无法自已,恐惧、愤怒或者忧伤让我们不再回头。有时我们情愿失踪,踏上迷途,或许这更容易。有时我们也能找到出路。但不管怎样,总会有人找到我们。